AF190389

Stefan H.

iM aNFANG WAR

DAS eNDE

Stefan H.
Im Anfang war Das Ende

Sirko Hensing

Bibliografische Informationen der Deutschen Nationalbibliothek:
Die Deutsche Nationalbibliothek verzeichnet diese Publikation
in der Deutschen Nationalbibliografie; detaillierte bibliografische
Daten sind im Internet über http://dnb.dnb.de abrufbar.

© 2018 Siegfried Habermann

Herstellung und Verlag:
BoD – Books on Demand, Norderstedt

ISBN: 9783748130093

Inhalt

Inhalt

Lisa

Eigentlich hatte Stefan sich auf einen ruhigen, Abend zu Hause gefreut. Den ganzen Tag war er unterwegs gewesen, hatte gefühlte tausend Gespräche mit Kunden geführt und am Ende war noch nicht einmal ein greifbares Geschäft dabei herausgesprungen.

Stefan Hauser war ein besonnener Mitdreißiger, der in jungen Jahren schon so manchen Schicksalsschlag hatte verkraften müssen. Seine Eltern waren bei einem Autounfall tödlich verunglückt. Trotz seines relativ jungen Alters hatte er bereits das eine oder andere Ende einer Lebensphase erlebt, welches doch auch immer einen neuen Anfang bedeutete.

Seine Eltern hatten ihn im christlichen Glauben erzogen, den er schon als Jugendlicher verinnerlicht hatte und nach besten Kräften auch in die Tat umzusetzen versuchte.

Stefan war im Außendienst für eine Hamburger Maschinenfabrik tätig. Zu seinen Aufgaben gehörte die erste Kontaktierung der Kunden genauso wie die technische Beratung, Preisverhandlungen und schließlich der Abschluss des Geschäftes.

Der heutige Tag zählte eher zu denen, die man am besten aus dem Kalender streichen und vergessen sollte. Nach all den frustrierenden Ereignissen dieses heutigen Tages wollte er nur noch zu Hause auf der Terrasse sitzen, einen guten Schluck Whisky und ein gutes Zigarillo genießen.

Nachdem er seinen letzten Kunden verlassen hatte, hörte er im Auto seine Mailbox ab. Die einzige Nachricht war von seiner Frau Manuela.

„Hallo Stefan, Carmen rief mich gerade an und fragte, ob wir mit den beiden und noch ein paar anderen heute Abend zum Essen gehen. Ich habe zugesagt. Bitte sei pünktlich zu

Hause. Wir sind für neunzehn Uhr im Ratskeller verabredet. Bis dann."

Ade Gemütlichkeit. Na gut, Whisky und Zigarillo konnte er dort auch genießen, aber solche Abende waren für ihn eigentlich nie so recht entspannend, sondern eher anstrengend. Nicht nur, weil sie sich in der Regel länger hinzogen. Auch die Gespräche waren eigentlich nicht so sehr sein Ding.

Carmen und Werner waren ja noch ganz in Ordnung, und wenn der Abend nur mit den beiden verlaufen würde, gelänge es ihm vielleicht sogar, sich darauf zu freuen, bis er zu Hause war.

Nur die ,ein paar anderen' wie sich seine Frau ausdrückte, wollten in ihm keine rechte Freude aufkommen lassen. In der Regel waren das drei Paare in ihrem Alter.

Bei zwei Paaren waren die Männer - abgesehen von ihren großen Klappen - einigermaßen normal, nur die Frauen waren echte Klischeeblondinen. Bei dem dritten Paar handelte es sich um zwei Studierte, deren Hauptaufgabe darin zu bestehen schien, dass sie dem jeweils anderen klarmachen mussten, der oder die Intelligentere zu sein.

Stefan war ein ruhiger, besonnener Mann, der sich niemals durch die Meinungen und Ansichten anderer beeinflussen ließ. Er war sehr selbstbewusst und bildete sich stets seine eigene Meinung.

Seine Frau Manuela war von ihrem äußeren Eindruck her eine eher unscheinbare Person. Sie war eine lebhafte, immer gut aufgelegte und zu jedem Spaß bereite Frau. Und sie hatte etwas Besonderes an sich. Als Stefan sie auf einem Stadtfest zum ersten Mal gesehen hatte, sagte er zu seinem Freund: „Die Frau strahlt etwas aus, das man nicht beschreiben kann." Sie war in gewissem Sinne kühl und doch gleichzeitig sehr anziehend. Sie wirkte damals auf ihn wie ein Magnet, er konnte sich ihr kaum entziehen.

Jetzt waren sie bereits acht Jahre verheiratet und hatten zwei Kinder, Vanessa sieben und Thomas, genannt Tom, fünf Jahre alt.

Auch heute noch hatte Manuela auf viele Männer ihre ganz eigene Anziehende Wirkung.

Das Verhältnis zwischen Manuela und Stefan war, um es vorsichtig auszudrücken, eigenartig. Nach außen hin schien alles harmonisch und in Ordnung, aber Manuela hatte es fertiggebracht, die Kinder völlig auf ihre Seite zu ziehen. So sehr sich Stefan auch bemühte, es gelang ihm nicht so recht eine herzliche, innere Beziehung zu ihnen aufzubauen. Immer wenn er sich mal besonders darum bemühte war Manuela mit irgendwelchen Ablenkungen dabei. Stefan gewann manchmal den Eindruck, als würde sie das mit voller Absicht tun. So war das Verhältnis zwischen den beiden von einer gewissen Spannung geprägt, die aber nicht so recht zu greifen war.

Diese Grübeleien beschäftigten Stefan auf dem Heimweg.

Tatsächlich ließ sich dann auch dieser Abend, wie schon viele dieser Art, so an, wie er das erwartet hatte. Man begrüßte sich, man sprach über das Wetter, man versuchte intelligent, originell und witzig zu sein, bla bla bla.

Stefan fühlte sich völlig fehl am Platz, machte aber seiner Frau zuliebe gute Miene zum langweiligen Spiel.

Und doch war an diesem Abend etwas ganz anders.

In der Regel wurden sie in diesem Lokal von Victor bedient, einem Kellner, der schon recht lange hier arbeitete.

Heute dagegen wurden sie von einer jungen Frau bedient, die auf Stefan, wie damals seine jetzige Frau, eine ganz besondere Anziehung ausübte, allerdings auf eine ganz andere Art und Weise.

Sie war sehr schlank und hatte ein schmales, hübsches Gesicht. Aber es war nicht ihre äußere Erscheinung, die auf ihn wirkte. Es war die Art, wie sie sich bewegte. Sie schien sehr sportlich zu sein. Jedenfalls gewann Stefan durch die Art ihrer Bewegungen, wie sie ging, wie sie schrieb, - ja sogar das Schreiben sah bei ihr sehr harmonisch aus -, diesen Eindruck. Und noch ein besonderer Eindruck machte sich in Stefan breit: In ihren Augen meinte er eine gewisse Traurigkeit zu entdecken, was in Stefan ganz besondere Gefühle erweckte.

Die Anziehung bei Manuela damals, resultierte mehr aus ihrer äußeren, körperlichen Erscheinung. Bei dieser Frau war es ganz anders. Ihr ruhiges, freundliches Auftreten, ihre Bewegungen, ihre gesamte Erscheinung erweckte bei Stefan das Gefühl, als wenn man nach einer langen Wüstenwanderung eine Oase betritt. Es war einfach wohltuend sie anzusehen.

Es kam wie es kommen musste, die beiden blond befrauten Männer konnten sich natürlich nicht zurückhalten mit anzüglichen Bemerkungen, ob der neuen weiblichen Bedienung.

Sie ließ sich in keiner Weise bedrängen. Freundlich, aber in sehr deutlicher Weise ließ sie diese beiden Herren wissen, was sie von ihnen hielt.

Stefan musste innerlich lachen und freute sich insgeheim über diese deutliche Abfuhr.

Einige Male begegneten sich ihre Blicke. Sie hatte sofort bemerkt, dass Stefan sich zu dieser Gesellschaft eigentlich nicht so recht dazu gehörig fühlte.

In Stefan entstand eine kaum zu unterdrückende Sehnsucht nach dieser Frau. Dass sie ihn ebenso freundlich angesehen und ihm zu genickt hatte, verstärkte dieses Gefühl in ihm.

Stefan passte einen günstigen Augenblick ab und ging zur Toilette. Da sich die Toiletten im Keller des Lokals befanden, musste er durch das ganze Lokal hindurch. Er hoffte, dass ihm die Bedienung auf diesem Weg begegnen würde.

Als er zurückkam, erfüllte sich seine Hoffnung. Sie begegneten sich am Treppenaufgang.

„Sie sind neu hier", begann Stefan ein wenig hastig. Er wollte auf keinen Fall an ihr vorübergehen, ohne sie angesprochen zu haben.

„Ja ich bin jetzt seit zwei Wochen hier zur Aushilfe."

„Sie machen das sehr gut. Sie sind freundlich und sehr umsichtig. Eine echte Bereicherung für dieses Lokal."

„Danke. Darf ich Sie was fragen?"

„Nur zu."

„Ich habe den Eindruck, als würden Sie sich nicht so ganz wohl fühlen. Liegt es an unserem Lokal, ist irgendetwas nicht in Ordnung?"

„Nein, nein, es ist alles in Ordnung. Ich habe nur einen ziemlich nervigen Tag hinter mir und wollte eigentlich heute Abend zu Hause bleiben. Aber meine Frau hatte dieses Treffen schon verabredet."

„Ihre Frau, das ist die dunkelhaarige neben ihnen?"

„Ja genau."

„Aha." Sie sah ihn forschend an.

Stefan hatte den Eindruck, sie hätte das eigenartige Verhältnis zwischen ihm und seiner Frau durchschaut. So standen sie sich einen Augenblick gegenüber. Es war offensichtlich, dass sie gegenseitige Sympathie für einander empfanden.

„Werden Sie jetzt öfter hier aushelfen?"

„Ja ich werde zwei, dreimal die Woche hier sein."

„Es wäre schön, wenn wir uns wieder einmal sehen würden."

„Ja, das würde mich auch freuen."

Stefan ging zurück auf seinen Platz. Der weitere Verlauf des Abends ging mehr oder weniger eindruckslos an ihm vorüber. Seine Gedanken waren bei ihr, der neuen Bedienung. Sie kam noch einige Male an ihren Tisch. Stefan

13

freute sich auf jedes Mal, wenn sie kam. Auch sie schien sich zu freuen, ihre Blicke begegneten sich jedes Mal mit Sympathie.

Der Abend ging zu Ende und Stefan überlegte sich, was er unternehmen könnte um noch einmal mit ihr zu sprechen. Er erhob sich als letzter und ließ wie zufällig sein Handy aus der Tasche gleiten. Seine Rechnung ging auf. Als sie sich auf dem Parkplatz von den anderen verabschiedeten, trat die Bedienung aus dem Lokal und rief ihn zurück.

Eilig ging er zurück ins Lokal. Sie stand an seinem Platz und deutete auf das Handy.

„Ist das Ihr Handy?"

„Ja danke, das ist sehr nett von Ihnen."

Sie sah ihn an als wollte sie sagen: ‚Das hast du ja gut eingefädelt'.

Stefan fasste sich ein Herz: „Mein Name ist Stefan Hauser. Bitte sagen Sie mir Ihren Namen. Ich würde Sie sehr gern wiedersehen."

„Ich heiße Lisa Cordes, ich würde Sie auch gern wiedersehen, aber was würde Ihre Frau dazu sagen?"

„Meine Frau ist sehr mit sich beschäftigt. Bitte, ich möchte keinen falschen Eindruck bei Ihnen hinterlassen. Wenn Sie damit einverstanden sind, können wir uns doch ganz unverbindlich unterhalten."

„Ja natürlich. Ich bin am kommenden Dienstag wieder hier."

„Okay, ich werde sicherlich kommen, bis dann."

Nachdenklich verließ Stefan das Lokal. Dass dieser Abend solch eine Wendung genommen hatte, ließ ihn diesen Tag doch noch etwas versöhnlicher erscheinen.

Wieder und wieder sah er vor sich ihr sympathisches Lächeln. Jetzt wurde ihm bewusst, dass seine Frau ihn noch nie so angelächelt hatte. Überhaupt, seine Beziehung zu Manuela erschien ihm plötzlich wie aus einer anderen Welt.

Sie hatte sicherlich auch ihre schönen Seiten, aber die waren fast ausschließlich auf materielle Dinge ausgerichtet.

Bei Lisa war das ganz anders. Lisa schien eine Frau mit sehr viel Gefühl zu sein. Ihre Schönheit und ihre Freundlichkeit schienen mehr aus ihrem Inneren zu kommen.

Stefan wurde mehr und mehr bewusst, was ihm in seiner Beziehung mit Manuela fehlte. Es war diese innere Bindung, dieses liebevolle Vertrauen, das er auch zu seinen Kindern nicht aufbauen konnte. Alles was er in seiner Ehe mit Manuela bisher erlebt hatte kam ihm oberflächlich und mechanisch vor. Gleichzeitig machte sich eine starke Sehnsucht nach Vertrauen, Geborgenheit und Liebe in ihm breit.

Stefan nahm sich vor, auf jeden Fall am kommenden Dienstag wieder in dieses Lokal zu gehen.

Dazu musste er noch einige Termine umlegen, denn eigentlich war für diesen Tag ein Geschäftsessen in Bremen mit einem Kunden angesagt.

Günstig dafür war, dass Manuela dienstags ihren Kegelabend hatte und die Kinder dann bei ihren Eltern waren.

Stefan wollte weder seine Frau betrügen, noch aus seiner Ehe ausbrechen. Es war einfach nur die Andersartigkeit dieser Frau, die ihn reizte. Die gefühlvolle, sympathische Art dieser Frau hatte es ihm einfach angetan.

Immer wieder stellte er sich die Frage, warum er die Nähe dieser Frau suchen, und was er denn mit ihr vor haben würde. Aber er fand keine vernünftige Antwort darauf. Es war einfach nur eine Gefühlssache mit offenem Ausgang.

Je mehr der besagte Dienstag herannahte, umso aufgeregter wurde Stefan. Seine Gedanken kreisten fast ausschließlich um Lisa. Wie würde ihr zweites Treffen ablaufen? Würden wieder die gleichen Gefühle da sein wie beim ersten Mal? Manchmal verändert man sich auch innerhalb kürzester

Zeit. Manchmal erlebt man ja auch die Dinge aus einer ganz bestimmten Stimmung heraus.

Aufgeregt wie ein Schuljunge fuhr er direkt nach seiner Tour zu dem Lokal.

Als er es betrat, war von Lisa zunächst nichts zu sehen. Sie bediente wohl gerade im Nebenraum. Stefan setzte sich in eine kleine Nische und registrierte, dass zurzeit sehr wenig los war in dem Lokal.

‚Das ist günstig, dann haben wir vielleicht die Möglichkeit, uns ein wenig zu unterhalten‘, dachte er.

Kurze Zeit später kam sie in den Raum und blickte sich suchend um. Erst da fiel ihm ein, dass sie ja keine Zeit ausgemacht hatten. Von weitem sah sie ihn und winkte ihm freundlich zu.

Dieses freundliche winken berührte Stefan schon wieder. Offenbar hatte sie sich auf dieses Treffen auch gefreut. Sie kam sogleich auf ihn zu. Am liebsten wäre er sofort aufgesprungen, um sie ganz liebevoll in den Arm zu nehmen.

„Hallo, schön dass Sie da sind", begrüßte sie ihn.

Stefan wusste nicht so recht, wie er sich verhalten sollte. Er wirkte steif und unbeholfen.

„Ich habe mich schon den ganzen Tag darauf gefreut, aber bitte Lisa, lass uns das blöde ‚Sie‘ vergessen."

„Ja gern, das stört doch sowieso nur. Darf ich dir was zu trinken bringen?"

„Ich habe einen ganz schön trockenen Hals. Ich brauch' erst mal einen Schluck Wasser. Hast du sehr viel zu tun, oder kannst du dich ein wenig zu mir setzen?"

„Es ist heute nicht viel los, aber das Schöne ist, in ungefähr einer Viertelstunde kommt Victor, dann habe ich sowieso frei. Dann können wir ungestört miteinander reden."

„Hey, das ist ja super."

„Ich bring dir jetzt erstmal dein Wasser."

„Danke"

Sie entfernte sich und Stefan sah ihr hinterher. Ihre Bewegungen waren wieder wie beim ersten Mal, sehr anmutig. In Stefan kamen wieder Gefühle hoch, die er sich kaum erklären konnte. Er musste sich sehr zusammen reißen, um nicht aufzuspringen und sie in den Arm zu nehmen. Auch heute bemerkte er wieder diesen traurigen Blick in ihren Augen. Stefan nahm sich vor, sie bei passender Gelegenheit darauf anzusprechen.

Victor kam und Stefan konnte beobachten, wie die beiden die Übergabe vollzogen. Lisas Mund umspielte ein dauerhaftes Lächeln. Es wirkte aber keineswegs gespielt. Wieder wurde in Stefan dieses Gefühl der Harmonie, welches von Lisa ausging, besonders stark. Wieder wollte ihm die Sehnsucht nach dieser Frau fast die Kehle zuschnüren.

Sie wirkte ein wenig müde und abgespannt, als sie sich schließlich zu ihm setzte. Die Sympathie und Harmonie zwischen den beiden war deutlich zu spüren. Daraus entstand in kürzester Zeit ein enges Vertrauensverhältnis, das beide als sehr wohltuend empfanden.

„Na, bist du kaputt?"

Sie unterdrückte ein Gähnen und nickte.

„War denn viel los heute? Im Moment geht es doch eigentlich."

„Nein es war eher ruhig, aber irgendwie bin ich in letzter Zeit nicht mehr so richtig belastbar. Ich bin oft sehr schnell müde und abgespannt."

Sie sagte das mit einem Tonfall, als wollte sie um Hilfe bitten.

Stefan wusste im Moment nicht so recht, wie er darauf reagieren sollte. Seine Gefühle fuhren Achterbahn.

Spontan nahm er ihre Hände und umschloss sie mit seinen. Sie ließ es geschehen, sah ihn mit traurigem Blick kurz an und senkte dann den Blick. Stefan hielt ihre Hände und sah ihr direkt in die Augen. Er sah in wasserhelle blaue Augen. Nachdem sie eine kurze Weile auf ihre Hände gesehen hatte, hob sie ihren Blick und schaute ihm ebenfalls in die Augen. Ihre Augen füllten sich mit Tränen.

„He, Lisa" begann er sanft, „kann ich dir helfen?"

„Ach, entschuldige bitte, ich bin zurzeit in einer nicht ganz einfachen Situation."

Sie stockte und sah wieder auf ihre Hände.

„Bitte, Lisa. Ich will mich nicht aufdrängen, aber ich möchte dir gern helfen. Du strahlst so viel Harmonie aus und bist doch so traurig dabei. Das tut mir richtig weh und ich möchte dir gern helfen, dass du wieder Freude hast und wieder lachen kannst."

Seine Rede kam ihm selbst holprig und ungeschickt vor, und irgendwie war er mit dieser Situation wohl auch ein wenig überfordert, aber in ihm war der übermächtige Wunsch, ihr etwas Gutes zu tun.

„Danke, Stefan", lächelte sie gequält, „ich fühle, dass du es gut mit mir meinst, aber ich möchte dich nicht mit meinen privaten Sorgen belasten."

„Hey, das ist doch keine Belastung für mich." Seine Stimme klang ein wenig brüchig.

„Ich weiß nicht, ob und wie ich dir helfen kann. Wenn du magst, kannst du mit mir über alles reden, aber ich will dich natürlich nicht bedrängen."

Sie entzog ihm ihre Hände, sie zitterten leicht. Eine Weile saßen sie so still und schweigsam nebeneinander. Eine Träne rollte ihr aus dem Auge die Wange herab. Zärtlich wischte er sie ab. Langsam und stockend fing Lisa an zu erzählen.

„Weißt du …, ich bin seit einiger Zeit ganz allein."

Wieder stockte sie. Stefan nahm wieder eine Hand von ihr in seine und streichelte sie. Aufmunternd lächelte er sie an.

„Ich will versuchen, dir das zu erklären. Ich bin Einzelkind und meine Eltern sind in solch einer Glaubensgemeinschaft, die unser ganzes Leben bestimmt hat. Ich war natürlich als Kind und auch bis vor kurzem noch ebenfalls in dieser Glaubensgemeinschaft. Aber vor einem halben Jahr habe ich mich davon gelöst.

Weißt du, das war für mich nicht einfach, wenn meine Schulkameraden und Freundinnen von Weihnachten und Geburtstagen erzählt haben. Dann war ich immer außen vor, bei uns zu Hause gab es so was nicht. Es wurde kein Geburtstag und kein Weihnachten gefeiert. Ich durfte auch nie eine Freundin mit nach Hause bringen. Mein Vater war in dieser Hinsicht sehr streng. Meine Mutter war da ein bisschen anders und hat mir hier und da schon mal erlaubt, mit einer Freundin wegzugehen, aber wenn mein Vater das mitbekam, hat sie regelmäßig Ärger bekommen. Ich habe mich immer bemüht, meinen Eltern keinen Kummer zu machen, aber ich konnte so einfach nicht mehr weiterleben. Ich habe schon vor längerer Zeit meiner Mutter gesagt, dass ich aus dieser Glaubensgemeinschaft austreten will, aber sie hat es immer wieder geschafft, mich davon abzuhalten, bis ich jetzt vor ungefähr einem halben Jahr tatsächlich diesen Schritt getan habe. Ich habe zu der Zeit schon länger nicht mehr bei meinen Eltern gewohnt. Als ich dann ausgetreten bin, hat mein Vater den Kontakt zu mir abgebrochen und auch meiner Mutter verboten Kontakt mit mir zu halten. Er hat dann allen unseren Verwandten und Bekannten, die auch zu dieser Glaubensgemeinschaft gehören, gesagt, er habe keine Tochter mehr."

Die Worte sprudelten aus ihr heraus wie ein Wasserfall. Stefan hörte ihr aufmerksam zu.

„Ja und seitdem bin ich fast ganz allein. Manchmal gehe ich mit einer Nachbarin aus, mit der ich mich ein wenig angefreundet habe, aber die hat auch Familie und nicht so viel Zeit für mich."

Stefan hatte mit allem möglichen gerechnet, aber diese Geschichte versetzte ihm einen kleinen Schock. Er wusste nicht so recht, wie er darauf reagieren sollte.

„Wie ist das nur möglich, dass du bei dieser Vorgeschichte trotzdem solch eine Ruhe und Harmonie ausstrahlst?", fragte er ein wenig irritiert.

Lisa sah ihn mit ihren traurigen Augen groß an und zuckte mit den Schultern.

„Ich weiß es nicht, manchmal kommt mir das alles selbst ganz unwirklich vor."

„Das heißt also, du hast seitdem überhaupt keinen Kontakt mehr zu deinen Eltern?"

„Nein, zu niemandem aus meiner Verwandtschaft. Sie gehören doch alle zu dieser Glaubensgemeinschaft und mein Vater hat dort eine leitende Stellung. Man kann mit ihm ja nicht reden, aber ich denke, um sein Gesicht nicht zu verlieren, hat er so gehandelt."

„Was ist das für ein Vater, der um des Ansehens willen, seine Tochter verleugnet?"

Schweigend saßen sie eine ganze Weile nebeneinander.

„Lisa, du bist nicht allein, ich werde immer für dich da sein. Bitte hab keine Scheu, mir zu sagen, wenn du Hilfe brauchst."

„Das ist lieb von dir, Stefan, aber du hast doch auch deine Familie. Ich möchte mich auf keinen Fall zwischen dich und deine Frau drängen, damit wäre ich auch nicht glücklich."

„Ja ich weiß, dazu bist du viel zu ehrlich und anständig. Ich weiß im Moment auch noch nicht so recht, worauf das alles hinausläuft. Aber eins weiß ich, ich werde dir auf jeden Fall als guter Freund zur Seite stehen. Das hast du auf keinen Fall verdient, so behandelt zu werden. Aber noch mal auf deine zunehmende Müdigkeit und Abgespanntheit zurück zu kommen, meinst du das kommt durch deine jetzige Situation? Oder solltest du vielleicht doch mal zum Arzt gehen und das untersuchen lassen?"

„Daran habe ich auch schon gedacht, konnte mich aber bisher nicht dazu aufraffen."

Lisa blickte versonnen auf ihre Hände und war in Gedanken versunken.

„Was denkst du jetzt?", fragte Stefan.

Mit dieser Frage schien er sie aus ihren Gedanken gerissen zu haben, fast erschrocken sah sie ihn an und zuckte mit den Schultern.

„Ich weiß nicht, ich versteh' das alles nicht so richtig", antwortete sie zögernd.

„Was verstehst du nicht?"

„Na ja, wir sehen uns heute erst das zweite Mal und reden miteinander, als würden wir uns schon lange Zeit kennen. Wie kann das sein, dass wir uns gegenseitig so von Anfang an vertrauen?"

Jetzt war es an Stefan, versonnen auf seine Hände zu schauen.

„Jetzt bist du ganz in Gedanken versunken".

Sie lächelte ihn schon fast liebevoll an.

„Ja, ich versuche auch gerade, es zu verstehen."

„Dafür gibt es wahrscheinlich keine richtige Erklärung, das ist wohl einfach nur Gefühlssache."

„Sicherlich ist das Gefühlssache, aber Gefühle haben auch ihren Ursprung."

„Ja aber den Ursprung zu finden, ist wohl kaum möglich."

„Ich denke, wenn man sich mit diesen Dingen beschäftigt, ist es schon möglich, dahinter zu kommen. Weißt du, wir Menschen bestehen eben nicht nur aus Fleisch und Blut. Wir haben die Möglichkeit, zu denken, uns etwas vorzustellen, zu planen, schöpferisch tätig zu sein.

Ich habe mich viel mit dem Geist und der Seele des Menschen beschäftigt und habe festgestellt, dass wir nicht nur einen materiellen Körper haben, sondern auch einen geistigen. Und zwischen diesen beiden gibt es ganz gewisse Parallelen. So wie unser materieller Körper eine Beschaffenheit, also ein Aussehen hat, so hat auch unser geistiger Körper eine Beschaffenheit, ein Aussehen. Wir sind in der Lage, den äußeren Menschen zu erkennen und sein Aussehen zu beurteilen, sobald wir ihn sehen. Wir wissen sofort: Dessen Aussehen gefällt mir - oder auch nicht. Das zu erkennen, dafür haben wir unsere fünf körperlichen Sinne.

Und genauso gut sind wir in der Lage, mit unseren inneren Sinnen, den Gefühlen, auch den inneren Menschen, der uns begegnet, zu erkennen. Ich bin davon überzeugt, je mehr wir mit unserem Gefühl arbeiten, umso besser sind wir in der Lage, unseren Gegenüber auch erkennen zu können. Das ist wie bei den natürlichen Sinnen: Wenn wir sie nicht nutzen würden, dann würden sie verkümmern.

Wie war denn das neulich, als wir uns das erste Mal begegnet sind, wir haben doch augenblicklich etwas gespürt. Es ist dir sicherlich genauso ergangen wie mir, ich habe sofort deine innere Beschaffenheit als sehr angenehm empfunden. Ich habe sofort gespürt, dass du auch ein Gefühlsmensch bist. Dieses gegenseitige Erkennen hat dazu geführt, dass wir sofort Vertrauen zu einander gefasst haben."

„Ja, das stimmt, ich habe das genau so empfunden."

„Und du hast dich auch gleich auf meine Gefühle eingelassen. Dafür bin ich dir sehr dankbar. Auch das ist wichtig, dass man bereit ist, sich auf den anderen einzulassen."

„Das war für mich irgendwie überhaupt kein Problem, ich habe sofort gespürt, dass du es gut mit mir meinst."

„Noch mal danke für deinen Vertrauensvorschuss. Ich werde alles dafür tun, dich nicht zu enttäuschen, ich werde dir als Freund immer zur Seite stehen."

„Danke, das ist lieb von dir. Ich glaube, ich brauche das jetzt auch sehr."

Stundenlang saßen die beiden noch zusammen und sprachen sehr offen über ihre Verhältnisse. Zwischen ihnen war eine tiefe Freundschaft, geprägt von Zuneigung, Harmonie und Vertrauen entstanden. Beide waren sich einig darüber, dass dieses genau das war, wonach sie sich seit langem gesehnt hatten.

In den nächsten Tagen trafen sie sich fast täglich, mal in dem Lokal, mal außerhalb zu einem Spaziergang.

Stefans Gedanken kreisten fast ausschließlich um Lisa. Er musste sich geradezu zwingen, seiner täglichen Arbeit konzentriert nachzugehen.

Schlag ins Gesicht

Einige Wochen waren ins Land gezogen, Stefans Frau hatte offensichtlich noch nichts von seiner Freundschaft mitbekommen, jedenfalls sah es nicht danach aus.

An einem Morgen, Stefan war auf dem Weg zu einem Kunden, stellte er fest, dass er wichtige Unterlagen zu Hause auf seinem Schreibtisch liegen gelassen hatte.

Er war schon fast fünfzig Kilometer von seiner Heimatstadt Warburg in Richtung Hamburg unterwegs, aber es half nichts, er musste nochmal umkehren, sonst würden die Kundengespräche zu keinem Ergebnis führen.

Stefan wendete also und fuhr zurück.

Zu Hause angekommen, ging er um Zeit zu sparen gleich über die Terrasse, denn seine Frau hatte ein paar Tage Urlaub und zu dieser Zeit für gewöhnlich die Terrassentür offen.

Als Stefan die Terrasse betrat hörte er aus dem Wohnzimmer Stimmen.

Es war eigentlich nicht seine Art zu lauschen, aber irgendetwas in ihm ließ ihn aufhorchen. Er erkannte die Stimme seiner Frau und eine Männerstimme. Sie schienen einen emotionalen Wortwechsel zu führen.

Stefan blieb neben der Terrassentür stehen und hörte zu. Anscheinend wollte dieser Mann seine Frau von irgendetwas abhalten.

Wie unter Zwang nahm Stefan sein Diktiergerät aus der Tasche, schaltete es ein und schob es vorsichtig zwischen zwei große Blumentöpfe fast bis ins Wohnzimmer. Die männliche Stimme, die Stefan nicht zuordnen konnte, weil er den Mann offenbar nicht kannte, sprach gerade.

„Manuela du musst das einfach verstehen."

Manuela schien sehr aufgebracht.

„Nein! Wieso soll ich das verstehen, es lief doch bisher alles hervorragend."

„Ja bisher, aber nun lebe ich in einer festen Beziehung, und deshalb kann ich nicht so weitermachen wie bisher."

„Ach Markus, seit wann bist du denn so zart besaitet. Du hast doch schon öfter Beziehungen gehabt und wir hatten trotzdem unseren Spaß."

„Das war doch bisher alles nichts Festes. Jetzt mit Katrin ist das ganz anders. Ich möchte sie auf keinen Fall verlieren."

„Glaubst du etwa, ich könnte nicht dichthalten. Das habe ich doch wohl zur Genüge bewiesen, dass niemand etwas von mir erfährt."

„Nein, davon bin ich überzeugt, dass von dir niemand etwas erfährt, aber ich kann das einfach nicht. Ich kann Katrin nicht hintergehen."

„Was ist mit dir passiert, es hat dir doch sonst nichts ausgemacht."

„Nein, weil es bisher nichts Ernstes war, jetzt ist das anders. Ich weiß auch nicht, wie du das hinbekommst. Hat dein Mann noch nie Verdacht geschöpft?"

„Ach mein Mann, der ist doch meistens unterwegs und bei meinem Timing ist doch alles bestens."

„Trotzdem, ich finde, du solltest damit aufhören. Das hat er nicht verdient."

„Warum, es läuft doch alles prima."

„Ich weiß nicht, ich finde das ziemlich grotesk."

„Ach, auf einmal? Du bist doch immer auf deine Kosten gekommen, oder nicht?"

„Ja es war schon ganz toll bisher. Aber so richtig begriffen habe ich das nie, dass du mit so vielen gleichzeitig was hast."

„Na und? Ist das so schlimm? Ich brauche das halt öfter als andere."

„Ja, o.k., aber du hast doch keinen einzigen ausgelassen, oder gibt es in der Firma auch nur einen Mann, mit dem du es noch nicht getrieben hast?"

„Ja, den gibt es, den Chef, mit dem habe ich es noch nicht getrieben, wie du es ausdrückst."

„Wie soll ich es denn sonst ausdrücken. Du hast doch sogar schon den neuen Praktikanten rumgekriegt."

„Na und, der ist doch ganz schnuckelig."

„Hast du eigentlich keine Angst, nochmal schwanger zu werden. Irgendwann kommt es noch so weit, dass du ein Kind bekommst, das noch weniger Ähnlichkeit mit deinem Mann hat als deine beiden jetzigen."

„Hör auf, rum zu unken. Bisher ist doch alles glattgegangen."

„Weißt du eigentlich, wer die wirklichen Erzeuger deiner Kinder sind?"

„Ja, das weiß ich ganz genau, das geht dich gar nichts an."

„Nein geht es mich nicht, aber dein Mann ist es jedenfalls nicht, oder?"

„Ich hoffe, dass du ihm das nicht irgendwann auf die Nase binden wirst."

„Nein das werde ich natürlich nicht, da brauchst du keine Sorge haben."

„Na hoffentlich".

„O.k. Manuela, ich hoffe, du akzeptierst das jetzt."

„Bleibt mir denn was Anderes übrig? Aber jetzt, wo du gerade da bist, können wir doch noch ein letztes Mal ..., bitte!"

„Nein, bitte lass' den Bademantel zu, ich will das nicht. Hör auf damit."

„He zier' dich doch nicht so, du hast doch immer Spaß dabei gehabt."

„Ich habe wirklich gehofft, ich könnte vernünftig mit dir darüber sprechen, ohne dass du mir gleich wieder an die Wäsche gehst. Da habe ich mich wohl getäuscht."

„Nun sei doch nicht gleich sauer. Was spricht denn dagegen, dass wir nach all den Jahren zum Schluss noch einmal solch einen schönen Moment erleben. Das kann doch nicht so schlimm sein."

„Du willst das einfach nicht verstehen. Noch mal zum Mitschreiben, ich bin in einer festen Beziehung und werde die auf keinen Fall gefährden. Begreif' es endlich!"

„Es ist dir wirklich ernst damit, du willst all die schönen Momente mit mir einfach wegwischen?"

„Es ist mir ernst, ja, absolut. Natürlich haben wir schöne Momente gehabt und wenn ich behaupten wollte, es hätte mir keinen Spaß gemacht, würde ich lügen. Aber um meiner neuen Beziehung Willen, muss damit jetzt Schluss sein. Ich weiß auch gar nicht so recht, was du unbedingt mit mir willst, du hast doch noch all die anderen, mit denen du dich vergnügst. Die bleiben dir doch auch weiterhin."

„Dann muss ich mich wohl mit denen begnügen."

„Ich würde dir wirklich raten, mit diesem Treiben ein Ende zu machen, sonst endet das für deine Ehe vielleicht irgendwann in einem Fiasko. Und außerdem, macht es dir eigentlich gar nichts aus, als „Firmenmatratze" bezeichnet zu werden?"

„Das ist doch alles nur dummes Gerede. Was wissen die denn schon alle?"

„Na, in der Firma pfeifen es doch die Spatzen schon vom Dach, es kann doch nur eine Frage der Zeit sein, bis es auch in der Stadt rund ist."

Stefan stand wie versteinert immer noch neben den Blumenkästen. Was er da gerade mit anhören musste, konnte er im Moment noch gar nicht richtig begreifen.

Vorsichtig nahm er sein Diktiergerät an sich und ging auf einem kleinen Umweg zum Auto zurück.

Benommen startete er den Wagen und fuhr einige Kilometer aus der Stadt. Auf einem Parkplatz hielt er an.

Wieder und wieder hörte er sich die Aufnahme an.

Offenbar hatte seine Frau nicht nur ein Verhältnis mit diesem Markus, der wohl ein Kollege von ihr war, sondern trieb es auch mit anderen Kollegen aus ihrer Firma. Der Begriff ‚Firmenmatratze' sprach doch wohl eine ziemlich eindeutige Sprache.

Bei dem Gedanken, dass sie ihm und der übrigen Familie ein ganz normales Leben vorspielte, wollte sich ihm der Magen umdrehen. Wie konnte sie nur so abgebrüht sein und ihm die liebende Ehefrau vorspielen?

Immer wieder kam ihm diese ganze Geschichte fremd und unwirklich vor. Aber jedes Mal, wenn er die Aufnahme erneut abhörte, drängte sich ihm die offensichtliche Wahrheit wieder brutal auf und erzeugte in ihm das gemeine Gefühl, verraten und auf übelste Weise betrogen worden zu sein.

Nach längerer Zeit erinnerte ihn die Uhr in seinem Auto an seinen Geschäftstermin.

Noch immer war er nicht in der Lage, einen klaren Gedanken zu fassen. Er rief seinen Geschäftspartner an und faselte etwas von einer Panne und dass er den Termin verschieben müsse, er würde sich wieder melden.

Den ganzen Tag verbrachte Stefan damit, in der Gegend herum zu fahren. Dabei versuchte er, das Gehörte irgendwie zu verarbeiten. Am späten Nachmittag, sein Umherfahren hatte ihn bis nach Höxter verschlagen, suchte er sich ein Café und machte sich zum ersten Mal darüber Gedanken, wie es wohl weitergehen könnte.

Sollte er seine Frau mit dem konfrontieren, was er gehört und auch auf Band aufgenommen hatte? Oder sollte er vorerst gar nichts sagen?

In diesem Moment musste er an Lisa denken. Vielleicht konnte er mit dieser Geschichte sein Verhältnis zu Lisa rechtfertigen.

Gefühle stiegen in Stefan hoch, die er bisher nicht kannte.

Auf der einen Seite war dieses Gefühl des Betrogenseins, auf der anderen Seite stand immer noch die Bindung an sein Versprechen, Manuela treu zu sein.

Vor lauter verschiedenen und gemeinen Gefühlen wurde ihm übel.

Mit einem Gefühl, als wäre er brutal zusammengeschlagen worden, machte er sich auf den Heimweg. Er entschloss sich, zunächst so zu tun, als sei nichts gewesen und weiter abzuwarten, was sich entwickeln würde.

Am Abend traf er sich wieder mit Lisa, aber auch ihr sagte er nichts von seinem Erleben an diesem Tag.

Sie merkte zwar, dass er anders war als sonst, aber es gelang ihm, ihr glaubhaft zu machen, dass er lediglich müde und abgespannt von der Arbeit war.

Lisa erzählte ihm, dass sie heute beim Arzt gewesen sei und der sie gründlich untersucht hatte. Festgestellt hatte er noch nichts, sie müsse jetzt die eingeschickte Blutuntersuchung abwarten.

Brutale Wahrheit

Die Tage gingen dahin und nichts Ungewöhnliches tat sich. Manuela war zu Stefan wie immer, nichts deutete darauf hin, dass irgendetwas Besonderes geschehen war. Auch Stefan hatte seine Gefühle unter Kontrolle und ließ sich nichts anmerken.

Es war an einem schönen sonnigen Sommertag, Stefan war wieder unterwegs zu einem Kunden in Norddeutschland und machte gerade eine Kaffeepause, als sein Handy klingelte.

Stefan erkannte Lisas Nummer und war ein wenig irritiert, denn so früh am Vormittag, - es war gerade halb zehn -, hatte sie noch nie bei ihm angerufen.

Er nahm ab und hörte sie weinen.

„Stefan, kannst du schnell zu mir kommen?"

Sie schien völlig aufgelöst zu sein, ihre Worte wurden durch vielfaches Schluchzen unterbrochen.

„Lisa, was ist los? Was ist passiert?"

Stefan war tief erschrocken. Lisa konnte kaum sprechen. Mit viel Mühe und durch fortwährendes Schluchzen unterbrochen, brachte sie es schließlich heraus.

„Stefan, ich war gerade beim Arzt und habe das Untersuchungsergebnis bekommen. Ich habe Leukämie. Bitte kannst du schnell zu mir kommen? Ich brauche dich jetzt."

Stefan hatte das Gefühl, das Herz würde ihm bei lebendigem Leibe herausgerissen. Seine Hände fingen an zu zittern, seine Beine versagten ihm fast den Dienst.

„Lisa, was ist los? Du hast Leukämie? Aber das kann doch nicht sein. Das verstehe ich nicht. Ich mache mich sofort auf den Weg. Ich bin aber schon fast in Hamburg, es wird eine gute Stunde dauern bis ich bei dir bin. Ich komme so schnell wie möglich", stotterte er.

Seine Gedanken überschlugen sich. Mechanisch setzte er sich ans Steuer, mit quietschenden Reifen fuhr er los. Fast wäre er bei der Einfädelung auf die Autobahn mit einem anderen Fahrzeug zusammengestoßen.

Mit Gewalt zwang er sich zur Ruhe, aber irgendwie wollten ihm seine Gedanken nicht gehorchen.

Erst als er fühlte, wie seine Hose nass wurde, merkte er, wie ihm die Tränen aus den Augen liefen. Er fuhr, als wäre der Teufel hinter ihm her.

Nachdem er die Autobahn kurz vor Warburg verlassen hatte, wurde er allmählich ruhiger, dennoch waren die letzten Kilometer bis zu Lisa wohl die längsten und schrecklichsten, die er jemals gefahren war.

Als er zu ihr in die Wohnung kam, flog sie ihm laut schluchzend in die Arme. Es war das erste Mal, dass sie sich in den Armen lagen. Bisher hatten sie sich lediglich an den Händen berührt.

Mit beiden Armen umschlang er sie und dachte: ‚Ich werde sie nie wieder loslassen'. Lisa vergrub ihr Gesicht in seiner Halsbeuge und weinte hemmungslos. So standen sie eine ganze Weile in ihrem kleinen Flur und bewegten sich nicht. Schließlich nahm er ihr Gesicht in beide Hände und küsste sie zum ersten Mal auf den Mund. Allmählich wurde sie ruhiger.

Stefan nahm sie auf den Arm und trug sie ins Wohnzimmer. Behutsam setzte er sie auf die Couch, sie zitterte am ganzen Körper. Beruhigend streichelte er sie. Sie schmiegte sich an ihn, als wollte sie in ihn hineinkriechen.

„Stefan, bitte bleib bei mir, du bist der einzige, den ich jetzt noch habe."

„Ja Lisa, ich verspreche dir, dass ich bei dir bleibe, ich lasse dich nie wieder allein. Erzähl' doch erst mal, was los ist. Was hat der Arzt zu dir gesagt?"

Lisa war völlig fertig, sie knetete ihre Hände in ihrem Schoß. Sie war im Moment kaum in der Lage, ein klares Wort heraus zu bekommen.

Wieder drückte Stefan sie an sich, als wollte er sie vor der ganzen Welt beschützen.

Schließlich begann sie stockend und immer wieder von Schluchzen unterbrochen zu erzählen.

„Ich war heute Morgen zuerst bei meinem Hausarzt, doch der hat mich gleich, ohne weiter mit mir zu sprechen, ins Krankenhaus geschickt zu dem Facharzt, der meine Blutuntersuchung gemacht hat. Und der Facharzt hat dann gleich noch einen Kollegen dazu geholt. Da habe ich es schon langsam mit der Angst zu tun bekommen. Dann haben mich die beiden erst gefragt, wie es mir geht und wie mein momentaner Zustand ist. Die wollten wohl sehen, ob ich stabil genug bin, die Wahrheit zu ertragen. Das habe ich jedenfalls so aus ihrem Verhalten gelesen.

Ich habe dann von ihnen gefordert, dass sie mir auf jeden Fall die Wahrheit sagen sollten. Ja und dann hat der Facharzt ganz vorsichtig versucht, mir zu erklären, was ich habe. Also die Krankheit die ich habe, heißt akute lymphatische Leukämie und ist bereits sehr weit fortgeschritten. Soweit, dass eine Behandlung nicht mehr anschlagen wird."

„Aber das muss doch noch behandelbar sein. Heutzutage sind doch solche Krankheiten nicht mehr zwangsläufig lebensbedrohlich."

„Wie die beiden mir erklärt haben, ist das bei mir wohl nicht mehr behandelbar, weil die Krankheit schon zu weit fortgeschritten ist. Der zweite Arzt, der dabei war, ist der Chef der Onkologie und der hat die Diagnose bestätigt."

„Aber die wissen doch gar nicht, wie lange du die Krankheit schon hast, das können die doch gar nicht wissen", versuchte Stefan sie zu beruhigen.

„Na ja, die Symptome sind in letzter Zeit schon immer schlimmer geworden und die haben mir ja in der letzten Zeit drei oder viermal Blut abgenommen."

„Trotzdem, ich glaube nicht, dass du dir ernsthaft Sorgen machen musst, das ist doch sicherlich behandelbar."

„Die beiden Fachärzte haben mir jedenfalls keine Hoffnung gemacht."

Die Gedanken in Stefans Kopf überschlugen sich, zum zweiten Mal innerhalb kürzester Zeit musste er erleben, wie ihm sämtliche Lebensgeister zu schwinden drohten. Ein stechender Schmerz bohrte sich in seinen Kopf und zog weiter bis in die kleinsten Winkel seiner Eingeweide. Mit aller Gewalt stemmte sich Stefan gegen eine aufkommende Panik.

Lisa lag in seinem Arm und weinte still vor sich hin. Lähmende Müdigkeit hatte sich ihrer bemächtigt. Sie stöhnte leise wie in Trance.

Vorsichtig streichelte Stefan ihre Wange. Sie öffnete ein wenig die Augen und blickte mit glasigem Blick zu ihm hinauf.

Stefan wusste nicht wie er reagieren sollte. Noch nie in seinem Leben war er in solch einer Situation gewesen. Wie sollte er damit umgehen? Wie sollte er sie trösten, gab es überhaupt eine Möglichkeit zum Trost? Verzweifelt suchte er nach einer Lösung aus diesem Dilemma.

„Lisa, Liebes, ich weiß im Moment nicht, wie ich dir helfen soll. Ich weiß nur eins, ich hab' dich von ganzem Herzen lieb, und egal wie es jetzt weitergeht, ich bleibe auf jeden Fall bei dir."

Sie nickte leicht und schlang ihre Arme noch fester um ihn. Liebevoll küsste ihr Stefan die Tränen aus dem Gesicht.

So saßen sie fast unbeweglich beieinander und gaben sich ihrem Schicksal hin.

Aus Lisas gleichmäßigen Atemzügen schloss Stefan, dass sie wohl vor lauter Überanstrengung eingeschlafen sei. Vorsichtig bettete er ihren Kopf in seinem Schoß und versuchte sich ein wenig zurück zu lehnen.

Lisa schlief sehr unruhig in seinem Schoß. Hin und wieder zuckte ihr ganzer Körper wie unter großen Schmerzen, bis sie nach einer Weile hochschreckte.

Sofort nahm Stefan sie wieder ganz fest in seine Arme und hielt sie fest an sich gedrückt. Leise fing sie wieder an zu weinen.

„Lisa", flüsterte er in ihr Ohr „Lisa mein Schatz, ich hab' dich lieb."

Lisa öffnete ihre Augen und sah ihn mit tränenverschleierten Augen an.

„Danke Stefan, ich hab' dich auch lieb, danke dass du bei mir bist. Wie soll es denn jetzt weitergehen?"

„Was haben denn die Ärzte zu dir gesagt, wie es weitergehen soll? Haben sie dir irgendetwas geraten, was du tun sollst?"

„Nein, so recht nicht. Sie haben mir etwas zur Beruhigung gegeben und mir gesagt, ich solle mich mit meinen Eltern oder meinem Freund zusammensetzen. Und dann haben sie noch gesagt, ich könne zu jeder Zeit, wenn ich Hilfe brauche, zu ihnen kommen."

„Gut, dann werden wir genau das jetzt tun. Wir werden jetzt zusammen zu diesen Ärzten fahren. Ich möchte mir das noch mal ganz genau erklären lassen, wie akut das Ganze ist und ob es nicht vielleicht doch eine Möglichkeit gibt, wie man das behandeln kann. Ist das für dich auch okay?"

Lisa nickte: „Ja, das ist vielleicht ganz gut. Danke dass du mir hilfst."

Nachdem Lisa sich ein wenig frisch gemacht hatte, Stefan saß im Wohnzimmer, kam sie wieder zu ihm.

Er ging auf sie zu und sagte mit viel Zärtlichkeit und Liebe in der Stimme:

„Ich werde alles für dich tun, was in meiner Macht steht."

Wieder schossen ihr die Tränen in die Augen, aber dieses Mal vor Rührung. So lagen sie sich wieder eine ganze Weile in den Armen.

„Danke Stefan, ich spüre, dass du mir Kraft gibst. Ich glaube, mit dir zusammen werde ich alles überstehen. Deine Liebe gibt mir Kraft und Mut."

„Ich werde alles dafür tun, damit es dir gut geht, das verspreche ich dir", wiederholte er.

„Danke, aber was ist mit deiner Familie?"

„Darüber mache ich mir später Gedanken, das hat Zeit. Dazu werde ich dir später noch etwas erklären. Jetzt haben wir etwas Wichtigeres zu klären."

Nach kurzer Wartezeit in der Klinik wurden sie von ihrem behandelnden Arzt, Herrn Doktor Wenzel, empfangen. Er war ein noch junger Mann mit einer sehr dynamischen Ausstrahlung und wirkte auf die beiden sehr Vertrauen erweckend und sympathisch.

„Frau Cordes, schön, dass sie noch mal gekommen sind. Haben sie sich etwas erholt? Ich weiß, das ist ein ziemlicher Schock gewesen heute Vormittag. Aber was sollte ich tun?"

Der Arzt begrüßte auch Stefan sehr freundlich.

„Sie sind sicherlich der Freund von Frau Cordes. Es ist sehr gut, dass sie beide noch einmal hergekommen sind."

„Ja ich bin Stefan Hauser, der Lebensgefährte von Lisa, ich meine von Frau Cordes. Entschuldigen sie bitte, wir sind beide im Moment ganz schön durch den Wind. Sagen Sie Herr Doktor, es muss doch eine Möglichkeit der Behandlung für Lisa geben, es kann doch nicht angehen, dass hier nichts mehr zu machen ist."

„Warten sie einen Augenblick, Herr Hauser, ich habe Professor Jürgens gebeten, dazu zu kommen, er ist Chef der Onkologie. Er muss jeden Moment hier sein, dann können wir alles in Ruhe erörtern. Bitte setzen Sie sich, darf ich Ihnen etwas anbieten?"

Stefan hatte den Arm um Lisas Schulter gelegt und schaute sie erwartungsvoll an. Lisa schüttelte kaum merklich den Kopf. Sie zitterte am ganzen Körper. Gemeinsam setzten sie sich.

„Nein danke, im Moment nicht", erwiderte Stefan.

Doktor Wenzel setzte sich zu ihnen.

„Frau Cordes, wenn Sie noch etwas brauchen zur Beruhigung, sagen sie es mir bitte. Es liegt natürlich in unserem Interesse, dass sie so wenig wie möglich leiden. Ich verspreche Ihnen, dass wir alles dafür tun werden."

Professor Jürgens trat ins Zimmer und begrüßte Lisa und Stefan sehr herzlich. Er war ein großer stattlicher Mann von Mitte fünfzig. Seine Art zu reden hatte etwas Freundschaftliches, man könnte sagen etwas Väterliches an sich.

Der Professor setzte sich Lisa gegenüber auf einen Sessel. Er saß ganz vorn auf der Kante und knetete seine Hände, man sah ihm an, dass ihm diese Situation sehr schwer viel. Stefan war ein wenig erstaunt, denn er hatte eigentlich einen Menschen erwartet, der solche Situationen mit einer gewissen Abgeklärtheit und Routine bewältigen würde. Das Auftreten des Professors erweckte in ihm zwiespältige Gefühle. Auf der einen Seite verlieh ihm der Professor ein gewisses Gefühl der Sicherheit und Geborgenheit, er fühlte augenblicklich, dass dieser Mann wusste, was er sagte und tat. Auf der anderen Seite entstand in ihm ein Gefühl der Angst, weil er wusste, dass dieser Fachmann heute Morgen, zu Lisa von der Unbehandelbarkeit der Krankheit gesprochen hatte.

Unwillkürlich zog er Lisa enger zu sich heran, so als wollte er sie vor dem, was nun zweifellos auf sie zukam, schützen. Mit ruhiger und dennoch sehr angespannter Stimme fing der Professor an zu sprechen:

„Frau Cordes, ich war heute Vormittag schon davon überzeugt sie hier heute wieder zu sehen und es ist sehr gut, dass sie ihren Freund mitgebracht haben. Ich habe also Zeit gehabt, mir zu überlegen, wie ich Ihnen das alles erklären soll, aber es ist jedes Mal das Selbe. Ich mache diesen Job jetzt seit gut zwanzig Jahren, aber an solche Situationen werde ich mich nie gewöhnen.

Bitte verstehen sie mich nicht falsch, ich will hier nicht über mich reden, aber ich möchte Ihnen vermitteln, dass ich Sie verstehen kann. Auch wenn ich persönlich noch nicht in der gleichen Lage war und das, was Ihnen widerfährt, nicht ganz genau nachvollziehen kann, so habe ich doch meine persönlichen Erfahrungen damit gemacht. Diese Erfahrungen sind der Grund dafür, dass ich Onkologe geworden bin. Lassen Sie mich das kurz schildern.

Ich war im ersten Semester meines Medizinstudiums, als meine drei Jahre jüngere Schwester an genau dieser Krankheit erkrankte."

Er machte eine kurze Pause. Man sah ihm an, dass ihm das Sprechen schwerfiel. Zögernd sprach er zu Stefan gewandt weiter.

„Glauben Sie, Herr Hauser, ich weiß genau was Sie jetzt fühlen."

Der Professor sah Stefan genau in die Augen. Beiden standen die Tränen in den Augen.

„Ich wollte damals auch nicht akzeptieren, dass ich hilflos war. Ich habe Himmel und Hölle in Bewegung gesetzt, um meiner Schwester zu helfen. Aber bei ihr war die Krankheit einfach schon zu weit fortgeschritten. Bitte Lisa", er sprach jetzt noch bedächtiger und prägnanter, „ich will auf keinen

Fall Ihr Leiden vergrößern, aber bitte glauben Sie mir, es ist immer klüger, die Wahrheit zu akzeptieren. Nur dann ist man in der Lage, das Beste daraus zu machen. Das gilt übrigens nicht nur für solche Situationen, das gilt generell für alles, was uns in unserem Leben begegnet. Das ist die Summe aller Erfahrungen, die ich bisher in meinem Leben gemacht habe."

Er machte wieder eine Pause. Lisa hatte sich im Laufe des Gespräches bei Stefan an die Schulter gelehnt und aufmerksam zugehört. Die Rede des Professors hatte sie ein wenig ruhiger gemacht, auch wenn daraus nicht unbedingt eine positive Wendung zu ersehen war.

„Lisa Sie haben uns heute Vormittag gesagt, dass die Symptome bereits vor gut einem Jahr das erste Mal aufgetreten sind."

„Ja das stimmt, vor ca. einem Jahr habe ich das erste Mal solch einen kleinen Schwächeanfall gehabt. Ich habe damals gedacht, ich sei ein wenig überarbeitet. Nach diesem Schwächeanfall habe ich eigentlich ständig mit Müdigkeit und Abgespanntheit zu tun gehabt. Im Laufe des letzten Jahres habe ich in immer kürzeren Abständen solche kleinen Schwächeanfälle gehabt und die Müdigkeit wurde auch immer schlimmer."

„Lisa, wir haben ja in der letzten Zeit mehrfach in kurzen Abständen das Wachstum der Leukozyten beobachtet und festgestellt, dass sie sich in kürzester Zeit dramatisch erhöht haben. Das spricht eine überdeutliche Sprache.

Natürlich können wir, wenn Sie das wollen eine Strahlentherapie in Anwendung bringen, wobei der Erfolg jedoch nach unserer Erfahrung in diesem Stadium mehr als fraglich bleibt."

Man merkte, dass sich der Professor diese Worte regelrecht herauswürgte. Es fiel ihm unendlich schwer, Lisa wieder neu mit der Wahrheit zu konfrontieren.

„Bitte glauben Sie mir, Lisa, selbst wenn wir die Bestrahlung mit höchster Dosis durchführen würden - und das wäre die einzige Möglichkeit - würden wir damit lediglich Ihr Leiden verlängern. Haben Sie denn Schmerzen in irgendeiner Weise?"

„Nein, ich habe überhaupt keine Schmerzen, ich merke nur, wie ich von Tag zu Tag schwächer werde."

„Sehen Sie, das ist das, wenn ich das so ausdrücken darf, humane an Ihrem Krankheitsverlauf, Sie haben keine Schmerzen. Und das wird aller Voraussicht nach auch so bleiben. Wenn Sie doch Schmerzen bekommen sollten, geben wir Ihnen natürlich die entsprechenden Mittel dagegen, Sie müssen keine Schmerzen aushalten."

Eine Pause entstand. Stefan hielt Lisa immer noch fest umschlungen. Der Professor hatte sehr beruhigend, aber dennoch sehr deutlich gesprochen.

Lisa beruhigte sich ein wenig und wirkte etwas gefasster als zuvor.

„Wie geht es denn nun weiter, wie lange habe ich denn noch?"

„Ich kann Ihnen keinen Zeitrahmen sagen, den Sie noch zur Verfügung haben, das kann niemand. Ich kann Ihnen nur raten - und da spreche ich jetzt Sie ganz besonders an, Herr Hauser - machen Sie es ihr so angenehm wie möglich. Sie sind wohl ein sehr gefühlvoller Mensch, so wie ich Sie hier kennengelernt habe, schenken Sie ihr Ihre ganze Liebe, Ihre ganze Zuwendung und sprechen Sie über alles. Sie werden sehen, es hilft Ihnen beiden."

Lisa sah Stefan liebevoll an: „Ja, er ist der liebste Mensch, den ich kenne. Er hat mir schon sehr geholfen und Mut gemacht." Sie lächelte ihn dankbar an.

„Ja Liebes, ich werde alles dafür tun, dass es dir möglichst gut geht."

Als sie sich nach einiger Zeit zur Verabschiedung erhoben, hatte Stefan das Gefühl, seine Beine würden ihm wieder den Dienst versagen. Mit aller Kraft stemmte er sich gegen diese Schwäche. Er würde Lisa zur Seite stehen, komme was wolle.

Lisa begab sich noch auf die Toilette, so dass Stefan Gelegenheit hatte, kurz mit dem Professor allein zu sprechen.

„Ehrlich, Herr Professor, was sagt ihre Erfahrung, wie viel Zeit bleibt uns noch?"

„Das ist wirklich schwer zu sagen, aber ich glaube, sie wird es bereits in ein paar Wochen überstanden haben."

„Danke, ich werde ihr die Zeit so angenehm wie irgend möglich machen."

Sie verabschiedeten sich von Professor Jürgens und Doktor Wenzel und gingen schweigend und langsam, eng umschlungen zum Auto. Auch während der Fahrt zu Lisas Wohnung hielten sie sich an den Händen.

„Lisa mein Schatz, wir werden uns beide Urlaub nehmen und fahren irgendwo hin wo es schön ist, o.k.?"

„Ja, das wäre sehr schön, aber was wird deine Frau dazu sagen?"

„Meine Frau wird damit einverstanden sein."

Stefan erzählte ihr kurz von dem Gespräch, welches er belauscht hatte. Lisa war erschrocken über das, was sie hörte, war aber viel zu müde und fertig, um etwas dazu zu sagen. Sie nahm es einfach so hin, dass Stefan sich jetzt ausschließlich um sie kümmern würde.

Zu Hause angekommen, verloren sie sich eine ganze Weile in Umarmungen und Liebkosungen, als wollten sie damit die Zeit und alles, was diese mit sich brachte, aufhalten und ungeschehen machen.

Am frühen Nachmittag fanden sie endlich wieder aus ihrer Lethargie heraus.

„Lisa mein Schatz, wo möchtest du am liebsten hinfahren? Ans Meer, in die Berge? Wo immer du möchtest, fahren wir hin."

„Als Kind habe ich mir immer gewünscht, mal eine Schiffsreise machen zu können, aber da ist leider nichts daraus geworden. Ich liebe das Meer. Ich würde gern an die Nordsee fahren."

„Das passt gut, ich habe einen Geschäftspartner, der hat eine eigene Ferienwohnung in Büsum. Er hat mir mal angeboten, dort Urlaub zu machen. Ich werde ihn, wenn es dir recht ist, gleich anrufen."

„Ja, das ist gut", sie schlang ihre Arme um ihn, „danke, dass du so lieb zu mir bist und mir hilfst. Der Professor hat uns geraten, wir sollen über alles reden. Ich habe noch so viele Fragen, können wir darüber reden?"

„Natürlich, wir werden über alle deine Fragen reden, ich hoffe, dass ich dir die eine oder andere Antwort geben kann."

Stefan rief seinen Geschäftspartner an und bat ihn, kurzfristig die Ferienwohnung mieten zu dürfen. Dieser sagte sofort zu, zumal die Wohnung zurzeit nicht vermietet sei und daher für sie zur Verfügung stehen würde. Sie könnten die Wohnung bereits am heutigen Abend noch beziehen, wenn sie wollten. So wurde verabredet, dass sie die Schlüssel für die Wohnung am Abend beim Verwalter abholen würden.

Lisa hatte sich ein wenig hingelegt und war eingeschlafen. Stefan weckte sie behutsam.

„Lisa, Liebes, wir können heute Abend bereits die Ferienwohnung beziehen. Was meinst du, schaffst du es allein, für dich ein paar Sachen einzupacken? Dann würde ich jetzt zu mir nach Hause fahren und meinen Koffer packen. Wir könnten in einer guten Stunde aufbrechen und wären noch dort bevor es dunkel wird."

„Ja, das schaffe ich schon. Ich freu mich drauf. Was wird deine Frau sagen? Oder ist sie gar nicht zu Hause?"

„Doch, sie müsste zu dieser Zeit zu Hause sein. Heute hat Vanessa Ballett und Tom ist beim Fußballtraining, da hat sie die beiden hingefahren und wird sie nachher wieder abholen. Ich werde ihr kurz erklären, was los ist und hoffe, dass sie kein Theater macht. Aber egal, was sein wird, ich bin in spätestens einer Stunde wieder hier und dann fahren wir los."

„O.k., viel Glück, bis gleich."

Mit einer herzlichen Umarmung und einem intensiven Kuss verabschiedete er sich von ihr und fuhr nach Hause.

Ein wenig mulmig war ihm schon, in Erwartung dessen, was jetzt vor ihm lag. Wie würde Manuela reagieren, mit welchen Mitteln würde sie vielleicht versuchen zu verhindern, dass er fortging? Stefan war fest entschlossen, sich auf gar keinen Fall aufhalten zu lassen.

Als er ins Haus kam, befand sich Manuela in der Küche, um das Essen für die Kinder vorzubereiten. Stefan begrüßte sie kurz in der Küchentür stehend.

„Hallo Manuela, ich werde für ein paar Tage verreisen", sagte er so gleichmütig wie möglich. Er hoffte, dass sie annehmen würde er müsse beruflich verreisen, und dass er so um eine nähere Erklärung herumkommen würde. Stefan verspürte nicht die geringste Lust, seiner Frau die ganze Geschichte zu erklären.

Er drehte sich sofort wieder um, um seine Reisetasche aus dem Büro zu holen. Als er im Schlafzimmer seine Sachen packte, stand Manuela plötzlich in der Tür.

„Stefan, was ist los, wo willst du so spontan hin?"

Er hielt im Packen inne und schaute sie nachdenklich an. Was sollte er jetzt sagen, wusste sie bereits von Lisa, oder war sie völlig ahnungslos? Da Manuela sehr viele Bekannte in der Stadt hatte, konnte er sich schon vorstellen, dass sie bereits von Lisa wusste. Bevor er auf ihre Frage antworten konnte, eröffnete sie wieder das Gespräch.

„Was hast du vor, willst du mit deiner neuen Freundin weg?"

„Mit meiner neuen Freundin?"

„Meinst du etwa, ich habe noch nicht bemerkt, dass du dich ständig mit dieser Lisa triffst?"

„Na gut, das hätte ich mir ja denken können, dass du bei deinen Verbindungen bald Wind davon bekommst. Hör zu, ich habe jetzt weder Lust noch Zeit, dir die ganze Geschichte zu erklären. Das werde ich tun, wenn ich zurück bin. Lisa geht es sehr schlecht. Sie braucht dringend Hilfe und ich werde sie unterstützen. Ich hoffe einfach, dass du aus deiner Situation heraus dafür Verständnis hast und im Moment keine weiteren Forderungen an mich stellst."

„Was soll das denn heißen? „Aus meiner Situation". Meinst du, ich würde einfach dabei zusehen, wie dieses Flittchen mir meinen Mann wegnimmt?"

Stefan hielt wieder inne und ging einige Schritte auf Manuela zu. Sie war sicherlich der festen Überzeugung, dass Stefan nicht den blassesten Schimmer von ihren Machenschaften hatte. Die Gedanken in ihm fuhren Achterbahn. Wie konnte diese Frau bei ihrem Lebenswandel so abgebrüht sein und ihm eine perfekte, treue Ehefrau vorspielen?

Stefan wusste nicht, wie er ihr in diesem Moment Paroli bieten sollte. Dieser Tag war bisher so ereignisreich verlaufen, dass er sich augenblicklich überfordert fühlte. Er spürte, wie der Zorn in ihm hochstieg, und stemmte sich mit aller Gewalt dagegen.

Er war bisher in jeder Situation innerhalb seiner Ehe, egal wie dramatisch sie auch war, immer ruhig und besonnen geblieben - und das sollte sich auch heute nicht ändern. Darum wendete er sich wieder seinen Sachen zu, packte weiter und antwortete nicht.

„He, ich rede mit dir und kann doch wohl von dir eine Erklärung erwarten. Was hat dieses Flittchen mit dir angestellt, dass du so Knall auf Fall von hier abhauen willst? Ich habe ja wohl ein Recht auf eine Erklärung", fuhr sie ihn an.

Dass sie seine Lisa, diese gefühlvolle und bescheidene Frau, zum wiederholten Mal als „Flittchen" bezeichnete ließ ihn jetzt völlig die Beherrschung verlieren.

„Ich warne dich, du hast kein Recht, diese Frau als Flittchen zu bezeichnen, du nicht", herrschte er sie an.

Erschrocken über seinen Gefühlsausbruch wich Manuela einige Schritte zurück.

„Was ist denn mit dir los? So hast du ja noch nie reagiert, ich kenne dich ja nicht wieder. Diese Frau muss dich ja wohl völlig umgedreht haben. Wie soll ich denn sonst solch eine Frau bezeichnen, die sich an verheiratete Männer heran macht und sie ihren Familien ausspannt."

„Was glaubst du eigentlich, wer du bist? Glaubst du, du könntest machen was du willst, ohne dass das Konsequenzen hat?"

Stefan ging wieder einige Schritte auf sie zu, er stand jetzt drohend direkt vor ihr.

„He was soll das? Bist du betrunken, oder was faselst du da? Glaubst du, du kannst hier plötzlich auftauchen und mir drohen? Noch sind wir verheiratet, und du hast verdammt noch mal die Pflicht, mir eine Erklärung für dein Verhalten zu liefern."

„O.k., ich werde dir deine Erklärung liefern."

Stefan packte sie unsanft am Arm und zog sie in sein Büro. Dort stieß er sie hart auf das Sofa.

„Setz dich dahin und hör zu", herrschte er sie an.

„Ich lasse mir von dir nichts befehlen, lass mich in Ruhe."

„Halt die Klappe und hör zu", befahl er ihr barsch.

Stefan schaltete seinen Laptop an und öffnete die Datei, in der er das von ihm aufgenommene Gespräch zwischen ihr und diesem Markus abgespeichert hatte.

Erwartungsvoll setzte er sich auf die Kante seines Schreibtisches und sah ihr direkt in die Augen.

Als die ersten Worte des Gespräches ertönten, Stefan hatte volle Lautstärke eingeschaltet, wich Manuela sämtliche Farbe aus dem Gesicht. Benommen ließ sie die ersten Sätze über sich ergehen. Mit weit aufgerissenen Augen sah sie ihn an.

„Wo hast du das her? Hat dieser Blödmann von Markus das etwa aufgenommen und dir dann gepetzt?"

„Nein, das habe ich aufgenommen. Ich hatte an dem Tag meine Unterlagen vergessen und bin zurückgekommen. Ich wollte über die Terrasse reinkommen und habe euch schon von draußen diskutieren gehört. Dann bin ich nähergekommen und habe mein Diktiergerät zwischen die Blumentöpfe in der Tür gelegt."

„Mach das aus, bitte", ihre Stimme hatte jegliche Schärfe und Lautstärke verloren. Mit einem Schlag war ihr klargeworden, dass sie sich in einer äußerst misslichen Lage befand. Sie saß jetzt dort auf dem Sofa, zusammen gekauert wie ein Häufchen Elend. Fast tat sie ihm schon wieder leid.

Stefan fand seine Ruhe und Besonnenheit schnell wieder.

„Hör zu, ich werde mit Lisa für einige Zeit verreisen. Ich hoffe, dass du begriffen hast, wer hier mehr unsere Ehe aufs Spiel gesetzt hat. Ich erwarte von dir, dass du dich ruhig und besonnen verhältst. Wir werden über alles reden, wenn ich wieder da bin, o.k.?"

Manuela war im Moment nicht in der Lage darauf zu antworten. Stefan ging ins Schlafzimmer zurück und packte seine Tasche fertig.

Als er alle seine Sachen beisammenhatte, ging er noch mal ins Büro zurück. Manuela saß immer noch dort auf dem Sofa und war offenbar nicht in der Lage, sich zu bewegen.

Sie schaute ihm mit großen Augen und völlig blass entgegen. Unter anderen Umständen hätte er sie in solch einem Zustand in den Arm genommen und hätte ihr alles verziehen. Aber dazu war er jetzt nicht mehr in der Lage, und ob er das jemals wieder können würde, wusste er nicht.

„Noch eins Manuela", er hatte einen drohenden Unterton in der Stimme, „sei schön vorsichtig damit, was du deinen Kindern, Verwandten und Freunden über mich erzählen wirst. Ich habe kein Problem damit, einige E-Mails zu schreiben mit Anhang. Wenn ich wieder da bin, werden wir sehen, wie es weitergehen kann."

Ohne sich weiter von ihr zu verabschieden, verließ er das Haus und fuhr zu Lisa. Auf dem Weg dorthin spielten seine Gefühle verrückt. Er hatte große Mühe, seine Gedanken zu ordnen. Trotz des Bewusstseins von seiner Frau betrogen und hintergangen worden zu sein, fühlte er sich dennoch nicht so ganz wohl in seiner Haut.

Zuversicht

Als Stefan bei Lisa ankam, hatte er sich bereits wieder soweit im Griff, dass man ihm seine gerade erlebte Aufregung nicht mehr anmerkte.

Lisa hatte alles Nötige gepackt und sie machten sich sogleich auf die Reise. Sie waren eine ganze Weile sehr still unterwegs und beschäftigten sich mit ihren Gedanken.

Unwillkürlich musste Stefan an seine Frau denken, die jetzt zu Hause mit ihrem Problem allein war. Er wehrte sich zwar gegen seine Gefühle, aber es wollte ihm nicht so recht gelingen, sie tat ihm doch irgendwie leid. Mit aller Gewalt schob er diese Gedanken beiseite. Letztendlich war es ihr eigenes Verschulden, dass sie jetzt in dieser Situation war, und außerdem hatte sie in dieser Zeit, in der sie ihn betrog auch keine Skrupel gezeigt. Ganz im Gegenteil, sie hatte ihm eine treue Ehefrau vorgespielt.

Was würden Vanessa und Tom dazu sagen? Auch wenn die beiden nicht seine leiblichen Kinder waren, war er doch ihr Vater und seine Gefühle für sie waren nach wie vor da.

Jetzt konnte Stefan sich auch einen Reim darauf machen, weshalb seine Frau ein innigeres Verhältnis zu den Kindern immer wieder verhinderte.

Seine Gedanken kreisten um seine Familie, die so nicht mehr weiterbestehen konnte.

Stefan schaltete das Radio ein, um von diesen Gedanken los zu kommen. Allmählich gelang es ihm, sich mehr mit dem zu beschäftigen was jetzt erstmal vor ihnen lag. Eine tiefe Traurigkeit durchzog ihn, als Lisas Stimme ihn aus seinen Gedanken riss.

„Stefan, glaubst du an Gott?"

Diese Frage traf ihn wie ein Schlag ins Gesicht. Offenbar beschäftigte sich Lisa mit dem Gedanken, bald sterben zu müssen.

Stefan schaute zu ihr hinüber. Sie hatte die Rückenlehne ein wenig in Liegeposition gebracht und lag dort mit geschlossenen Augen. Er musste schlucken, es schnürte ihm fast den Atem ab. Er nahm ihre Hand und drückte sie sanft.

„Lisa, an was denkst du?"

Sie umschloss Stefans Hand mit ihren beiden Händen und drückte sie verkrampft zusammen. Er hatte das Gefühl, sie würde ihm die Hand brechen, aber er wehrte sich nicht dagegen, er ließ es geschehen.

Sie sah jetzt zu ihm herüber und erst jetzt bemerkte er, dass sie wieder weinte.

„Was wird aus mir? Ist mit dem Tod alles zu Ende, oder gibt es doch noch etwas danach? Hat mein Vater doch Recht, wenn er meint, dass ich abtrünnig bin und Gott mir verwehrt, in den Himmel zu kommen? Gibt es überhaupt einen Gott?"

„Liebes, zermartere dir nicht den Kopf. Ich will versuchen dir jegliche Angst zu nehmen. Bitte hab Vertrauen zu mir, ich will nur eins, nämlich dass es dir so lange wie möglich gut geht und wenn es wirklich soweit kommen sollte, dass du ohne Angst gehen kannst."

„Ja ich vertraue dir, bitte hilf mir", sie war völlig verzweifelt.

„Ja mein Schatz, ich werde dir helfen. Lass uns über Gott sprechen. Ja, ich glaube an Gott und ich denke, ich kenne ihn ganz gut. Aber lass' uns doch zuerst darüber sprechen, ob du an Gott glaubst und wenn ja, wie du ihn siehst."

Lisa zuckte mit den Schultern: „Ich weiß nicht. Eigentlich glaube ich schon an Gott, aber...", sie stockte, die Tränen liefen ihr über die Wange, „ist das jetzt seine Strafe, dass ich meinem Vater ungehorsam war?"

„Nein mein Schatz, mit Sicherheit nicht. Ich werde versuchen, es dir zu erklären. Wenn du an Gott denkst, was fühlst du dann, was ist er für dich?"

„Na ja, ich habe das so gelernt, dass man Gott absolut gehorchen muss, sonst bestraft er einen."

„Nein Lisa, das ist ein völlig falsches Bild von Gott, ich habe ihn ganz anders erlebt. Er ist kein strafender Gott, er ist ein liebender Gott. Ich werde ihn dir zeigen."

„Zeigen? Wie willst du ihn mir denn zeigen, man kann ihn doch nicht sehen."

„Nein, du hast recht, sehen können wir ihn nicht, aber wir können ihn wahrnehmen. Hab Vertrauen, ich zeige ihn dir."

Stefan fuhr einen Parkplatz an.

„Hier ist Gott?"

„Er ist überall, ich kann ihn dir überall zeigen. Komm, wir steigen aus und suchen uns ein ruhiges Plätzchen."

Auf dem Parkplatz war nur wenig Betrieb. Sie gingen etwas abseits von den anderen Leuten, die sich dort befanden, und setzten sich auf eine Bank.

Stefan nahm Lisa sehr zärtlich und liebevoll in den Arm. Er küsste sie auf den Mund und ließ dann seine Lippen über ihre Wange wandern bis zu ihrem Ohr.

„Schließ' die Augen und entspann dich," flüsterte er ihr sanft ins Ohr, „achte jetzt nur auf dein Gefühl, öffne dein Herz ganz weit und lass die Empfindungen, die du jetzt hast, ganz tief auf dich wirken."

Stefan ließ all seine Liebe, seine schönsten Gefühle in diese Liebkosung einfließen. So saßen sie eine kurze Weile und gaben sich ihren Gefühlen hin.

Dann flüsterte er ihr sanft ins Ohr: „Jetzt versuch' mit einem Wort zu beschreiben, was du jetzt fühlst."

Nach einer kurzen Pause flüsterte sie: „Liebe."

„Siehst du, das ist Gott."

Leise fing sie wieder an zu weinen.

„Oh Stefan, das ist so schön, es tut so gut, geliebt zu werden."

„Ja, das ist wahr und es tut genauso gut zu lieben."

„Ich hab' dich so lieb. Ich bin dir so dankbar, dass du mir deine ganze Liebe, deine schönsten Gefühle schenkst."

„Ja mein Schatz, ich werde dir auch weiterhin all meine Liebe schenken. Du musst keine Angst haben. Gott will, dass du immer solche schönen Gefühle hast, er wird dich garantiert nicht verstoßen, ganz im Gegenteil: Er hat einen Platz für dich, an dem du immer glücklich sein wirst und immer Liebe fühlen kannst."

Sie saßen noch eine ganze Weile auf der Bank und gaben sich ihren Gefühlen hin. Um sie herum schien alles in weite Ferne gerückt zu sein.

„Komm lass uns jetzt weiterfahren", sagte Stefan schließlich.

Als sie am Auto angekommen waren, hielt Stefan ihr die Tür auf zum Einsteigen. Bevor sie jedoch einstieg, umarmte sie ihn noch einmal liebevoll: „Danke, dass du mir Gott gezeigt hast. Er ist wirklich ganz anders, als man ihn mir beigebracht hat. Von diesem Gott will ich gerne lernen und mich führen lassen. Das hat mir Mut gemacht und ich glaube damit gelingt es mir meine Angst zu überwinden."

„Ja Lisa, du musst wirklich keine Angst vor dem haben, was auf dich zu kommt. Du bist von deiner Einstellung her eine sehr gefühlvolle, liebevolle und harmonische Frau. Gott hat für dich einen Platz, an dem du nur glücklich sein wirst, davon bin ich hundertprozentig überzeugt."

Sie fuhren einige Zeit schweigsam ihrem Ziel entgegen. Lisa hatte es sich wieder bequem in ihrem Sitz gemacht. Sie war jetzt etwas ruhiger, die Tränen waren fürs Erste versiegt. Hin und wieder schauten sie sich liebevoll an. Sie hielten sich an den Händen.

„Stefan, du musst mir noch etwas erklären, so ganz verstehe ich das noch nicht", begann sie schließlich wieder die Unterhaltung.

„Ja Liebes, das will ich gern tun, was soll ich dir erklären?"

„Also ich habe das jetzt so verstanden, dass Gott das absolut Gute, also die reine Liebe ist. Aber warum verlässt er uns denn manchmal, warum haben wir nicht immer diese schönen Gefühle in uns?"

„Na ja, das ist gar nicht so schwer zu verstehen. Sieh' mal, wir werden ja nicht nur von Gott beeinflusst, es gibt ja auch noch den Gegenspieler Gottes, den wir so landläufig als Teufel oder Satan bezeichnen."

„Du meinst, Gott ist das absolut Gute und der Teufel ist das absolut Böse?"

„Ja genau - und beide versuchen uns permanent zu beeinflussen. Das Schlimme an dieser Tatsache ist, dass sich das Böse uns nicht in seiner wirklichen Gestalt zeigt, sondern sich uns betrügerisch in einer besseren Gestalt zeigt. Darum ist es manchmal für uns nicht ganz einfach zu erkennen, welcher von beiden uns gerade beeinflussen will, und darum gibt es so viel Missverständnisse und Ärgernisse auf dieser Welt."

„Da haben wir ja kaum eine Chance, das Böse immer abzuwehren. Das ist ja gar nicht zu schaffen."

„Doch, wir haben eine sehr gute Chance das Böse zu erkennen, jedenfalls in den meisten, oder sagen wir in vielen Fällen."

„Und wie soll das gehen?"

„Wir Menschen haben den freien Willen, den Gott uns gegeben hat. Diesen freien Willen tastet er nicht an. Das heißt, Gott wird niemals gegen unseren eigenen Willen etwas tun und auch der Böse kann nichts gegen unseren freien Willen unternehmen. Wir selbst haben es immer in der Hand, von wem wir uns beeinflussen lassen."

„Ja gut, aber dazu müssen wir doch erst mal erkennen, wer uns da gerade beeinflussen will. Das ist doch die Schwierigkeit."

„Nein, so schwierig ist das gar nicht. Sieh mal, nehmen wir mal den günstigsten Fall an, du wärst in der Lage, immer dieses schöne Gefühl der Liebe in dir zu haben. Wenn du jedem Menschen, der dir begegnet, in jeder Situation mit dieser Liebe im Herzen begegnen könntest und dann würde eine Beeinflussung des Bösen auf dich zu kommen, meinst du nicht, dass du die böse Beeinflussung sofort erkennen könntest?"

„O.k., ich glaub', ich habe verstanden was du damit sagen willst: Je mehr das Gute in uns gefestigt ist, umso besser können wir eine böse Beeinflussung erkennen."

„Und abwehren, genau."

„Also kommt es auf unsere innere Einstellung an, wie gut wir das Gute und das Böse auseinanderhalten können. Und wenn ich jetzt die Situation von vorhin betrachte, heißt das für mich, je mehr Liebe ich in mir habe, desto besser kann ich das Böse erkennen und abwehren."

„Genauso ist es. Und jetzt komme ich nochmal zu dem, was ich dir vorhin gesagt habe: Du bist von deiner Grundeinstellung her eine sehr liebevolle, freundliche und harmonische Person. Darum wird Gott für dich einen schönen Platz haben, an dem du immer glücklich sein wirst."

„Na ja, dass das immer so zutrifft, ist sicherlich nicht der Fall."

„Doch, doch, vielleicht nicht hundertprozentig, aber du bist mehr als die meisten Menschen, die ich kenne, vom Guten durchdrungen. Denk mal an die Situation, als wir uns das erste Mal im Lokal getroffen haben. Weißt du noch, da haben dich unsere beiden sogenannten Freunde ganz schön bedrängt."

„Ja, das weiß ich noch ziemlich genau, die haben mich mit ihren Blicken ja schon fast ausgezogen und ihre Sprüche waren auch nicht viel besser."

„Genau - und wie du darauf reagiert hast, hat mir ganz deutlich gezeigt, wie du in deinem inneren beschaffen bist. Ich glaube, wenn du nicht überwiegend das Gute in dir getragen hättest, dann wärst du den beiden noch ganz anders entgegengetreten. Du hast ihnen freundlich, aber sehr bestimmt eine Abfuhr erteilt. Ich habe meine helle Freude daran gehabt."

„Ja, o.k., ich war freundlich, aber nicht liebevoll."

„Doch, warst du, die Freundlichkeit kommt doch aus der Liebe. Alle diese guten Eigenschaften oder auch Tugenden gehen aus der Liebe hervor. Und diese Tugenden hast du reichlich in dir. Deshalb bin ich hundertprozentig davon überzeugt, dass Gott für dich einen schönen Platz hat, an dem du immer glücklich sein wirst."

Lisa hatte sich an seinen Arm gelehnt und drückte ihn jetzt liebevoll.

„Und wo wird das sein? Ich kann mir das überhaupt nicht vorstellen."

„Nein, vorstellen kann ich mir das auch nicht. Aber wenn wir das ein wenig verstehen wollen, dürfen wir nicht fragen *wo* wird das sein, sondern *wie* wird das sein. Denn der Bereich in dem Gott existiert, der Bereich des Geistes, ist völlig anders gestaltet als der Bereich der Materie. Im Bereich des Geistes haben Zeit und Raum keinerlei Bedeutung."

Stefan machte eine Pause. Er versuchte, seine Gedanken zu ordnen. Wie sollte er ihr das erklären, wo er doch selbst nur sehr schwer eine schlüssige Antwort formulieren konnte?

„Sieh mal, wir Menschen bestehen nicht nur aus Materie. Der Mensch ist die einzige Kreatur auf dieser Welt, die aus Materie und Geist besteht. Der Geist ist das, was in uns lebt.

Es ist die Fähigkeit zu denken, uns etwas vorstellen zu können. Wir Menschen haben diese Fähigkeit, etwas Neues zu ersinnen, uns dieses vorzustellen und es entsprechend dieser Vorstellung auch herstellen zu können. Diese Schöpfungskraft, wie sie Gott hat. Diese Kraft hat er in begrenztem Umfang auch in uns Menschen hineingelegt. Er hat damals gesagt: ‚Lasset uns Menschen machen, ein Bild, das uns gleich sei'. Er hat dann dem Menschen den Geist gegeben. Wir Menschen haben also etwas Göttliches in uns. Göttliches Leben, die Seele. Und wenn die Seele vom Körper getrennt wird, bleibt die Materie zurück und die Seele geht dorthin, von wo sie ausgegangen ist."

„Das heißt, jede Seele geht zurück zu Gott?"

„Nicht ganz. Sie geht zurück in den Bereich des Geistes."

„So langsam komme ich dahinter, was du meinst. Und im Bereich des Geistes herrschen zwei Mächte, die gute Macht und die böse."

„So ist es, und wenn wir uns mit der gesamten Menschheitsgeschichte beschäftigen, stellen wir fest, dass Gott dabei ist, eine endgültige Trennung zwischen Gut und Böse herbei zu führen. Für jeden einzelnen Menschen ist es also wichtig, sich immer wieder neu zu entscheiden, lasse ich mich vom Guten oder vom Bösen beeinflussen. Dementsprechend wird die Seele des Menschen entweder in den guten oder den bösen Bereich eingehen, wenn die Materie, also der Körper, von ihr getrennt wird."

„Und du meinst, weil ich einige gute Eigenschaften in mir habe, werde ich an solch einen Platz kommen, wo ich immer glücklich sein kann?"

„Ja, das ist meine felsenfeste Überzeugung."

„Hoffentlich sieht Gott das auch so. Ich bin ja nicht perfekt und habe auch meine Fehler."

„Darüber brauchst du dir keine Sorgen machen. Alle Menschen haben und machen Fehler. Darauf kommt es auch letztlich gar nicht an. Entscheidend ist deine Einstellung. Und die ist hundertprozentig gut."

Lisa war sichtlich berührt. Sie rieb ihre Wange an seinem Oberarm.

„Danke, du bist auch sehr lieb zu mir. Deine Einstellung ist auch überwiegend gut. Das heißt doch, dass du dann, wenn deine Seele vom Körper getrennt wird, auch in den guten Bereich eingehen wirst."

„Das hoffe ich. Ich werde jedenfalls alles daran setzten, dass das so sein wird."

„Sehen wir uns dann wieder?"

„Auch davon gehe ich aus. Das ist meine feste Überzeugung."

Lisa gab ihm einen herzhaften Kuss auf die Wange.

„Danke Stefan, du hast es wirklich geschafft, dass meine Angst sich im Moment aufgelöst hat. Kannst du mal irgendwo anhalten, ich brauche jetzt noch mal deine starken Arme."

Stefan fuhr den nächsten Parkplatz an. Dort gaben sie sich wieder mit zärtlichen Umarmungen ihrer tiefen Liebe hin. Als sie sich wieder auf den Weg machten, war es bereits früher Abend. Die letzte Stunde der Fahrt verlief schweigsam. Lisa hatte sich wieder an Stefans Schulter gelehnt.

Schwere Stunden

Am späten Abend, es war schon fast dunkel geworden, kamen sie in Büsum in der Ferienwohnung an. Lisa war kaum noch in der Lage, einen Schritt vor den anderen zu setzen. Stefan trug sie in die Wohnung und legte sie behutsam auf das Sofa. Beide waren von den Ereignissen des Tages dermaßen abgespannt, dass sie nur noch ihre Koffer in die Wohnung brachten und sich dann gleich zur Ruhe begaben.

In dieser Nacht liebten sie sich sehr sanft und mit unbeschreiblicher Zärtlichkeit. Lisa war so ergriffen von ihren Gefühlen, dass ihr immer wieder die Tränen über die Wangen liefen. Stefan küsste sie ihr dann immer sehr sanft von den Wangen.

Am nächsten Morgen, die Sonne hatte bereits ein beträchtliches Stück ihres Weges am Himmel hinter sich, erwachte Stefan als erster. Als er die Augen öffnete, fiel sein Blick auf Lisas halb nackten Körper. Es war sehr warm und ihre Decke war ihr vom Körper gerutscht. Eingehend betrachtete er sie. Ihr Gesicht hatte erstaunlicherweise einen sehr friedlichen Ausdruck. Sie schien sehr tief und sehr ruhig zu schlafen.

Zwiespältige Gefühle bemächtigten sich seiner. Zum einen war eine gewisse Zufriedenheit in ihm, weil es ihm gelungen war, ihr die panische Angst zu nehmen, zum anderen lag eine schmerzende, tiefe Traurigkeit auf ihm, weil er wusste, dass sie diese wunderschöne, gefühlvolle Liebe nur eine kurze Zeit würden genießen können.

Am liebsten hätte er diesen Schmerz aus sich herausgeschrien, die Tränen liefen ihm über das Gesicht und benetzten sein Kissen, aber er bezwang mit aller Macht seine Gefühle. Er streckte seine Hand aus und wollte sie zärtlich berühren, zog die Hand dann aber wieder zurück, um Lisa nicht zu wecken. Behutsam zog er ihre Decke über ihren schönen Körper und erhob sich leise. Seine Gedanken wollten wieder anfangen Achterbahn zu fahren.

Stefan ging ins Badezimmer und steckte seinen Kopf unter das kalte Wasser. Ganz allmählich gelang es ihm, wieder einen klaren Gedanken zu fassen.

Wie sollte es denn jetzt weitergehen, was würden wohl die nächsten Tage bringen? Fragen über Fragen durchkreuzten seine Gedanken, als er Geräusche aus dem Schlafzimmer bemerkte. Lisa war offenbar dabei, wach zu werden. Sogleich ging er wieder zu ihr.

Mit großen Augen sah sie ihm entgegen.

„Guten Morgen mein Schatz," begrüßte er sie möglichst gleichmütig.

„Guten Morgen, bist du schon lange wach?"

„Nein, vielleicht zehn Minuten. Hast du gut geschlafen?"

„Na ja, es geht so", erwiderte sie noch ziemlich schlaftrunken.

„Ich werde jetzt Frühstück machen, und nach dem Frühstück gehen wir uns ein wenig die Gegend ansehen, o.k.?"

„Ja, o.k., im Moment fühle ich mich recht gut."

„Das ist schön. Wir müssen noch über Einiges sprechen, aber das hat noch ein wenig Zeit."

Sie sah ihn erstaunt an.

„Das klingt ja so förmlich, was meinst du?"

„Na ja, ich denke, es wäre vielleicht ganz wichtig, dass du deinen Eltern mitteilst, was los ist. Die wissen doch noch von gar nichts. Auch wenn sie den Kontakt zu dir abgebrochen haben, sollten sie wenigstens darüber informiert sein. Meinst du nicht?"

Lisa vergrub ihr Gesicht wieder in ihrem Kissen. An ihren Bewegungen bemerkte Stefan, dass sie wieder anfing zu weinen. Er setzte sich zu ihr, nahm sie in den Arm und versuchte sie zu trösten.

„He Schatz, ich wollte dir nicht weh tun, aber ich halte das schon für sehr wichtig."

„Ich weiß, das ist ja auch wichtig, aber wie soll ich das denn machen. Die wollen doch von mir nichts mehr wissen."

„Sie werden doch aber in dieser besonderen Situation nicht so hartherzig sein und dich weiterhin ignorieren."

„Nein, meine Mutter sicherlich nicht, die leidet sowieso unter dieser Situation. Aber du kennst meinen Vater nicht, der würde niemals einlenken."

„Ich kann mir das kaum vorstellen, er ist doch auch ein Mensch und immerhin bist du doch sein Kind."

„Er hat mich aber nie so behandelt. Das Wichtigste für ihn war schon immer seine Stellung. Dagegen musste immer alles in den Hintergrund treten."

Lisa weinte wieder sehr heftig, und es war Stefan kaum möglich, sie zu beruhigen. Ganz fest nahm er sie wieder in den Arm und ließ sie all seine ganze Liebe, und seine schönsten Gefühle spüren.

Nach einiger Zeit versiegten ihre Tränen.

„Stefan, ich werde ihnen einen Brief schreiben, hilfst du mir dabei?"

„Natürlich helfe ich dir. Das ist wahrscheinlich die bessere Idee, einen Brief zu schreiben. Aber lass uns bitte vorher wenigstens eine Kleinigkeit frühstücken."

„O.k., ich will versuchen, ob ich etwas runter kriege."

Beiden war eigentlich nicht nach Essen zumute, aber sie schafften es beide, wenigstens ein halbes Brötchen zu essen. Nach dem Frühstück machten sie einen ersten Spaziergang zum Strand, der von ihrer Wohnung nur fünf Minuten Fußweg entfernt war. Dort angekommen, setzten sie sich in einen Strandkorb und sogen die frische Seebriese in sich hinein.

Lisa hatte sich eng an Stefan geschmiegt und suchte ständig ganz engen Körperkontakt, als wolle sie sich an ihn fesseln. Immer wieder liefen ihr Tränen die Wangen herunter. So saßen sie, ohne ein Wort zu sprechen, über eine Stunde fast regungslos in dem Strandkorb.

Obwohl diese Stunde an der Seeluft ein wenig Kraft gespendet hatte, war Lisa doch sehr schwach und musste sich gleich hinlegen, als sie wieder in der Wohnung angekommen waren.

Erst am Nachmittag waren sie beide bereit, den Brief an Lisas Eltern zu schreiben. Das nahm den Rest dieses Tages in Anspruch. Auch Stefan fühlte sich schon am frühen Abend ziemlich fertig und ausgelaugt, so dass sie sich schon früh zu Bett begaben und sogleich einschliefen.

Mitten in der Nacht wachte Stefan schweißgebadet auf. Er hatte einen heftigen Albtraum erlebt, an den er sich aber, nach dem er erwacht war, nur noch schemenhaft erinnern konnte.

Neben ihm lag seine so sehr geliebte Lisa, die völlig erledigt schien. Er hörte sie in kurzen heftigen Zügen atmen. Obwohl sie sehr unruhig war, schien sie doch sehr tief zu schlafen.

Wieder übermannte ihn der ganze Schmerz ihrer Situation. Er weinte hemmungslos in sein Kissen. Wie lange er so weinend da gelegen hatte wusste er später nicht mehr zu sagen. Irgendwann schien er vor Erschöpfung wieder eingeschlafen zu sein.

Die nächsten Tage vergingen fast immer in gleicher Weise, jeweils vormittags und nachmittags unternahmen sie einen Spaziergang zu ihrem Strandkorb.

Nach einer guten Woche bemerkte Stefan, dass Lisa immer früher den Wunsch äußerte, wieder zurück zur Wohnung gehen zu wollen. Die Ruhepausen nach diesen Spaziergängen wurden von Mal zu Mal länger. Es war zu spüren, wie sie von Tag zu Tag schwächer wurde. Und je schwächer sie wurde, umso intensiver wurde die körperliche Nähe der beiden. Es gab kaum noch Momente, in denen sie sich nicht berührten. Es schien so, als wollten sie durch die körperliche Nähe die Zeit anhalten.

Nach fast einer weiteren Woche wollte Lisa nach Hause fahren. Sie war jetzt so schwach, dass sie kaum noch vor die Tür gehen konnte. Deshalb verbrachten sie die letzten Tage nur noch auf dem kleinen Balkon der Wohnung.

Stefan wurde mehr und mehr klar, dass nun das Unausweichliche bald geschehen würde. Es waren jetzt gerade mal gut zwei Wochen vergangen, seit Lisa die Diagnose erhalten hatte. Er erwischte sich immer öfter dabei, dass ihm die Tränen nur so aus den Augen liefen, wenn er mal einen kurzen Moment allein war. Vor Lisa versuchte er mit aller Macht, seine tiefe Traurigkeit zu verbergen, was ihm aber nur bedingt gelang. Doch Lisa war jetzt oft gar nicht mehr recht ansprechbar, so dass sie davon nicht allzu viel mitbekam.

Auf der Autofahrt nach Hause, sie waren nach dem Frühstück aufgebrochen und am frühen Nachmittag zu Hause angekommen, schlief sie fast ununterbrochen.

Stefan trug Lisa in ihre Wohnung und verständigte sogleich ihren Hausarzt. Nachdem dieser den momentanen Zustand von Lisa erfahren hatte, empfahl er den behandelnden Arzt Dr. Wenzel aus dem Krankenhaus zu informieren.

Dr. Wenzel sagte sofort sein Kommen zu. Zwanzig Minuten später war er da. Eine kurze Untersuchung bestätigte Stefans Befürchtung.

Lisa hatte jetzt kaum noch einen wachen Moment. Sie schlief fast ununterbrochen.

„Wie wird das jetzt weitergehen?" Stefan war mit dieser Situation sichtlich überfordert und wusste nicht, wie er sich verhalten soll.

„Machen sie alles so wie bisher. Sie können nichts verkehrt machen. Wahrscheinlich wird ihr Herz im Schlaf einfach aufhören zu schlagen. Lassen sie all ihre Gefühle in jede Umarmung, in jeden Atemzug einfließen, damit helfen sie ihr am meisten. Wenn sie meinen, dass ihr Herz aufgehört hat zu schlagen, rufen sie mich an. Egal zu welcher Zeit, ich werde dann sofort herkommen."

Dr. Wenzel gab Stefan seine Handynummer und verabschiedete sich von ihm.

Stefan legte sich zu Lisa ins Bett und nahm sie ganz fest in seinen Arm. So lagen sie den Rest des Tages und auch die ganze Nacht bis auf kleine Unterbrechungen beisammen. Seine Tränen waren versiegt, er war kaum noch in der Lage, etwas zu fühlen. Um ihn herum war nur eine schwarze Leere. Noch nie in seinem Leben hatte er sich so elend und einsam gefühlt. Nur die Wärme von Lisas Körper ließ ihn hin und wieder spüren, dass sie noch lebten. Er wünschte sich im Moment nichts sehnlicher, als mit ihr zusammen zu sterben.

Irgendwann musste Stefan wohl eingeschlafen sein.

Als er wach wurde, schien die Sonne von einem wolkenlosen Himmel direkt ins Zimmer und erfüllte den Raum mit einem warmen Licht, als wollte der Himmel neues Leben schenken.

Lisa schlief weiterhin. Stefan musste dicht an ihren Mund gehen, um zu spüren, dass sie noch atmete.

Er erhob sich leise und ging ins Badezimmer. Hier steckte er wieder mal seinen Kopf unter das eiskalte Wasser, um wieder klare Gedanken zu bekommen.

Stefan fühlte sich, als wäre er von einem Güterzug überfahren worden. Jeder einzelne Knochen, jeder einzelne Muskel schmerzte wahnsinnig.

Erst als er das Gefühl hatte, sein Kopf würde vor Kälte zerspringen, drehte er den Wasserhahn zu. Minutenlang stand er regungslos vor dem Waschbecken, um ihn herum hatte sich eine Wasserlache gebildet, seine Kleidung triefte vor Nässe. Es dauerte eine ganze Weile, bis er das bemerkte. Allmählich kamen die klaren Gedanken wieder. Er holte trockene Sachen aus seinem Koffer und zog sich um. Lisa lag immer noch in ihren Sachen dort auf dem Bett, wie er sie gestern dort hingelegt hatte. Vorsichtig beugte er sich über sie und versuchte sie zu wecken.

Tatsächlich öffnete sie die Augen.

„Hallo mein Schatz, möchtest du dir etwas Bequemeres anziehen?"

Sie nickte fast unmerklich und versuchte sich zu erheben, was ihr aber nicht so recht gelang.

Stefan half ihr sich umzuziehen. Er hatte ihren Jogginganzug aus ihrem Koffer geholt. Sie war völlig apathisch. Nach geraumer Zeit war es ihm gelungen, sie umzuziehen.

„Wollen wir uns draußen auf dem Balkon in die Sonne setzen?" Wieder ein unmerkliches Nicken.

Stefan nahm sie auf den Arm und trug sie hinaus auf den Balkon, wo er sich mit ihr auf einen der Stühle setzte. Erst jetzt fiel ihm auf wie leicht sie geworden war. Sie war ja eine nicht sehr große und schlanke Frau aber, dass sie jetzt so leicht war, erstaunte ihn doch.

So saßen sie wohl eine gute Stunde dort in der Sonne, als Lisa unerwartet wach wurde. Mit großen Augen sah sie ihn an. Solch ein klarer Blick war bei ihr schon seit geraumer Zeit nicht mehr zu sehen gewesen. Stefan hatte den Eindruck, als wäre sie völlig klar. Liebevoll lächelte sie ihn an.

„Hallo mein Schatz, wie fühlst du dich?"

Schon wollte Hoffnung in ihm aufkommen, dass vielleicht doch noch alles gut werden würde.

„Stefan", auch ihre Sprache war völlig klar. Sie machte eine Pause, ihr Blick war unendlich liebevoll und klar, „danke, dass du bei mir bist. Danke, dass du mir in den letzten Wochen beigestanden hast."

Sie hob ihre Hand und streichelte ihm die Wange.

„Danke, dass du mir mit deiner Liebe den lieben Gott und den Himmel gezeigt hast. Du hast mir mit deiner Liebe jede Angst genommen. Ich weiß, wo ich jetzt hingehe, und ich freue mich darauf. Ich fühle, dass es dort sehr schön sein wird. Auch wenn ich es noch nicht gesehen habe, bin ich sehr sicher, dass ich dort sehr glücklich sein werde. Das alles hast du mir mit deiner Liebe gezeigt. Ich werde dich immer liebhaben und weiß, dass wir uns wiedersehen werden. Ich freue mich darauf und werde, wenn es so weit ist, nach dir Ausschau halten. Danke."

Ihre Sprache war langsam, deutlich und absolut liebevoll.

„Lisa", er wollte darauf antworten, brachte aber kein weiteres Wort heraus.

Sie lächelte glücklich, lehnte ihren Kopf an seine Schulter und schloss die Augen.

Mit einem leisen Seufzer atmete sie noch einmal aus und sackte in seinem Arm zusammen. Ihr Herz hatte einfach aufgehört zu schlagen.

Augenblicklich hatte Stefan das Gefühl, sie würde sich von ihm entfernen. Erstaunt blickte er um sich und über sich, als könnte er sie sehen wie sie sich von ihm entfernte. Aber natürlich war nichts dergleichen zu sehen.

Stefan zog sie zu sich heran und gab ihr einen Kuss auf die Stirn. Er weinte jetzt wieder hemmungslos.

Nach einer ganzen Weile löste er sein Gesicht von ihrem und betrachtete sie eingehend.

Eigenartige Gefühle durchzogen ihn. Der Körper in seinem Arm kam ihm plötzlich eigenartig fremd vor. So sehr er sich auch bemühte, in diesem Körper seine so sehr geliebte Lisa zu sehen, es gelang ihm nicht mehr. Mit ihrer Seele schien ihre ganze liebevolle Persönlichkeit den Körper verlassen zu haben.

Wieder schaute er sich suchend um, ob er sie noch einmal irgendwo entdecken könnte, aber sie war nicht mehr da, weder in ihrem Körper noch sonst irgendwie spürbar.

Eine bleierne Schwere lag auf ihm, die ihm kaum das Atmen erlaubte. Es dauerte wohl eine Viertelstunde, bis Stefan in der Lage war, sich wieder zu bewegen.

Er trug ihren leblosen Körper ins Zimmer zurück, - sie schien jetzt noch leichter zu sein - und legte sie auf ihr Bett.

Mechanisch rief er Dr. Wenzel an, der sofort sein Kommen zusagte. Zehn Minuten später klingelte es an der Tür.

Wortlos stellte Dr. Wenzel den Totenschein aus und wendete sich dann zu Stefan.

„Ich möchte Ihnen mein herzliches Mitgefühl aussprechen, Herr Hauser," er drückte ihm gefühlvoll die Hand.

„Danke", Stefan war kaum in der Lage auch nur einen weiteren Ton von sich zu geben.

„Kann ich noch irgendwas für Sie tun Herr Hauser? Wissen Sie was Sie jetzt alles erledigen müssen? Sie sind ja wohl der Einzige, den Frau Cordes zuletzt gehabt hat."

Mit großen, leeren Augen sah Stefan ihn an und zuckte nur mit den Schultern. Noch nie war er in einer Situation, die mit dieser auch nur im Entferntesten zu vergleichen war.

„Soll ich ihnen etwas zur Beruhigung geben?"

Langsam kamen die Gedanken zurück.

„Nein, nein, es geht schon, ich komme schon irgendwie zurecht."

„Sie müssen sich jetzt mit einem Bestatter in Verbindung setzen. Ich kann das für Sie übernehmen. Ich rufe jemanden an, der wird dann zu Ihnen kommen und alles Weitere mit Ihnen besprechen."

„Ja danke, das wäre nett, wenn Sie das für mich übernehmen würden."

Dr. Wenzel verabschiedete sich. Stefan ging wieder auf den Balkon und setzte sich auf den Stuhl, auf dem er mit Lisa gesessen hatte.

Abschied

Stefan sah in den Himmel, sah die Wolken ziehen, ein Flugzeug zog seine Bahn, und er sah doch nichts. Er hörte den Wind in den Bäumen, die Vögel zwitscherten, und er hörte doch nichts.

Die Leere in ihm wollte kein Ende nehmen.

Ganz allmählich erwachte Stefan aus seiner Lethargie.

Die letzten Wochen und Monate zogen noch einmal an seinem geistigen Auge vorüber.

Die erste Begegnung mit Lisa, die bittere Erkenntnis, dass Manuela ihn dermaßen hintergangen hatte, alles das schien er noch einmal wie im Zeitraffer zu durchleben.

Diese Wochen und Monate waren so vollgepackt mit Ereignissen und Emotionen, dass er erst jetzt ganz allmählich zu begreifen begann, was alles so passiert war.

Jetzt saß er hier auf dem Balkon einer ihm eigentlich fremden Wohnung und musste begreifen lernen, dass der Mensch, für den er die tiefsten Empfindungen, die reinste Liebe empfunden hatte, von ihm gegangen war.

Ihre letzte Ansprache kam ihm wieder in den Sinn. Sie hatte sich bei ihm bedankt, ihm ihre Liebe bekundet und schien genau zu wissen, wo sie jetzt hingehen würde.

Stefan horchte in sich hinein. Es war schon eine tiefe Traurigkeit in ihm, aber er konnte sich eines ganz besonderen Gefühls nicht erwehren.

Er war kaum in der Lage, diese Empfindungen zu beschreiben. Es war wie ein Gefühl der Geborgenheit, wie eine ganz besondere Verbindung in die geistige Welt.

Anfangs, als er sie kennen gelernt hatte, war immer solch ein trauriger Schimmer in ihren Augen.

Bei ihren letzten Worten war das ganz anders. Ihre Augen waren völlig klar, und strahlten eine zufriedene Freude aus.

Stefan musste lächeln. Eine heiße Welle inniger Liebe durchzog ihn. Es war, als würde sie ihm aus der Ferne strahlend zuwinken.

Er musste an die Zeit zurückdenken, als er seine Eltern verloren hatte.

Er war damals gerade volljährig geworden, als er im Zuge seiner kaufmännischen Ausbildung an einem halbjährigen Austausch in Amerika teilnahm. Mitten in dieser Zeit erlitten seine Eltern einen Autounfall, bei dem sie beide ums Leben kamen.

Stefan kam gerade rechtzeitig zur Beerdigung aus Amerika zurück.

Er wohnte schon fast ein Jahr nicht mehr bei seinen Eltern, er war mit gerade siebzehn an den Ort seiner Ausbildung gezogen, pflegte aber ein inniges Verhältnis zu seinen Eltern. Sie hatten ihn, ihr einziges Kind, zu einem gläubigen Christen erzogen.

So war der Verlust seiner geliebten Eltern zwar ein schwerer Schlag für ihn, aber sein Glaube verlieh ihm die Kraft, damit zurecht zu kommen. Für Stefan war es so, als wären sie in ein fernes Land vorweg gezogen, und er würde irgendwann später nachkommen.

Wie lange er dort gesessen und sich seinen Gefühlen hingegeben hatte, wusste er nicht zu sagen, als ihn plötzlich die Wohnungsklingel aus seinen Gedanken riss.

Es war der von Dr. Wenzel bestellte Bestatter.

Mechanisch öffnete Stefan die Tür. Der Bestatter und sein Gehilfe trugen einen einfachen Sarg herein und begannen mit ihrer Arbeit.

Stefan stand an der Balkontür und beobachtete die Szene.

Behutsam legten die beiden Lisa in den Sarg, legten ihre Hände zusammen und standen dann einen Moment still an ihrer Seite.

Stefan trat herzu und stellte sich gegenüber an ihre Seite. Die beiden Männer traten ein paar Schritte zurück, so dass er einen Moment mit ihr allein sein konnte.

Er betrachtete sie noch einmal intensiv. Sie hatte auch im Tode nichts von ihrer Schönheit eingebüßt. Ihre Haut war blass und wirkte durchsichtig.

Stefan versuchte noch einmal eine Verbindung zu Lisa aufzubauen, aber es gelang ihm nicht mehr. Es war zwar ihr Körper, der da leblos vor ihm lag, und er hatte diesen schönen Körper immer mit viel Gefühl und Liebe berührt, aber er kam ihm jetzt seltsam fremd vor.

Stefan wandte sich um und stand jetzt wieder vor der Balkontür. Die Tränen waren versiegt. Hinter ihm schlossen die beiden Männer den Sarg und verließen damit wortlos die Wohnung.

Als er die Wohnungstür ins Schloss fallen hörte, fiel ihm auf, dass es draußen bereits dunkel geworden war.

Stefan setzte sich auf die Couch und schaltete die Musikanlage an. Lisa liebte die harmonische Musik der irischen Sängerin Enya. So war es nicht verwunderlich, dass eine CD von ihr in der Anlage verblieben war.

Das erste was er hörte war wie ein Gruß aus der jenseitigen Welt. Es war das Lied, in dem es heißt „Hope has a place in a lover's heard". Weiter heißt es „Hope is home and the heard is free".

Diese Zeilen stellten wieder eine Verbindung zu seiner so sehr geliebten Lisa her.

Stefan schloss die Augen und gab sich ganz der Musik hin. Alles in ihm kam zur Ruhe, ein unendlicher Friede legte sich auf seine Seele. Vor seinem geistigen Auge sah er Lisa wieder wie sie ihm aus der Ferne freudig und strahlend zuwinkte.

Eine tiefe Freude und Dankbarkeit durchzog ihn. Freude und Dankbarkeit darüber, dass sie ihre letzten Tage in tiefer und intensiver Liebe erleben konnten. Durch diese Liebe hatte Lisa jegliche Angst vor dem Tod verloren und Stefan empfand eine tiefe Sicherheit, dass sie sich jetzt an einem Ort der absoluten Liebe und Seligkeit befand.

Die Trauer in seiner Seele wurde durch die Gewissheit abgelöst, dass sie sich, wenn es soweit sein würde, wiedersehen würden.

Über diese tröstlichen Gedanken und mit der schönen harmonischen Musik schlief er ein.

Tief in der Nacht erwachte er. Die Musik lief immer noch, auch das Licht brannte noch. Stefan fühlte sich schwach und unendlich müde. So legte er sich wieder auf die Couch und schlief bald wieder ein.

Als er erneut erwachte, stand die Sonne schon wieder hoch am Himmel. Er brauchte eine Weile, um sich klar zu werden, wo er war und was alles geschehen war.

Zwar quälten ihn jetzt Durst und Hunger, aber er verspürte keinerlei Lust, irgendetwas zu sich zu nehmen.

Stefan zwang sich zu vernünftigen Gedanken, was ihm im Moment sehr schwerfiel. Er nahm ein Blatt Papier und versuchte, die nächsten Schritte, die zu unternehmen waren, festzuhalten.

Als erstes nahm er sich vor, Lisas Eltern zu unterrichten. Er kannte sie nicht, und sie kannten ihn auch nicht. Ein Besuch mit ungewissem Verlauf lag vor ihm, aber es musste sein.

Nachdem Stefan eiskalt geduscht hatte und die Gedanken wieder einigermaßen ordentlich zu funktionieren schienen, begab er sich in ein naheliegendes Café um wenigstens eine Kleinigkeit zu sich zu nehmen.

Mit Mühe und Not brachte er ein halbes belegtes Brötchen und eine halbe Tasse Kaffee herunter und machte sich dann auf den Weg zu Lisas Eltern. Sie wohnten etwas außerhalb in einem großen Mehrfamilienhaus.

Als er vor ihrer Wohnungstür stand, zitterten ihm mächtig seine Knie und er wollte schon umkehren, aber er zwang, sich auf den Klingelknopf zu drücken.

Stefan hörte den Dreiklang der Klingel und kurz darauf Schritte. Ein hochgewachsener Mann in den besten Jahren öffnete ihm nur einen Spalt weit die Tür. Die Ähnlichkeit mit Lisa ließ keinen Zweifel aufkommen, dass er ihr Vater war.

„Was wollen Sie? Wir kaufen nichts", sprach er Stefan barsch an.

„Entschuldigen sie die Störung Herr Cordes, mein Name ist Stefan Hauser. Darf ich kurz reinkommen, ich muss Ihnen etwas Wichtiges von ihrer Tochter Lisa mitteilen."

Stefan hörte, wie noch jemand an die Tür kam, konnte aber durch den kleinen Spalt niemanden sehen.

„Ich habe keine Tochter." Er drehte sich weg und wollte die Tür zuschlagen, aber seine Frau hielt die Tür fest.

„Aber Georg, es geht doch um Lisa", sagte die Frau mit weinerlicher Stimme.

Lisas Vater murmelte etwas Unverständliches und verschwand in der Wohnung.

Jetzt stand Lisas Mutter vor Stefan und blickte ihn ängstlich an. Sie schaute immer wieder ängstlich zu ihrem Mann, dem es offensichtlich nicht recht war, dass seine Frau mit Stefan sprach.

In Stefan entwickelte sich ob dieser unschönen Situation eine ärgerliche Stimmung. Er fragte sich, was wohl in diesen Menschen vorgehen müsse, wo sie doch über den Zustand ihrer Tochter informiert waren, hatten sie doch mit Sicherheit den Brief von Lisa bekommen.

Unverständnis machte sich in Stefan breit, so dass er kurz angebunden nur das Nötigste sagte.

„Ich wollte Sie nur darüber informieren, dass Ihre Tochter Lisa gestern am späten Nachmittag verstorben ist.

70

Offensichtlich wollten Sie ja mit Ihr nichts mehr zu tun haben. Ich werde also die Beerdigung organisieren und werde Ihnen den Termin mitteilen. Für alles Weitere sind Sie dann als nächste Angehörige zuständig. Auf Wiedersehen."

Er machte auf dem Absatz kehrt und wollte gehen.

Er hörte hinter sich, wie Lisas Mutter etwas sagen wollte, verstand aber kein Wort.

Stefan drehte sich noch einmal um. Frau Cordes stand in der Tür, die Tränen liefen ihr die Wange herunter, aber ihr Mund war stumm.

Aus der Wohnung war die ärgerliche Stimme ihres Mannes zu hören,

„Waltraud" rief er aufgebracht.

Zögernd drehte sie sich um und schloss zaghaft die Tür.

Stefan stand noch einen kurzen Moment im Treppenhaus in der Hoffnung, doch noch etwas zu hören, aber es tat sich nichts mehr.

Langsam ging er zur Haustür.

Was musste wohl Lisa für eine Kindheit und Jugendzeit erlebt haben? Und wie konnte sie sich bei solch einem Vater dennoch zu so einer wunderbaren Persönlichkeit entwickeln?

Stefan dachte an seine Eltern, an seine Kinder- und Jugendzeit.

Seine Eltern waren sehr freundliche Menschen, die von Nachbarn, Kollegen und Verwandten sehr geschätzt wurden. Sie hatten ihren einzigen Sohn Stefan mit sehr viel Liebe und Harmonie zu einem selbstbewussten, ehrlichen Christen erzogen. Er fühlte eine tiefe Dankbarkeit seinen Eltern gegenüber.

Auch Lisa war trotz eines herrischen Vaters zu einem liebenswerten Menschen geworden und Stefan war sich sicher, dass sie jetzt in einem Bereich des Friedens und der Harmonie war, so wie auch seine Eltern.

Wieder durchzog ihn ein Gefühl tiefer Liebe und wohltuenden Friedens.

‚Wir werden uns irgendwann wiedersehen', sagte er halblaut vor sich hin.

Sein nächster Weg führte ihn noch einmal zum Bestatter, um alles Weitere zu besprechen. Dort erfuhr er, dass die Urnenbeisetzung schon in fünf Tagen stattfinden sollte. Alle weiteren organisatorischen Dinge überließ er dem Bestatter.

Da Lisa in keiner Kirche war, bereitete Stefan eine kurze Trauerrede vor, die er bei der Urnenbeisetzung vortragen wollte.

Er hatte eine kleine Traueranzeige in der örtlichen Zeitung geschaltet, hatte den Arbeitgeber benachrichtigt und auch in ihrem Haus sprach er mit den Bewohnern. So hoffte Stefan, dass einige derer, die Lisa kannten, an der kleinen Trauerfeier teilnehmen würden.

Seine Hoffnung erfüllte sich. Aus ihrem Haus waren von jeder Familie einige Nachbarn da, ihr ehemaliger Chef war mit allen Kollegen da und auch ihr Hausarzt, sowie Professor Jürgens und Dr. Wenzel aus dem Krankenhaus waren zu der kleinen Trauerfeier gekommen.

Alle hatten sich um die Grabstelle, die auf einer kleinen Anhöhe lag, versammelt.

In einiger Entfernung sah Stefan Lisas Mutter unter einem Baum stehen. Sie traute sich offensichtlich nicht näher heran zu kommen. Vielleicht war es ihr auch von ihrem Mann verboten worden, denn sie schaute sich immer wieder nach allen Seiten um und versteckte sich offenbar.

Der Bestatter hielt die Urne in seinen Händen.

„Liebe Trauergäste", begann Stefan seine Ansprache, „ich danke Ihnen, dass Sie hier heute diesen Augenblick des Abschiednehmens mit mir teilen. Der eine und andere von Ihnen hat Lisa Cordes sicherlich länger gekannt als ich. Ich habe sie erst einige Wochen, bevor ihre schwere Krankheit ausgebrochen ist, kennen gelernt. Ich habe einen Menschen kennen gelernt, der die positiven Eigenschaften des Menschen in seiner reinsten Form gelebt hat.

Lisa war ein absoluter Gefühlsmensch. Liebe und Harmonie haben ihr Leben in einer Weise geprägt, wie ich es vorher noch bei keinem anderen Menschen wahrgenommen habe.

In tiefer Dankbarkeit denke ich an die letzten Wochen zurück, in denen ich sie auf ihrem Weg aus diesem irdischen Leben in das ewige geistliche Leben begleiten durfte. In diesen letzten Wochen waren wir beide in unsere kleine abgeschiedene Welt abgetaucht. Natürlich hatte Lisa Angst vor dem, was auf sie zu kam, aber mit tiefer Liebe und wunderschöner Harmonie ist es uns gelungen, dem Tod den Schrecken zu nehmen, so dass sie mit einem Gefühl der Liebe und Geborgenheit ihren letzten Atemzug in meinen Armen tun konnte.

Ihre letzten Worte waren geprägt von Dankbarkeit, Liebe und von der Gewissheit, dass wir uns zur gegebenen Zeit im Bereich des Friedens wiedersehen werden. Das ist auch meine Gewissheit und mein Trost."

Stefan hatte seine Gitarre mitgebracht und sang mit leiser, aber sicherer Stimme noch einmal das Lied von Enya ,Hope has a place in a lovers heard', während der Bestatter die Urne herabließ.

Es war nur ein kurzer Moment, aber geprägt von tiefem Mitgefühl aller Anwesenden. Stefan sah in bewegte Gesichter und sah manche Tränen die Wangen herunterlaufen. Selbst Professor Jürgens hatte Tränen in den Augen und nickte ihm freundlich zu.

Nachdem Stefan sein Lied beendet hatte, verließen die Trauergäste allmählich die kleine Anhöhe. Er schaute noch einmal in die Runde nach Lisas Mutter, konnte sie aber nicht mehr erblicken.

Stefan saß noch eine ganze Weile dort im Gras und spielte einige melodische Akkorde auf seiner Gitarre, während der Bestatter das kleine Erdloch füllte.

Liebevoll drapierte Stefan die kleinen Kränze, - die Hausgemeinschaft hatte einen mitgebracht und auch die Ärzte, - und seinen Strauß roter Rosen um den kleinen Erdhügel.

Noch einmal setzte er sich und spielte, er konnte sich einfach noch nicht losreißen. Seine Gedanken kreisten immer wieder um seine wunderschöne, so liebevolle Lisa.

Irgendwann viel später verließ er diesen Ort und fuhr wieder in Lisas Wohnung.

Die Entscheidung

An diesem Abend in Lisas Wohnung, es würde der letzte sein, richtete Stefan alles so weit her, dass er die Wohnung an Lisas Eltern in einem einwandfreien Zustand übergeben konnte.

Er räumte den Kühlschrank aus, sortierte Lisas Kleidung in den Schrank und säuberte noch einmal die gesamte Wohnung.

Da er ja mit Lisa weder verheiratet noch verwandt war, hatte er auch keinerlei Recht etwas aus ihrer Wohnung an sich zu nehmen.

Spät abends legte er sich wieder auf die Couch, machte wieder die Musik an und schloss die Augen. Allerdings war ihm immer noch nicht so recht klar, wie der nächste Tag verlaufen sollte.

Klar war nur, dass er, nachdem er die Wohnung verlassen hatte, den Schlüssel zu ihren Eltern bringen würde. Und dann???

Im Moment schob er diesen Gedanken einfach beiseite. Irgendwie würde es schon weitergehen. Darüber schlief er bald ein.

Der nächste Morgen war ein kühler, trüber Regentag. Das Wetter draußen schien sich seinem Gemütszustand angepasst zu haben. Am liebsten hätte er sich jetzt in die hinterste Ecke verkrochen und wäre dortgeblieben, bis er zu seiner so geliebten Lisa gehen konnte. Aber es half nichts. So machte er sich am späten Vormittag auf den Weg zu Lisas Eltern, um ihnen den Schlüssel der Wohnung und die nötigsten Unterlagen von Lisa zu übergeben.

Dort angekommen, überlegte er ob er nicht einfach alles in den Briefkasten stecken sollte. Dann könnte er sich den neuerlichen Kontakt mit ihnen ersparen. Aber er wollte nicht unhöflich sein. So drückte er wieder mit zittriger Hand auf den Klingelknopf.

Dieses Mal öffnete Lisas Mutter nach kurzer Wartezeit die Tür, auch wieder nur einen kleinen Spalt.

„Guten Tag Frau Cordes, kann ich kurz zu Ihnen reinkommen? Ich bringe Ihnen die Unterlagen und den Wohnungsschlüssel von Lisa."

Sie wirkte wieder sehr ängstlich und schaute unentwegt zur Treppe.

„Nein, das geht nicht", antwortete sie sehr leise „mein Mann ist nicht da, und ich weiß nicht wann er zurückkommt."

„Ich bitte Sie, Frau Cordes, ich will Ihnen doch nichts Böses. Ist es denn nicht möglich, dass wir uns mal in aller Ruhe unterhalten, immerhin habe ich Ihre Tochter in den letzten Wochen begleitet. Interessiert es Sie denn gar nicht, wie das alles gelaufen ist?"

„Bitte gehen Sie, wenn mein Mann kommt und sieht, dass ich mit Ihnen rede, bekomme ich richtig Ärger."

„Entschuldigen Sie, aber was sind Sie nur für eine Familie, die ihre Tochter sogar noch im Tode verleugnet, das kann doch nicht wahr sein."

Stefan spürte, wie ihm wieder das Blut in den Kopf stieg, und er musste sich zusammenreißen um nicht seinem Ärger freien Lauf zu lassen.

„O.k., ich kann Sie nicht zwingen. Hier sind Lisas Unterlagen und ihr Wohnungsschlüssel. Sie sind ihre nächsten Verwandten und müssen sich um alles Weitere kümmern."

„Nein, wir wollen das nicht, nehmen Sie das wieder mit."

Mit diesen Worten schlug sie Stefan die Tür vor der Nase zu. Perplex stand er da und wusste nicht so recht, was er nun tun sollte. Mit solch einer Reaktion hatte er nicht gerechnet.

Es blieb ihm also nichts weiter übrig, als den Umschlag unten im Hausflur in den Briefkasten zu stecken.

Kurze Zeit später stand Stefan auf der Straße und hatte Mühe, das soeben Erlebte zu verdauen.

Langsam ging er durch den Nieselregen zu seinem Auto und setzte sich hinein. Ganz allmählich wurde ihm klar, dass er eine Entscheidung treffen musste, wie es jetzt weitergehen sollte.

Er startete den Wagen und fuhr erst mal raus aus der Stadt. Gefühlsmäßig ging es ihm so wie damals, als er ungewollt das Gespräch zwischen seiner Frau und ihrem Kollegen mitgehört hatte.

Auch heute fuhr er ziellos stundenlang durch die Gegend, bis er sich am späten Nachmittag dazu entschloss, zu seiner Frau nach Hause zu fahren.

Allerdings war ihm absolut schleierhaft, wie die Begegnung mit Manuela nach so langer Zeit verlaufen würde.

Stefan malte sich einige Szenarien aus, verwarf aber alles wieder und beschloss, alles auf sich zukommen zu lassen.

Als er endlich nach langem Zögern in seine Straße einbog, zitterten ihm doch die Knie.

Er parkte wie gewöhnlich vor der Garage, holte umständlich seinen Schlüssel heraus und ging zur Haustür.

Offenbar hatte Manuela sein Kommen schon bemerkt. Bevor er den Schlüssel ins Schloss stecken konnte, öffnete sie die Tür.

Stefan war überrascht und verunsichert. Auch Manuela wirkte unsicher. So standen sie sich einen langen Moment gegenüber und wussten beide nicht so recht, was sie sagen sollten.

„Hallo Manuela", begrüßte er sie zögerlich.

„Hallo Stefan", antwortete sie zaghaft, „schön, dass du wieder da bist."

Ihre Stimme zitterte bei diesen Worten, und ihre Augen waren weit geöffnet.

Stefan wollte etwas sagen, aber es gelang ihm nicht. In ihm war eine große Leere. Es war eigentlich gar nicht seine Art sprachlos zu sein, aber irgendwie war er nicht in der Lage, etwas Sinnvolles zu sagen.

Langsam zog er seine Jacke aus, hängte sie umständlich an die Garderobe und ging dann zögernd ins Wohnzimmer.

Seine Wohnung erschien ihm plötzlich fremd. Er bewegte sich in seinem eigenen Haus wie ein Gast. Er setzte sich auf das Sofa, wo sonst immer sein Platz war.

Manuela folgte ihm verunsichert. Sie setzte sich auf die Lehne des einzelnen Sessels ihm gegenüber, und sah ihn ängstlich, erwartungsvoll an.

Sie war eigentlich eine sehr selbstbewusste und resolute Frau. Doch davon war nichts mehr zu sehen. Sie sah noch genauso wie ein Häufchen Elend aus, wie er sie damals verlassen hatte.

Stefan suchte verzweifelt nach Worten, aber sein Mund blieb stumm. Er versuchte, für seine Frau wieder etwas zu empfinden, schließlich hatte er sie aus Liebe geheiratet. Es gelang ihm nicht, auch nur ein wenig Gefühl für Manuela zu entwickeln, obwohl er ihre Unsicherheit sah und es sonst nie ein Problem darstellte sie in solchen Situationen in den Arm zu nehmen. Seine Liebe zu ihr war völlig verblasst.

„Wie geht es den Kindern?", gelang es ihm endlich zu fragen.

„Es ist alles in Ordnung mit ihnen, sie sind zurzeit bei meinen Eltern und werden auch erst mal dort bleiben, bis mit uns alles geregelt ist."

„O.k., ja, es gibt wohl Einiges zu besprechen."

„Hast du Hunger? Ich habe für dich Essen vorbereitet."

„Du hast damit gerechnet, dass ich heute komme?"

„Ja, ich weiß, dass du gestern die Trauerfeier auf dem Friedhof für Lisa durchgeführt hast."

„Aha, hast du die Anzeige in der Zeitung gelesen?"

„Ja, auch, aber die Frau, die bei uns in der Firma die Büros putzt, wohnt in dem gleichen Haus wie Lisa. Mit der habe ich gesprochen."

„Na ja, da warst du ja aus erster Hand informiert."

„Bitte, Stefan, lass uns nach dem Essen in aller Ruhe über alles reden, ja?"

„O.k., schau'n wir mal."

Manuela erhob sich und ging in die Küche. Stefan ging ihr nach.

„Was gibt es denn?"

Die Situation war dermaßen steif und unwirklich, dass Stefan sich über sich selbst wunderte.

„Ich habe Leber mit Zwiebeln, Äpfeln und Kartoffelbrei gemacht."

Das war eines seiner Lieblingsgerichte, dass sie immer zubereitete, wenn sie ihn in gute Stimmung bringen wollte. Ein ihnen beiden bekanntes und vertrautes Ritual.

Manuela ging dicht auf ihn zu und wollte ihn offenbar umarmen.

„Lass mal", wehrte er sie sanft ab.

Sie drehte sich um und beschäftigte sich mit dem Essen. Es war Stefan nicht entgangen, dass sie heftig schluckte und kurz davor war, zu weinen. Aber auch diese emotionalen Momente erweckten in Stefan keinerlei Gefühle für sie.

Wortlos trugen sie beide das Essen ins Esszimmer und setzten sich.

Zögernd, als hätte sie Angst etwas Verkehrtes zu tun, tat sie Stefan sein Essen auf den Teller.

„Danke, entschuldige bitte meine Wortkargheit, aber irgendwie habe ich große Schwierigkeiten und weiß nicht, was ich sagen soll."

„Ja ich weiß, es geht mir genauso."

Wieder schwiegen sie.

Das Essen war köstlich wie immer. Manuela war eine sehr gute Köchin, aber beiden schien es in dieser Situation nicht so recht zu schmecken. Nach ein paar Bissen stocherten sie nur noch lustlos in ihrem Essen herum.

Schließlich legte Stefan sein Besteck zur Seite und sah Manuela an.

„O.k., irgendwie müssen wir ja mal anfangen," begann er.

„Stefan, bitte", sie sah ihn flehend an als hätte sie große Angst vor dem, was jetzt kommen würde, „lass' uns nicht hier am Esstisch reden. Gehen wir ins Wohnzimmer."

Manuela erhob sich etwas hastig und begann den Tisch abzuräumen. Sie schien wirklich Angst zu haben.

Stefan lehnte sich seufzend zurück und ließ sie gewähren.

„Setz dich doch schon rüber, ich will nur noch kurz abräumen", ihre Stimme wurde immer zittriger.

Stefan begab sich wieder ins Wohnzimmer und setzte sich auf seinen Platz. Ihm war hundeelend. Am liebsten hätte er sich wieder in sein Auto gesetzt und wäre abgehauen. Er hatte immer noch keine Idee, was er sagen sollte. Sollte er die alten Geschichten aufwärmen? Manuela hatte ihr Verhalten sicherlich schon bitter bereut.

Sollte er sich für sein Verhältnis zu Lisa entschuldigen? Aber das widerstrebte ihm, denn immerhin war es ja erst durch Manuelas Verhalten so weit gekommen.

Wie sollte es weitergehen? Konnten sie denn ihre Ehe überhaupt noch weiterführen? War es überhaupt möglich, irgendwann wieder Vertrauen zu einander zu haben?

Bei dem Gedanken an eine gemeinsame Zukunft in ihrer Ehe wurde Stefan fast übel. Alles in ihm schien sich dagegen zu sträuben.

Hin und her gerissen wartete er darauf, dass Manuela wieder ins Wohnzimmer kam.

Schließlich kam sie mit einer Flasche Rotwein und zwei Gläsern wieder zu ihm.

Beim Anblick der Flasche und der Gläser steigerte sich noch einmal das Widerstreben in ihm.

So begannen in der Vergangenheit, zwar selten aber doch schon hin und wieder, die romantischen Abende, die dann in der Regel im Schlafzimmer endeten.

Offenbar war es Manuelas Ziel, auch diesen Abend dahin zu führen.

Sie setzte sich wieder ihm gegenüber und goss den Wein ein. Stefan ließ es geschehen und sah sie erwartungsvoll an. Er hatte sich dazu entschlossen, sie anfangen zu lassen.

Verunsichert knetete sie ihre Hände.

„Stefan", begann sie zögerlich, „ich wollte dich eigentlich um Verzeihung bitten, aber ich glaube für das, was ich alles getan habe, gibt es keine Entschuldigung. Oder kannst du dir vorstellen mir eines Tages zu verzeihen?"

Bei diesen Worten standen ihr die Tränen in den Augen.

Stefan sah sie an und dachte: ‚wo ist nur die Frau geblieben, die ich geheiratet habe'. Nichts von ihrem Selbstbewusstsein war mehr zu sehen, sie war nur noch ein Schatten ihrer selbst.

Eigentlich erweckten solche Bilder vor seinen Augen Gefühle und Mitleid in Stefan, aber nichts von dem geschah. Er wunderte sich über sich selbst.

„Weißt du, Manuela, eigentlich interessiert mich das, was gewesen ist, was du getan hast und was ich getan habe, nur am Rande. Sicherlich hat das alles dazu beigetragen, dass wir beide jetzt hier diese Situation erleben müssen. Was mich viel mehr interessiert, ist die Frage, wie es weiter gehen kann. Ich denke, uns ist beiden klar, dass wir so wie bisher nicht mehr weitermachen können. Und dass es niemals wieder so wird, wie es mal war, dürfte doch auch klar sein."

„Ja, das ist wohl so", antwortete sie kleinlaut „aber du kannst mir wirklich glauben, ich habe mich grundlegend geändert."

„Hm, das glaube ich dir. Ich bin davon überzeugt, dass du dein Verhalten geändert hast. Aber ich bin mir nicht sicher, ob das ausreicht. Immerhin hat doch dein früheres Verhalten, diese vielen Eskapaden, eine Ursache. Dass ich dir als dein Ehemann nicht ausgereicht habe, muss doch eine Ursache gehabt haben. Und die liegt doch garantiert nicht darin, dass du ab und zu mal ein bisschen mehr Spaß haben wolltest. Das liegt doch sicherlich tiefer, das liegt doch in deiner inneren Haltung, in deiner Einstellung verborgen. Und die kannst du nicht in so kurzer Zeit grundlegend geändert haben.

Und genau das ist meine Angst. Wie lange geht das gut? Wie ist das, wenn sich alles wieder geglättet hat und alles läuft wieder seinen gewohnten Gang?"

„Ich verspreche dir..."

„Stopp, ich will nicht, dass du irgendwas versprichst. Und das sage ich nicht, weil ich nicht daran glaube, dass du dieses Versprechen halten kannst, sondern weil ich weiß wie schnell Versprechen trotz guter Absichten vergessen und gebrochen werden. Du kennst meinen Spruch: Ein gebrochenes Versprechen ist ein gesprochenes Verbrechen."

„Was soll ich denn tun? Was verlangst du von mir?"

„Ich weiß es nicht. Du willst unbedingt an unserer Ehe festhalten?"

„Ja, natürlich will ich das. Und was willst du?"

„Weißt du, wenn wir eine richtige Familie wären, das heißt mit den Kindern zusammen, dann hätte ich vielleicht mehr Mut dazu. Aber sieh' mal, du hast immer mit deiner Art verhindert, dass ich zu den Kindern eine innere Beziehung aufbauen konnte. Jetzt sind sie wieder außen vor. Na gut, in dieser Situation ist das sicherlich auch richtig. Aber denk' mal drüber nach, wie ich erfahren habe, dass sie überhaupt nicht meine Kinder sind."

„Ich weiß, das war der größte Fehler meines Lebens. Und glaub mir, ich würde alles dafür geben, wenn ich das wieder gut machen könnte."

„Ich hoffe, du kannst mich zumindest ansatzweise verstehen."

„Ja, das kann ich. Wenn ich an deiner Stelle wäre, würde ich vielleicht genauso reagieren. - Entschuldige bitte, aber ich bin völlig fertig. Können wir morgen weiterreden?"

„Mal sehen, was morgen ist."

„Ich muss mich erst mal hinlegen, wahrscheinlich werde ich wohl kaum schlafen können, aber ich kann jetzt nicht mehr. Ich nehme an, du wirst jetzt nicht mit mir nach oben ins Schlafzimmer kommen."

„Nein, ich werde im Büro auf dem Sofa schlafen."

„O.k., aber wenn du es dir überlegst, du kannst jederzeit nach oben kommen."

„Danke. Ich werde noch einen Moment den Fernseher anmachen und mich dann hinlegen."

Manuela erhob sich und ging zur Tür, sie war schon fast draußen:

„Manuela", rief Stefan.

„Ja?"

„Ich muss dir noch etwas sagen."

„Ja?"

„Ich habe dir alles verziehen, dass meine ich ganz ehrlich."

„Danke, das ist lieb von dir."

„Noch was. Ich kann dir nicht versprechen, dass ich morgen früh, wenn du aufstehst, noch da bin."

Manuela schossen die Tränen in die Augen, aber sie war zu fertig, um dazu etwas zu sagen.

„Es tut mir leid, aber ich will dich nicht im Unklaren lassen."

Manuela nickte nur müde und ging die Treppe hoch.

Stefan richtete sich sein Nachtlager in seinem Büro auf dem Sofa ein, legte sich hin und schlief auch sehr schnell ein. Auch er war am Ende seiner Kräfte.

Er schlief sehr unruhig. Wirre Träume ließen ihn auch nicht so recht zur Ruhe kommen.

Um kurz nach zwei Uhr in der Nacht war es vorbei mit Schlafen. Er wälzte sich noch einige Male hin und her und stand dann auf.

Sein Inneres ließ ihn nicht zur Ruhe kommen, es drängte ihn einfach hinaus. Einige Male ging er im Büro auf und ab und gab schließlich seinem inneren Drängen nach.

Mechanisch packte er einige Sachen zusammen, schrieb noch ein paar Zeilen für Manuela, setzte noch eine Vollmacht für sie auf, so dass sie alles regeln konnte, setzte sich gegen drei Uhr in sein Auto und fuhr los.

Langsam fuhr er noch einmal durch das schlafende Warburg, und machte sich dann auf den Weg zu seiner Firma in Hamburg.

Ungewisse Zukunft

Kurz nachdem Stefan das Ortsschild Warburg passiert hatte, hielt er noch einmal am Straßenrand an. Die Gedanken kreisten in ihm und wollten ihm jede Sekunde eine andere Richtung weisen.

Er stieg aus und zündete sich ein Zigarillo an. Tief zog er den Rauch in die Lunge, als wollte er seinen Körper erpressen, ihn in Ruhe zu lassen.

Er zitterte am ganzen Körper.

Die Selbstzweifel wollten ihn nicht loslassen.

Acht Jahre Ehe, kann man das so einfach hinter sich lassen? Sicherlich, da war Einiges gewachsen und es gab auch schöne Zeiten, aber die letzten Monate hatten alle gewachsenen Strukturen relativiert und letztlich zerstört.

Immer wieder versuchte Stefan erneut einen Bezug zu den vergangenen Jahren herzustellen, aber seine Gefühle ließen diesen neuen Bezug einfach nicht zu.

Es gab offenbar keinen Weg mehr, der zurück führte.

Er setzte sich wieder ins Auto, die Nacht war schon empfindlich kühl geworden.

Stefan schloss die Augen und atmete tief ein, um sich selbst zur Ruhe zu zwingen.

Plötzlich klopfte es an seine Scheibe. Zwei Polizisten standen neben seinem Wagen. Stefan ließ die Scheibe runter.

„Guten Morgen, ist alles in Ordnung bei ihnen?"

„Guten Morgen, ja es ist alles o.k."

„Ach Herr Hauser, Sie hier so früh am Morgen am Straßenrand?"

Es war Herr Neumann, der Ehemann von Vanessas Lehrerin. Stefan hatte die beiden bei einem Schulfest kennengelernt. Er war offenbar mit einem Kollegen auf Streife unterwegs.

„Herr Neumann, ja, ich bin auf dem Weg zu meiner Firma in Hamburg, habe schlecht geschlafen und bin ein bisschen früh losgefahren."

„Ist ja kein Problem. Im Moment ist ja hier kaum Verkehr, aber nachher im Berufsverkehr könnte es Probleme geben."

„Keine Sorge, ich werde mich gleich wieder auf den Weg machen."

„O.k., gute Fahrt und einen schönen Tag noch."

„Danke, Ihnen auch."

Stefan startete den Wagen und fuhr langsam los. Er hatte sich die längere Route über Land bis nach Hannover vorgenommen. Von da aus sollte es über die Autobahn nach Hamburg gehen.

Ganz allmählich kehrte ein wenig Ruhe in seine Gedanken ein. Die Musik aus dem Radio tat ihr Übriges dazu.

Vor ihm lag das Gespräch mit seinem Chef in der Firma in Hamburg. Mit viel Mühe gelang es ihm schließlich, sich darauf zu konzentrieren.

Damals als Lisa erkrankt war, hatte er spontan seinen ganzen Urlaub genommen, der ihm für dieses Jahr noch zustand. Allerdings reichte das nicht mehr aus, so dass er seinen Chef um unbezahlten Urlaub bat, den er ihm auch gewährte.

Als Stefan über seine Arbeit nachdachte, wurde ihm bewusst, dass er schon einen beträchtlichen Abstand dazu gewonnen hatte.

Irgendwie verspürte er keinerlei Lust, diese Arbeit wieder aufzunehmen.

Überhaupt war der Gedanke an Arbeit, an Geldverdienen für den Lebensunterhalt, in so weite Ferne gerückt, dass er sich nicht vorstellen konnte, in nächster Zeit einer geregelten Arbeit nachzugehen.

Seine finanzielle Situation ließ es zu, dass er sich für einige Zeit eine Auszeit nehmen konnte.

Manuela verdiente ihr eigenes Geld und war von seinem Gehalt nicht abhängig. Das Haus war bis auf einen kleinen Restbetrag abgezahlt, auch darüber musste er sich keine Gedanken machen.

So entschloss sich Stefan, erst einmal zur Ruhe zu kommen und dann zur gegebenen Zeit wieder eine Arbeit anzunehmen. Er vertraute auf einige Verbindungen, die er in der Vergangenheit geknüpft hatte. Sicherlich würde er wieder eine feste Anstellung über eine dieser Verbindungen bekommen.

Inzwischen war es Morgen geworden, und er war auf der Autobahn angekommen. Er steuerte die nächste Raststätte an, um zu frühstücken.

Allmählich kehrten die klaren Gedanken zurück und er wurde auch innerlich wieder ruhiger.

Die weitere Reise verlief mit viel Nachdenken und mehreren Unterbrechungen an Raststätten, so dass er erst am frühen Abend in Hamburg eintraf.

Da in seiner Firma zu dieser Zeit niemand mehr war, fuhr er zu einer kleinen Pension in Hafennähe, die er von früheren Besuchen kannte.

Dort mietete er sich für die nächste Zeit ein. Von hier aus wollte er sich dann, wenn er es als soweit gekommen sah, neu orientieren.

Der nächste Morgen war - wie die letzten Tage auch - regnerisch und kalt. Nach dem Frühstück machte sich Stefan auf zu seiner Firma. Unterwegs wurde ihm klar, dass er auch sein Auto verlieren würde, wenn er nicht weitermachte, denn er fuhr einen Firmenwagen.

Als ihm das bewusst wurde, überlegte er einen kurzen Moment, vielleicht doch weiter zu machen. Aber nur wegen des Autos wieder in die alte Mühle zurück?

Mit diesem Gedanken konnte er sich nicht so recht anfreunden. Außerdem gab es in Hamburg genügend öffentliche Verkehrsmittel, und gut zu Fuß war er ja auch. So entschied er sich doch für die Kündigung.

Das Gespräch mit seinem Chef verlief nüchtern und sachlich. Stefan schilderte ihm in kurzen Worten seine momentane Situation und erklärte ihm, dass er diese Auszeit dringend benötigte, um wieder neu richtig Fuß zu fassen.

Sein Chef zeigte Verständnis und bot ihm sogar an, zur gegebenen Zeit wieder vorstellig zu werden, um ihn dann eventuell wieder einzustellen.

Stefan übergab alle Unterlagen, den Laptop und das Auto und verließ mit einem Gefühl der Ungewissheit, wie sich die Zukunft entwickeln würde, das Gebäude seiner jetzt ehemaligen Firma. Das einzige, was ihm geblieben war, war ein USB Stick, auf dem er einige wenige Daten von Kunden, sowie seine persönlichen Dateien gespeichert hatte.

Nachdenklich begab er sich zu einer nahen Bushaltestelle, wo er vor dem Nieselregen geschützt war.

Sein Inneres schien allmählich zur Ruhe zu kommen. Er konnte sich eines gewissen Freiheitsgefühls nicht erwehren. Auch wenn die Zukunft noch im dichten Nebel lag, fühlte er weder Angst noch Unbehagen. Er war einfach nur gespannt, was ihm demnächst begegnen würde.

Stefan war ein reiner Gefühlsmensch, der sich ausschließlich auf sein Bauchgefühl verließ. Das sollte sich auch in Zukunft nicht ändern, denn er hatte durchweg gute Erfahrungen damit gemacht.

Eine Gruppe Jugendlicher Mädchen, die auch Zuflucht in der Haltestelle suchte, riss ihn aus seinen Gedanken. Sie schienen aus einer nahegelegenen Schule zu kommen. Sie lachten und scherzten miteinander.

Stefan beobachtete sie interessiert und mit sichtlichem Wohlgefallen. Es war für ihn immer eine Freude, wenn er sah, wie Menschen fröhlich miteinander umgingen.

Kurze Zeit später kam der Bus und dieser fröhliche Haufen „junger Hühner", wie er sie scherzhaft bezeichnete, stieg ein.

Stefan blieb auf seinem Platz sitzen. Er wusste noch gar nicht so recht in welchen Bus er einsteigen, und in welche Richtung er fahren wollte. Also blieb er noch eine Weile sitzen und gab sich seinen Gedanken hin.

Diese fröhliche Schar beschäftigte ihn noch. Er fragte sich, wann er das letzte Mal so ausgelassen und fröhlich war, überhaupt wann er das letzte Mal gelacht hatte. Er ließ diese Frage unbeantwortet.

Ein Bus, der in Richtung Landungsbrücken fuhr, hielt und Stefan stieg ein.

Er hielt sich den ganzen weiteren Tag an den Landungsbrücken auf, zumal es auch aufgehört hatte zu regnen, und auch die Sonne lugte hin und wieder durch die Wolken.

So verging eine gute Woche, in der Stefan tagsüber in der ganzen Stadt unterwegs war. Abends war er in seinem kleinen, nicht sehr luxuriösen, aber doch irgendwie gemütlichen Zimmer in der kleinen Pension.

Eines Abends machte Stefan sich auf zu einer kleinen Kneipe, in der auch hin und wieder Seeleute, die auf großer Fahrt waren, einkehrten.

Er war früher schon hin und wieder in dieser Kneipe gewesen, wenn er beruflich in Hamburg zu tun hatte, und machte Bekanntschaft mit dem einen oder anderen Menschen, der einiges zu erzählen wusste.

Als Stefan die Tür öffnete, schlug ihm eine Welle aus Wärme, Bierdunst und Qualm entgegen, dass er einen

Augenblick in der Tür stehen bleiben musste. Offensichtlich war das Rauchverbot hier noch nicht angekommen.

Eigentlich hatte er sich vorgenommen, bei einem guten Glas Whisky eines seiner seltenen Zigarillos zu genießen, aber das konnte er sich sparen, Qualm war hier schon mehr als genug vorhanden.

Der Raum war ziemlich gut gefüllt. Nicht weit vom Eingang entfernt waren noch einige Barhocker an der Theke frei.

Stefan setzte sich auf den ersten Hocker direkt an der Ecke und bestellte sich einen doppelten Whisky. Neben ihm, an der schmalen Seite der Theke, saß ein sonnengegerbter Seemann mittleren Alters, der den Eindruck machte, von großer Fahrt gekommen zu sein.

Stefan hob sein Glas und prostete dem Seemann zu, der seinen Gruß freundlich erwiderte.

Sie kamen ins Gespräch.

Der Seemann erzählte, er sei der erste Offizier auf einem mittleren Frachtschiff mit besonderem Gütertransport. Sie hätten spezielle Maschinenteile gebunkert und würden am nächsten Morgen um sechs Uhr Richtung Neuseeland ablegen.

Stefan erzählte von seiner Liebe zur Seefahrt. Als Kind und später als Jugendlicher hatte er davon geträumt, zur See zu fahren. Aber auf Anraten seiner Eltern, hatte er zunächst einen kaufmännischen Beruf erlernt.

Seine Liebe zur Seefahrt war aber nach wie vor ungebrochen. Stefan erzählte dem Seemann von seinem Traum, einmal an Bord eines Frachters eine Kreuzfahrt zu unternehmen, was ja einige Reedereien anbieten.

Der Seemann machte ihm einen Vorschlag:

„Wir haben bei uns an Bord keine Kabinen für Passagiere, aber wir könnten noch einen Mann gebrauchen. Haben Sie nicht Lust?"

„Wow, was für ein Angebot. Ist das ernst gemeint?"

„Ja, absolut. Wir bräuchten noch jemand für die Registratur. Wenn wir unterwegs noch hier und da Fracht aufnehmen, muss die korrekt erfasst werden. Wir haben zwar einen unserer Leute, der das bisher gemacht hat, aber der hat es nicht so mit dem Zählen und Aufschreiben, jedenfalls gibt es jedes Mal irgendwelche Probleme mit den Frachtlisten. Ich denke, Ihnen als Kaufmann dürfte das nicht schwerfallen, solche Listen abzuarbeiten. Also wenn Sie Lust haben, morgen früh um sechs geht es los."

„Noch mal wow, ich bin zwar im Moment ungebunden, aber darüber sollte ich vielleicht doch erst mal eine Nacht schlafen."

„Kein Problem, Sie haben die ganze Nacht Zeit sich das zu überlegen. Wenn Sie morgen pünktlich um sechs da sind fahren Sie mit, wenn nicht, stechen wir ohne Sie in See."

„Ja geht denn das überhaupt so ohne Weiteres? Ich meine, können Sie mich denn einfach so einstellen? Muss das nicht über die Reederei laufen?"

„O.k., wenn Sie sich bei der Reederei bewerben, dann schickt man Sie eh zu mir. Also den Weg über die Reederei können Sie sich sparen."

Stefan war hell wach. Einerseits war er von dem Angebot begeistert, könnte er sich doch auf diese Weise einen langersehnten Traum erfüllen, andererseits ging diese ganze Geschichte aber sehr schnell.

„Na ja, bevor ich mich dafür entscheide, müssen aber noch einige Dinge geklärt werden. Zum Beispiel, wie ist die Bezahlung, wie lange bin ich verpflichtet, an Bord zu bleiben, und so weiter?"

„Also über die Bezahlung kann ich Ihnen nur so viel sagen, Sie werden sicherlich nicht als reicher Mann von Bord gehen. Die Bezahlung ist angemessen, und Kost und Logie sind eh frei. Und über die Länge ihres Aufenthaltes an Bord bestimmen Sie selbst. Wenn Sie im nächsten Hafen sagen, das ist doch nichts für mich, dann gehen Sie von Bord und nehmen den nächsten Flieger nach Hause. Alles völlig unkompliziert."

„Machen wir einen Vertrag?"

„Also, ich habe mit allen meinen Männern lediglich einen Handvertrag gemacht. Das heißt, wenn Sie morgen früh um sechs an Bord kommen, gilt genau das was ich Ihnen gesagt habe. So läuft das mit allen meinen Männern."

Der Seemann reichte ihm die Hand. Stefan zögerte.

„Sie können ruhig einschlagen, der Handvertrag gilt ab dem Moment, wenn Sie an Bord sind. Wenn Sie nicht da sind, ist eh alles hinfällig."

Stefan schlug ein. Sie stießen darauf mit ihren Gläsern an.

Der Seemann legte einen Fünfdollarschein auf den Tresen und erhob sich.

„O.k., ich bin gespannt, ob wir uns morgen früh sehen werden. Wenn Sie kommen, seien Sie nicht zu früh da. Ich kann Ihnen Ihr Quartier erst zuweisen, wenn wir abgelegt haben, das heißt, wenn der Lotse von Bord ist.

Wenn Sie zu früh da sind stehen Sie mir nur vor den Füßen rum. Fünf vor sechs reicht."

Der Seemann schlug Stefan wohlwollend auf die Schulter, gab Stefan einen kleinen Zettel, auf dem er den Liegeplatz des Frachters notiert hatte, und wandte sich zum Gehen.

„Ich würde mich sehr freuen."

Nachdenklich nippte Stefan an seinem Whisky.

Wie gewöhnlich in solchen Augenblicken, horchte er in sich hinein. Seine innere Stimme war ihm immer ein guter Ratgeber, und so hoffte er auf eine Reaktion seines

Bauchgefühls. Im Moment fuhren seine Gefühle aber noch Achterbahn, und brachten noch kein brauchbares Ergebnis hervor.

Stefan bezahlte seinen Whisky und verließ nachdenklich die kleine Kneipe. Tief zog er die kühle Nachtluft in sich hinein.

Viele Gedanken durchzogen ihn. Der Reiz dieser Seereise machte ihm alles sehr schmackhaft. Aber unüberlegte Entscheidungen waren nun so gar nicht sein Ding.

Stefan machte in Gedanken eine pro- und kontraliste. Er überlegte sich, was wohl entscheidend dagegensprechen könnte, dieses Angebot anzunehmen.

Der Seemann, erster Offizier auf dem Frachter, machte jedenfalls einen freundlichen und seriösen Eindruck. Auch wenn die Bezahlung nicht geklärt war, was sollte passieren? Selbst wenn er im nächsten Hafen ohne Bezahlung von Bord gehen würde, hätte er doch eine Seereise gemacht und etwas von der Welt gesehen.

Er könnte dann wirklich, wie der Seemann gesagt hatte, in den nächsten Flieger steigen und nach Hause fliegen. Geld dazu könnte er überall von seinem Konto abheben. Von dieser Seite betrachtet hielt sich das Risiko in Grenzen. Und was die Arbeit an Bord betraf, na ja, Listen abzuarbeiten war ja nun wirklich keine hohe Wissenschaft, das würde er in jedem Fall schaffen.

Als besonders positiven Punkt sah Stefan, dass er in dieser Zeit an Bord wirklich den Kopf frei bekommen könnte, um sich dann neuen Dingen zuwenden zu können.

Unter diesen Gedanken erreichte Stefan die kleine Pension, begab sich auf sein Zimmer und traf alle Vorbereitungen für eine eventuelle morgendliche Abreise.

Er legte das Geld für das Zimmer in einem Umschlag bereit, um es gegebenenfalls am nächsten Morgen der Wirtin in den Briefkasten legen zu können, packte alle seine Sachen in seine Tasche und stellte seinen Wecker auf halb fünf.

Die endgültige Entscheidung wollte er dann nach dem Aufstehen fällen.

Stefan legte sich schlafen, wobei man weniger von Schlafen, als mehr von Rumwälzen sprechen konnte.

Neue Welt

Noch bevor der Wecker seinen Dienst verrichten konnte, war Stefan bereits hellwach. Wieder und wieder ging er in Gedanken das gestrige Gespräch mit dem Seemann durch und horchte in sich hinein, was sein Bauchgefühl ihm wohl raten würde. Aber so richtig nahm ihm sein Bauch die Entscheidung nicht ab.

So traf er den Entschluss, sich erst einmal auf den Weg zu machen. Die endgültige Entscheidung konnte er ja dann auch noch vor Ort treffen.

Stefan rief zunächst mal ein Taxi, packte dann seine Sachen, steckte den Umschlag mit dem Geld in den Briefkasten der Pensionswirtin und verließ die Pension.

Kurze Zeit später kam das Taxi. Als er einstieg, war in ihm schon so ein gutes Gefühl für das was vor ihm lag. Auf dem Weg zum Hafen stellte sich allmählich eine regelrechte Vorfreude auf sein Vorhaben ein.

Das Taxi hielt direkt an der Gangway des Frachters. Als Stefan die Gangway hinauf ging, dachte er: ‚Na ja, ein Riesenschiff ist das ja nicht gerade, aber der Seemann hatte ja auch von einem Frachter mit besonderer Fracht gesprochen. Das sind sicherlich Maschinenteile, die nicht unbedingt in einen Container passen'.

Zuversichtlich ging er die Gangway hinauf und begab sich in Richtung Brücke.

Der Seemann sah ihn schon von weitem kommen und ging auf Stefan zu.

„Guten Morgen", begrüßte er ihn in seiner freundlichen Art, „schön, dass Sie gekommen sind. Wir legen auch sogleich ab. Kommen Sie erstmal mit auf die Brücke. Wenn wir unterwegs sind, lasse ich Ihnen Ihr Quartier zuweisen."

„Danke, sehr freundlich."

Stefan nahm im Vorraum der Brücke Platz. Von hier aus hatte er einen guten Ausblick auf die Brücke und durch ein großes Panoramafenster auch nach draußen. Er konnte von hier aus das gesamte Ablegemanöver beobachten.

Stefan war das erste Mal auf solch einem großen Schiff. Er war aufgeregt wie ein kleiner Junge und freute sich jetzt riesig auf die Reise, die nun vor ihm lag.

Etwa eine halbe Stunde, nachdem sie abgelegt hatten, kam der Seemann zu ihm.

„Ich lasse Ihnen jetzt Ihr Quartier zuweisen."

Er ging zu einer Sprechanlage und drückte auf eine Sprechtaste.

„Peet, dein neuer Kollege ist jetzt da. Hol ihn bitte bei mir ab und zeige ihm alles, wie wir es besprochen haben."

„O.k. Boss, bin gleich da", kam es aus dem Lautsprecher der Sprechanlage.

Die Stimme klang piepsig und nuschelig zugleich. Stefan hatte Mühe, das zu verstehen. Hier an Bord wurde grundsätzlich Englisch gesprochen, auch das Gespräch gestern in der kleinen Kneipe hatten sie auf Englisch geführt.

Kurze Zeit später ging die Tür zu dem Vorraum der Brücke auf, und in der Tür erschien ein... ja was war das? Ein Mann? Wohl eher ein Männchen.

Stefan wurde augenblicklich an Karl Mays Buch „Winnetou" erinnert. Dort stand eine Beschreibung des Trappers Sam Hawkens. Dieser schien jetzt leibhaftig vor ihm zu stehen. Ein kleines Männchen mit wuscheligen braunen Haaren, kurzen, krummen Beinen und einem etwas zu kurz geratenen Leib mit einem kugelrunden Bäuchlein. Seine hellblauen Augen funkelten ihn freundlich an. Er streckte Stefan seine knorrige, braun gebrannte Hand entgegen.

96

„O.k., willkommen, ich bin Peet und wie heißt du?" Seine Stimme klang jetzt noch piepsiger und nuschelnder als durch die Sprechanlage.

„Danke, ich bin Stefan", erwiderte Stefan und musste sich das Lachen verkneifen.

„O.k., also Stäff", er zog das ä ziemlich in die Länge, "komm mit, ich zeige dir dein Quartier. Du kommst mit in meine Kajüte."

Stefan hatte Mühe ihm über das Deck zum vorderen Teil des Frachters zu folgen, wo sich augenscheinlich die Mannschaftsquartiere befanden.

Peet tippelte mit seinen kurzen Beinen in einer Geschwindigkeit, die Stefan ihm kaum zugetraut hätte.

Das Mannschaftsquartier lag im Bug des Frachters. An einen kleinen, dunklen Flur schlossen sich zwei zweier- und zwei sechser- Kajüten an. Sie lagen im rechten Teil. Links befand sich der Sanitärbereich sowie die Küche. In der Spitze im Bug befand sich ein Aufenthaltsraum, der direkt an die Küche grenzte.

Die Kajüte, die Peet mit Stefan teilen wollte, war gleich die erste hinter dem Eingang zu diesem Bereich.

Peet öffnete die Tür zu seiner Kajüte und ließ Stefan eintreten.

Im ersten Moment war Stefan ein wenig irritiert. Er dachte ‚na ja, so manche Gefängniszelle wird wohl größer sein'.

Links und rechts im vorderen Teil befanden sich zwei Kojen, die gerade so Platz für eine nicht allzu große Person boten. Im Bereich der Tür war an jeder Seite ein Spind und vorn an der Bordwand zwischen den Kojen befand sich ein kleiner Klapptisch. Jeweils am Kopfende der Kojen ließen zwei Bullaugen ein wenig Licht hinein. Alles war in einem milchigen Weiß gestrichen.

„O.k., das ist jetzt unser gemeinsames Quartier, hier werden wir beide uns miteinander arrangieren müssen",

97

piepste Peet nuschelnd und versuchte seinen Worten einen gebildeten Klang zu verleihen.

Stefan musste grinsen.

„Du musst nicht versuchen, mit mir zu reden wie mit einem vornehmen Herrn, rede einfach, wie dir der Schnabel gewachsen ist."

So unterschiedlich wie die beiden vom Äußeren auch waren, irgendwie herrschte von Anfang an ein gutes Einvernehmen zwischen ihnen.

„O.k. Stäff, ich denke auch, wir beide kommen ganz gut zurecht."

„Ja, das werden wir sicherlich. Du musst mir nur ein wenig Zeit geben, mich einzugewöhnen."

„O.k., Du wirst dich schon dran gewöhnen", Peet versuchte Stefan freundschaftlich auf die Schulter zu klopfen, was aber bei seiner Körpergröße schon wieder eine komische Figur abgab.

„O.k. ich zeig dir jetzt den Rest."

Sie begaben sich wieder in den kleinen Flur. Peet öffnete die Tür zur Toilette: „O.k., hier kannst du dich deiner Altlasten entledigen."

Peet schien jeden seiner Sätze mit o.k. zu beginnen. Irgendwie passt das auch zu diesem kleinen schrulligen Kerl, dachte Stefan.

Die nächste Tür, die Peet öffnete, führte zu einem kleinen Vorraum der Küche, einem Lagerraum, in dem sich an der Bordwand eine Koje befand.

„Wer wohnt hier" fragte Stefan erstaunt.

„O.k., das ist das Domizil von Pierre unserem Koch, der wohnt also direkt an seinem Arbeitsplatz". Von Pierre war aber nichts zu sehen.

„Pierre", rief Peet mit seiner Fistelstimme in Richtung Küche.

Auf diesen Ruf erschien wieder eine Gestalt, die schlecht zu beschreiben war.

Pierre der Koch war offenbar Franzose, jedenfalls dem Namen nach und auch dem Äußeren nach. Er war so ca. 1,50 Meter hoch, oben auf seinem kahlen Kopf lag eine viel zu kleine Baskenmütze. Seine Kleidung, er trug einen Overall, schlotterte um eine klapperdürre Gestalt.

Seine Art sich zu bewegen, glich der eines Roboters. Erstaunlicherweise fiel ihm dabei nicht die Baskenmütze vom kahlen Schädel.

Er streckte Stefan seine dünne Hand entgegen und nickte nur wortlos.

„O.k., Pierre ist kein großer Redner, du wirst dich dran gewöhnen."

„Na klar, kein Problem."

Peet öffnete die Tür zum vorderen Raum, dem Aufenthaltsraum.

Hier war offenbar der Rest der Mannschaft versammelt. An einem etwas größeren Tisch saßen die Männer beim Frühstück, dreizehn an der Zahl. Sechs an jeder Seite des Tisches und einer an der Stirnseite.

Der erste Eindruck, den diese auf Stefan machten, war nicht sehr einladend und auch nicht sehr freundlich. Der Mann an der Stirnseite erweckte in Stefan seltsame Gefühle. Er sah aus wie ein Bösewicht aus einem schlechten Film. Grobschlächtig, ungepflegt, mit kurzen roten Haaren und einer Knollnase, die einem schon allein das Fürchten lehren könnte.

Stefan wollte, obwohl es ihm eigentlich widerstrebte, auf diese Gruppe zugehen und sich vorstellen, doch Peet hielt ihn zurück.

„O.k., du brauchst dich bei denen nicht vorstellen, das erkläre ich dir gleich noch."

Stefan hob die Hand und sagte nur kurz „Hallo" in Richtung der Männer, was aber von deren Seite in keiner Weise erwidert wurde. Es waren nicht gerade freundliche Blicke, die sie Stefan entgegenschickten.

Peet zog Stefan an einen anderen kleinen Tisch, der direkt neben der Tür stand. Hier war für drei Leute der Frühstückstisch gedeckt.

Sie setzten sich, Pierre kam mit einer großen Kanne Kaffee und setzte sich zu ihnen.

Keiner sprach ein Wort. Vom anderen Tisch hörte man nur hin und wieder ein Schlürfen, Schmatzen und Rülpsen.

‚Na, da muss ich mich ja ganz schön umgewöhnen', dachte Stefan.

Jedenfalls war das Frühstück reichlich und der Kaffee recht gut. Also daran gab es offensichtlich keinen Mangel, was ihn wieder zuversichtlicher in die Zukunft blicken ließ. An alles andere würde er sich schon gewöhnen, und mit dem Rest der Mannschaft hatte er wohl auch nicht so viel zu tun, was aus dem Verhalten von Peet und Pierre abzulesen war.

Nachdem sie ausgiebig und schweigsam gefrühstückt hatten, zog Peet Stefan am Arm und bedeutete ihm, mit nach draußen zu kommen.

„O.k., komm wir gehen ein wenig nach oben auf Deck, ich muss dir noch Einiges erzählen."

Stefan erhob sich und folgte Peet nach oben. Draußen pustete ein kühles Lüftchen, aber es war noch nicht so kalt, dass es ihnen unangenehm gewesen wäre.

Die beiden standen jetzt direkt vorn am Bug.

Stefan sog die frische Seeluft tief in sich hinein. Er fühlte im Moment eine wohltuende Freiheit, alle Schwere der letzten Tage schien von ihm abgefallen zu sein.

Wieder war eine große Freude in ihm, er würde diese Seereise in vollen Zügen genießen.

„O.k., wo soll ich anfangen", begann Peet das Gespräch.

„Ja, ich weiß auch nicht so recht. Was waren das für Männer da eben beim Frühstück?"

„Das waren..."

„He, was war das denn jetzt", unterbrach ihn Stefan.

„Was denn", fragte Peet irritiert.

„Da, schon wieder."

„Hä?"

„Ja, du fängst gar nicht mehr mit o.k. an."

Peet schaute ihn mit großen Augen an.

„Wieso, habe ich immer meine Sätze mit o.k. begonnen?"

„Ja genau, ich dachte, das machst du immer so?"

„Sorry, das war mir gar nicht so bewusst. Ich denke, das war meine bisherige Unsicherheit."

„Und jetzt bist du nicht mehr unsicher?"

„O.k., ich glaube wir beide liegen so ziemlich auf einer Wellenlänge, da hat sich wohl meine Unsicherheit erledigt."

Dieses Mal klang das o.k. so sehr übertrieben, dass beide prustend anfingen zu lachen.

„O.k., jetzt fang ich mal damit an, ich habe dich unterbrochen. Was wolltest du mir sagen?"

„Jetzt hast du mich völlig aus dem Konzept gebracht. Ich weiß nicht mehr, was ich dir sagen wollte."

„Ich hatte dich nach den Männern da beim Frühstück gefragt."

„Ach ja, die Kerle da am Nebentisch. Also die Sache ist die, wir leben hier auf dem Schiff in einer Zwei- beziehungsweise Dreiklassengesellschaft. Die erste Klasse sind die Herren dort, wo sich die Brücke befindet."

Peet zeigte in Richtung des Mittelschiffs, wo sich die Aufbauten der Kommandozentrale, also die Brücke befand.

„Da sind vier Leute, der Käpt'n, der erste Offizier, der von uns nur „der Boss" genannt wird, der Doc und der Maschinist. Von denen wirst du selten jemanden zu Gesicht bekommen. Der Einzige, der hin und wieder mal hier nach vorn kommt, ist der Doc, wenn sich mal wieder einer von den Deppen die Finger beim Arschabwischen verrenkt hat."

„Wow, das hört sich aber ganz schön derb an."

„Na ist doch wahr, die sind doch alle dreizehn einfach nur zu blöd zum Scheißen."

„Na, so wie du von denen redest, hast du ja wohl nicht viel mit denen im Sinn."

„Nee mit Sicherheit nicht, das ist die dritte Klasse unserer kleinen Gesellschaft."

„Und die zweite Klasse besteht nur aus dir und Pierre."

„Und jetzt auch aus dir. Es sei denn, du willst dich zu den Deppen gesellen."

„Nee nee, lass mal, ich fühle mich bei dir und Pierre ganz gut aufgehoben."

„Das ist gut, dann habe ich wenigstens auch mal jemanden, mit dem ich mehr als drei Worte reden kann. Ich fahre jetzt schon einige Jahre zusammen mit Pierre auf diesem Schiff, aber ich glaube, er hat noch keine hundert Worte mit mir gesprochen. Aber er ist ein super Koch. Das wirst du auch noch erkennen, er versorgt uns ebenso gut wie in einem Sternerestaurant."

„Hm, da frage ich mich doch, was verschlägt so einen Superkoch auf solch einen Pott wie diesen hier? Der könnte doch sicherlich locker ein Sternerestaurant führen."

Peet schaute Stefan von schräg unten prüfend in die Augen. „Hm, bist du ein Bulle, oder von der russischen Maffia?"

„He, wie kommst du denn darauf, sehe ich so aus?"

„Nee, eigentlich nicht, aber man muss schon vorsichtig sein was man alles so erzählt. Aber ich habe eine recht gute Menschenkenntnis und kann dir sicherlich vertrauen."

„Also ich habe weder mit der Polizei noch mit der russischen Maffia jemals was zu tun gehabt."

„Ja, also der Pierre hat tatsächlich mal solch ein Nobelrestaurant gehabt. Das war in Paris. Aber du weißt ja, wo Licht ist, da ist auch Schatten. Aus irgendeinem Grund hat er sich damals mit der russischen Maffia eingelassen und hat einem der Bosse mächtig ans Bein gepinkelt. So heftig, dass sie ihm ans Leder wollten. Er hat sich dann in einer Nacht- und Nebelaktion nach Antwerpen durchgeschlagen, wo ich ihn kurz vor dem Ablegen im Hinterhof einer ziemlichen Spelunke aufgelesen und mit an Bord gebracht habe. Der Boss war damit sehr zufrieden, der braucht nämlich solche Leute. Also jedenfalls ist Pierre seitdem noch nie wieder an Land gewesen, weil er Angst vor denen hat, die sind ja bekanntlich auf der ganzen Welt zu finden."

„Wow, das ist ja eine spannende Geschichte. Aber wieso braucht der Boss solche Leute? Sind die anderen auch solche verkrachten Existenzen?"

„Na ja, also soviel ich weiß werden wohl die meisten dieser Kerle mit internationalem Haftbefehl gesucht."

„Und wie ist das mit dir? Stehst du auch auf irgendeiner Fahndungsliste?"

Wieder schaute Peet ihm von schräg unten prüfend in die Augen.

„Also doch ein Bulle?"

„Nein, keine Sorge - ich kann schweigen."

„Na ja, dazu vielleicht später mehr. Du wirst hier noch Einiges erleben, wo du bestimmt nicht mit gerechnet hast."

„Was meinst du? Auf was muss ich mich denn hier noch alles einstellen?"

„Geduld, alles zu seiner Zeit."

„Allmählich machst du mir Angst mit deinen Andeutungen."

„Keine Sorge, wie gesagt, ich fahre schon etliche Jahre auf diesem Pott, wie du es ausdrückst, und ich lebe immer noch."

„Komm, jetzt Butter bei die Fische, ich will wissen, auf was ich mich hier eingelassen habe."

„Der Boss hat mir erzählt, dass du die Registratur übernehmen sollst."

„Ja, wenn wir Ladung aufnehmen, soll ich die Listen führen, weil der Mann, der das bisher gemacht hat, es nicht so mit Zahlen hat."

„Ja genau, das war der Depp an der Stirnseite, das Monster."

„Das Monster?"

„Na der sieht doch aus wie ein Monster. Übrigens hat er sich diesen Namen selbst gegeben. Der findet den super gut. Da kannst du mal sehen, dass der nicht ganz frisch in der Birne ist."

„Komischer Typ."

„Der führt sich auch auf wie der Chef und lässt die Kerle da am Tisch ganz schön nach seiner Pfeife tanzen."

„Den Eindruck hatte ich auch. Und was ist mit dir und Pierre? Lässt er euch in Ruhe?"

„Der kann uns doch nicht das Wasser reichen. Das haben wir ihm ziemlich deutlich klargemacht. Und er hat es wohl akzeptiert. Obwohl, er versucht es immer mal wieder, auch bei uns den Chef raushängen zu lassen. Aber er weiß genau, dass ich eine Sonderstellung beim Boss habe, darum hält sich sein Benehmen einigermaßen in Grenzen."

„So, du hast eine Sonderstellung beim Boss? Was heißt das?"

„Das wirst du schon noch mitkriegen, du solltest nicht so viele Fragen stellen."

„Also ehrlich, deine Andeutungen bringen mich ganz schön zum Nachdenken. Was erwartet mich denn wohl noch alles hier auf diesem Pott?"

„Wie gesagt, stell jetzt nicht so viele Fragen, ich werde dir schon alles rechtzeitig mitteilen. Jetzt solltest du dich erst mal einrichten. Übrigens, du musst dich hier an Bord nicht herausputzen, hier gibt es keine Frauen, denen du gefallen musst."

Bei dem letzten Satz von Peet durchfuhr es Stefan wie ein Schlag. Augenblicklich fuhr der ganze Schmerz um Lisa, die ganze Schwere der letzten Tage wieder in seine Seele. Alles Schwere, jede einzelne Empfindung fuhr plötzlich wieder in ihn und ließ ihn merklich zusammenzucken.

Peet sah ihn erstaunt an.

„Oh, habe ich da einen wunden Punkt getroffen?" fragte er sichtlich betroffen.

Stefan atmete schwer, das Sprechen fiel ihm schwer.

„Ich habe vor Kurzem meine sehr geliebte Freundin verloren. Sie ist an Leukämie gestorben. Das hat mich ziemlich aus der Bahn geworfen", erwiderte Stefan mühsam.

„Sorry, das tut mir leid. Es ist wohl besser, ich lasse dich einen Augenblick allein."

Stefan nickte gequält.

Mehrere Minuten stand er da und kämpfte gegen diesen unmenschlichen Schmerz.

Verzweifelt versuchte er, wieder Herr über seinen Körper und seine Sinne zu werden.

Allmählich zwang er sich mit kontrolliertem Atmen zur Ruhe. Es dauerte eine ganze Weile, bis der Schmerz langsam nachließ.

Peet war in seiner Nähe geblieben und beobachtete ihn besorgt.

Stefan stand immer noch sich krampfhaft festhaltend an der Reling, die Tränen liefen ihm die Wange herunter, der Wind trug sie davon.

Peet schaute eine ganze Weile zu Stefan. Als der sich etwas beruhigt zu haben schien, ging er zu ihm.

„Na, geht's wieder? Dann sollten wir das Thema wohl demnächst vermeiden."

„Entschuldige Peet, ich habe mich gerade nicht so recht im Griff gehabt."

„Nein, da gibt es nichts zu entschuldigen. Ich kann dich besser verstehen als du vielleicht annimmst", erwiderte Peet mit bewegter Stimme.

„Wieso, hast du auch jemanden verloren?"

„Nein, ich habe niemanden verloren", er machte eine Pause, „ich habe jemanden verlassen." Seine Stimme klang brüchig bei diesen Worten.

„Möchtest du darüber reden?"

„Nein, vielleicht später mal", jetzt klang seine Stimme energisch, aber das war mehr gegen sich selbst gerichtet.

„Ich glaube, ich muss meine Ansicht über dich komplett revidieren, du bist ganz anders als es der erste Eindruck vermitteln wollte."

„Hm, verstehe, wahrscheinlich hast du mich heute Morgen in die Schublade gesteckt, in der Sam Hawkins zu Hause ist, wenn ich mich nicht irre."

„Äh ja, wie kommst du denn darauf?"

„Gib es ruhig zu, du bist nicht der erste, der mich so eingeschätzt hat. Du kannst mich ruhig in der Schublade belassen, da passe ich ganz gut rein."

„So ein wenig Menschenkenntnis habe ich auch, und du bist innerlich jedenfalls nicht der gleiche wie äußerlich."

„Vielleicht hast du Recht, aber jetzt lass gut sein mit diesen Sentimentalitäten, wir werden in den nächsten Wochen noch ausgiebig Gelegenheit haben, über alles zu reden."

„Ja, du hast recht."

Den Rest dieses ersten Tages auf See verbrachte Stefan damit, sich auf dem Schiff umzusehen. Er stand stundenlang auf Deck an der Reling und ließ sich den Wind um die Nase wehen.

Peet hatte sich in seine Koje zurückgezogen und schien zu schlafen.

Als es dunkel wurde, begab sich Stefan ebenfalls in seine Koje. Er lag noch lange wach und hörte auf das kontinuierliche Brummen des Motors, das aus der Tiefe des Schiffes kam und das ganze Schiff leicht vibrieren ließ.

Die Melodie des Motors, das Vibrieren des Schiffes und das sanfte Schaukeln des Schiffes, ließen ihn endlich in einen sanften traumlosen Schlaf fallen.

Sonderaufgaben

Die nächsten Tage auf See waren für Stefan wie Urlaub. Das Wetter war zwar recht kühl, aber mit der richtigen Kleidung durchaus angenehm zu ertragen.

Er hielt sich viel an Deck auf und genoss die Seeluft in vollen Zügen. Die Stimmung an Bord war recht gut, denn die Dreiklassengesellschaft pflegte kaum Kontakte untereinander.

Es war so, wie Peet ihm das am Anfang erklärt hatte, von der Führungsmannschaft war nichts zu sehen, und die „Deppen", wie Peet sie nannte, blieben auch für sich. Wenn auch das Monster hin und wieder in Stefans Nähe kam, aber er beließ es dann immer nur bei einem bösen Blick, mit dem er Stefan bedachte.

Anfangs nahm Stefan sich vor, mal mit ihm ins Gespräch zu kommen, ließ dann aber von seinem Vorhaben ab, um ihn nicht auch noch zu provozieren.

Sie hatten den Ärmelkanal vor einigen Tagen passiert und befanden sich jetzt offenbar weit draußen auf dem Atlantik. Jedenfalls war seit der Durchfahrt durch den Ärmelkanal kein Land mehr zu sehen.

Stefan schätzte, dass sie sich jetzt so etwa auf Höhe der Nordspitze von Spanien befinden müssten, in Richtung Süden.

Es war der vierte oder fünfte Tag auf See. Irgendwie war ihm das Zeitgefühl abhandengekommen, es kam ihm vor, als würden sie schon wochenlang auf See sein.

Das Einvernehmen zwischen Peet, Pierre und Stefan war recht gut, wobei man mit Pierre wirklich keine zwei Sätze im Zusammenhang reden konnte, aber er war in der Tat ein hervorragender Koch. Er konnte aus wenigen, einfachen Zutaten ein schmackhaftes Menü zubereiten.

Die drei nahmen die Mahlzeiten immer gemeinsam ein, wobei Pierre jedes Mal nach dem Essen die Küche versorgte und Peet und Stefan sich meistens auf Deck begaben.

Eines Morgens verabschiedete sich Peet direkt nach dem Frühstück.

„Der Boss hat mich gerufen."

„Aha, Sonderaufgaben?"

„Ja, sieht so aus. Übrigens habe ich beobachtet, wie du hin und wieder nach deinen Wertsachen unter deiner Matratze siehst. Vorn haben sie einen Tresor mit mehreren einzelnen Schließfächern. Komm mit und deponiere alles dort, dann brauchst du dir keine Sorgen mehr um den Kram machen."

„Das wäre ja super."

„Du bekommst dann einen Schlüssel", er zog einen kleinen Schlüssel an einer Kette aus seinem Hemd, „ich hab' den Schlüssel auch immer bei mir."

„Super, warte einen Moment, ich hole gerade meine Sachen."

Stefan holte seine Brieftasche und den USB – Stick aus seinem Versteck und folgte Peet nach vorn.

Der Boss war auf der Brücke, von den anderen war nichts zu sehen.

„Hallo, na wie geht's?" begrüßte ihn der Boss.

„Mir geht's super, ist ja wie Urlaub hier an Bord."

„Na ja, das wird sich schon noch ändern."

„Peet sagte, Sie hätten hier ein Schließfach wo ich meine Wertsachen deponieren könnte."

„Ja kommen Sie, ist hier gleich um die Ecke."

Sie gingen auf der anderen Seite der Brücke in einen kleinen Nebenraum. Hier war ein Stahlschrank mit einer Tresortür, hinter der sich eine ganze Reihe Schließfächer befanden. In einigen steckten die Schlüssel.

„Suchen Sie sich eins aus. Für den Schlüssel habe ich hier ein Kettchen, dann können Sie sich den Schlüssel um den Hals hängen."

„Danke, dann kann ich ja jetzt wieder ruhig schlafen."

Stefan ging zurück auf Deck und machte seinen Spaziergang an frischer Seeluft.

Von Peet war den ganzen Tag nichts zu sehen. Erst zum Abendessen kam er zurück. Stefan und Pierre hatten schon am Tisch Platz genommen.

„He, da bist du ja wieder. Und? Alle Sonderaufgaben erledigt?"

„Ja, alles fertig," antwortete Peet kurz angebunden, offenbar wollte er nicht darüber reden. Stefan beließ es dabei, er würde ihn am Abend noch einmal darauf ansprechen.

Peet war den ganzen Abend über sehr schweigsam. Er hatte es sich auf seiner Koje bequem gemacht, aber Stefan wollte unbedingt noch etwas von ihm erfahren.

„Peet, was ist los? Kannst du nicht mehr reden?"

„Es gibt nichts zu reden."

„Ach komm, lass mich nicht dumm sterben", bohrte Stefan weiter.

„Ich hab' dir schon mal gesagt, du sollst nicht so viele Fragen stellen. Du wirst noch früh genug alles erfahren."

„Und ich hab' dir schon mal gesagt, dass du mir mit deinen Andeutungen langsam Angst machst."

„Du brauchst keine Angst haben, vor gar nichts. Du musst nur das machen, was ich dir sage, wenn es soweit ist."

„Und wann ist es soweit?"

„Wahrscheinlich schon bald."

„Das heißt?"

„Oh Mann, nerv mich nicht."

„Aus dir ist heute wirklich nichts raus zu kriegen."

„Nein, das Beste ist, du legst dich jetzt hin. Das wird vielleicht eine kurze Nacht."

„Wieder so eine Andeutung, mit der ich nicht viel anfangen kann. Du machst mich damit immer nervöser."

„O.k. ich sag dir was. Wir werden demnächst Ladung aufnehmen. Und da kommst du dann zum Einsatz."

„Na, das ist doch mal eine Aussage. Welchen Hafen laufen wir denn an? In Spanien, in Portugal?"

„Du nervst. Leg dich jetzt hin und mach den Kopf zu."

„Den Kopf?"

„Ja, Augen und Mund."

„O.k. ich lass dich jetzt in Ruhe, ein wenig hast du mir ja erzählt. Vielleicht reicht das ja, um einigermaßen ruhig zu schlafen."

„Danke."

Stefan legte sich hin und versuchte zu schlafen, was ihm aber nicht so recht gelingen wollte. Auch das gleichmäßige Motorengeräusch aus dem Inneren des Schiffes wollte ihn heute nicht so recht in den Schlaf brummen. Immer wieder wurde er wach.

Irgendwann war er wohl doch tief und fest eingeschlafen, jedenfalls weckte ihn Peet's Stimme aus tiefsten Träumen. Stefans Uhr zeigte halb zwei.

„He Stäff, aufstehen. Arbeit."

Stefan brauchte eine Weile, um zu realisieren, wo er war.

„Hä? Haben wir denn schon angelegt? Die Motoren laufen doch noch."

„Los raus, es gibt was zu tun."

„Was soll das? Wir können doch bei voller Fahrt keine Ladung aufnehmen."

„Frag nicht so viel, steh auf. In ungefähr zehn Minuten musst du einsatzbereit sein. Los, steh auf, ich erklär dir alles."

111

Stefan wälzte sich aus der Koje und sah Peet erwartungsvoll an.

„He, was läuft hier? Was soll das?"

Peet gab ihm eine Schreibunterlage mit einer Lagerliste darauf.

„Wir bekommen jetzt einige Kisten an Bord. Deine Aufgabe ist es, die Nummern auf den Kisten in diese Liste einzutragen. Und das Ganze muss möglichst schnell über die Bühne gehen. Kriegst du das hin?"

„Na ja, das Aufschreiben sollte wohl kein Thema sein, aber wie sollen denn die Kisten an Bord kommen? Dazu müssen wir doch erst mal anlegen,"

„Das zeig ich dir gleich. Wie gesagt, es muss alles sehr schnell gehen. Die Deppen werden die Kisten in Empfang nehmen, du schreibst und sie bringen die Kisten nach unten. Ich werde sie unten in Empfang nehmen und einlagern lassen. Alles verstanden?"

„Na klar, aber ich verstehe die ganze Aktion noch nicht so recht."

„Den Rest erkläre ich dir, wenn die Aktion abgeschlossen ist."

Stefan runzelte die Stirn, irgendwas lief hier ab, was komisch war. Sie sollten mitten auf dem Meer, während der Fahrt irgendwelche Kisten an Bord nehmen? Er bekam ein flaues Gefühl in der Magengegend, das konnte doch wohl nur was Illegales bedeuten.

„Peet, was läuft hier für eine Scheiße ab?"

„Frag jetzt nicht, wir müssen gleich los. Wie gesagt, ich erklär' dir alles nach der Aktion."

Von draußen war Gepolter zu hören. Offenbar waren die Männer, die Peet so liebevoll als „Deppen" bezeichnete, auch schon unterwegs.

Peet gab Stefan eine Stirnlampe und setzte sich selbst eine auf. Sie verließen ihre Kajüte und gingen den Gang zu den

Treppen entlang. Stefan wollte die Treppe nach oben zum Deck nehmen.

„Falsche Richtung," sagte Peet und deutete nach unten, in Richtung Laderaum.

Im Laderaum, Mittschiffs an der Steuerbordseite standen die Männer im Pulk, jeder hatte solch eine Stirnlampe auf. Ansonsten war alles stockdunkel. Den Männern war dieses Szenario anscheinend bestens bekannt, denn keiner sprach ein Wort. Nur das Geräusch der Stiefel auf dem Metallboden verursachte eine merkwürdige Stimmung.

Peet hatte sein Walkie-Talkie in der Hand und wartete offenbar auf ein Kommando.

Nach einiger Zeit kam ein kurzes „Go" aus diesem.

Peet drückte eine Taste auf einer Fernbedienung in seiner anderen Hand. Langsam öffnete sich eine Ladeluke an der Außenwand des Schiffes.

Draußen war es ebenfalls stockdunkel, ein leichter Wind wehte zu ihnen hinein.

„Stäff, du stellst dich genau hier hin und schreibst alles auf", er deutete auf einen Platz direkt an der Laderampe.

Als die Laderampe waagerecht zum Schiff stand, sah Stefan, dass sie sich etwa einen halben Meter über dem Wasserspiegel befand. Die See war ziemlich ruhig, es war nur geringer Wellengang zu sehen. Das Schiff war nach wie vor in voller Fahrt.

Draußen fuhr ein Schlauchboot an die Laderampe. Zwei Männer hielten das Schlauchboot an kleinen Pollern der Rampe fest und zwei weitere hievten eine Metallkiste auf die Rampe.

Das Monster stand draußen auf der Rampe und nahm die erste Kiste in Empfang. Er nahm mit einem von den Männern die Kiste auf und stellte sie Stefan vor die Füße. Das Aufschreiben der Nummer auf der Kiste nahm nur ein paar Sekunden in Anspruch. Die beiden sahen Stefan groß an, als er ihnen bedeutete, die Kiste weiter zu tragen.

Und schon kam die nächste Kiste.

„Nicht abstellen, gleich weiter", trieb er die Männer an. Die murmelten sich etwas Unverständliches in den Bart. Irgendwie schien ihnen das alles zu schnell zu gehen.

Eine Kiste nach der anderen wurde aus dem Schlauchboot ins Schiff getragen. Es waren Metallkisten in unterschiedlichen Größen. Sie waren allesamt verplombt und versiegelt. Unter der Nummer, die Stefan zu registrieren hatte war ein zweizeiliger Text gedruckt, den er in der Eile aber nicht entziffern konnte. Der Text war rechts und links begrenzt mit einem Äskulapstab, was auf einen medizinischen Inhalt schließen ließ. In Stefan machte sich ein ungutes Gefühl breit. Wenn das wirklich medizinischer Inhalt war in den Kisten, hätte man sie ganz offen und legal in einem Hafen an Bord bringen können. Es blieb für Stefan im Moment nur eine Erklärung, sie nahmen gerade jede Menge Schmuggelware an Bord.

Er wurde also gerade zum Mithelfer einer kriminellen Bande. Stefan fühlte sich betrogen und ausgenutzt. Er musste dringend mit Peet und dann auch mit dem Boss reden. Er war nicht gewillt, sich mit solchen Machenschaften sein Leben ruinieren zu lassen.

Nach etwa zehn Kisten legte das Schlauchboot draußen ab und das nächste legte an. Wieder wurde Kiste um Kiste ins Schiff gebracht. Die Männer schwitzten und schnauften unter der Last.

Aus dem unteren Laderaum, wo sie die Kisten hinbrachten, hörte Stefan Peet's Stimme, wie er die Männer antrieb, schneller zu arbeiten. Er machte ihnen ordentlich Druck.

Als das vierte Schlauchboot entleert wurde, kam Peet von unten zu Stefan. Er hatte ein zufriedenes Grinsen auf seinem Gesicht.

„Denen habe ich ordentlich eingeheizt", raunte er zu Stefan.
„Sind das die letzten?"
„Ja, das letzte Boot, dann sind wir fertig."
Nachdem die letzte Kiste hineingetragen und verstaut war, schloss Peet die Ladeluke.
„So Männer, Abmarsch Feierabend."
Die Männer verließen den Laderaum in Richtung Quartier.
Peet nahm Stefan die Liste von der Schreibunterlage. Als sie die Treppe erreichten, stand plötzlich der Boss dort an der Treppe.
Peet übergab ihm wortlos die Liste. Der Boss nickte nur kurz und ging in Richtung Brücke.
Peet und Stefan begaben sich in ihre Kajüte.
Dort angekommen, warf Stefan ihm die Schreibunterlage vor die Füße, er war stinksauer.
„Shit, where am i here?" fuhr er ihn an.
„Ruhig Stäff, ruhig, ich erklär' dir gleich alles was du wissen willst, aber erst mal beruhige dich."
„Beruhigen? Wie soll das gehen, wenn ihr mich hier in eure kriminellen Machenschaften reinzieht. Oder willst du mir allen Ernstes erklären, dass dieses eine völlig legale Aktion war. Das kannst du deiner Großmutter erzählen. Ich bin doch nicht bescheuert. Wenn das alles legal wäre, hättet ihr die Kisten im Hafen an Bord nehmen können. Da war doch alles andere als medizinisches Material drin."
Stefan war in Rage.
„Peet, was war in den Kisten? Drogen? Waffen? Was?" brüllte er ihn an.
Peet hob beschwichtigend die Hände.
„Willst du jetzt das ganze Schiff zusammen brüllen, oder reden wir in Ruhe darüber, wie es sich für erwachsene Menschen gehört?"
„Erwachsene Menschen, rede du nicht von erwachsenen Menschen. Ihr seid doch alles Kriminelle."

Stefan ließ sich auf seine Koje fallen und versuchte, sich mit kontrolliertem Atmen zu beruhigen. Verzweiflung wollte sich in ihm breitmachen.

„Peet, was war in den Kisten?" fuhr er ihn erneut an.

„Ich weiß es nicht, und ich will es auch gar nicht wissen."

„Erzähl mir doch keinen Scheiß, du weißt doch ganz genau, was in den Kisten war."

„Nein, ich weiß es wirklich nicht. Und es ist auch völlig egal, was darin ist. Offiziell sind sie gefüllt mit medizinischen Gerätschaften und Materialien für ein Labor in Wellington."

„Pah offiziell. Jetzt musst du mir nur noch erzählen, dass wir dafür offizielle Frachtpapiere haben. Ich lach mich tot."

„Ja, haben wir. Offiziell haben wir die Kisten in Hamburg an Bord genommen. Du kannst sicher sein, dass wir bei einer eventuellen Kontrolle nicht die geringsten Probleme haben werden."

„Wie soll das gehen? Dann müssten ja der Lademeister und der Zoll in Hamburg von diesem ganzen Mist hier wissen."

„Nein das brauchen sie nicht."

Langsam dämmerte es Stefan.

„Ach so, ich verstehe langsam. Das waren die Sonderaufgaben, die du erledigt hast. Du hast die Frachtpapiere gefälscht."

„Na siehst du, langsam begreifst du, wie das geht."

Die Gedanken in Stefan fuhren mal wieder Achterbahn. Alle möglichen Szenarien spielten sich vor seinem geistigen Auge ab, die ihn in den Knast bringen könnten.

„Das heißt also, du hast falsche Frachtpapiere erstellt. Und das wiederum heißt, du bist der Fälscher hier an Bord. Aha, darum bist du wohl auch hier, weil du wahrscheinlich ein gesuchter Fälscher bist."

Peet schwieg eine Weile und kaute an seiner Unterlippe.

„Na ja, so ist es wohl."

„Ach du Scheiße, ein Schiff voller krimineller Gestalten. Und ich mitten drin. Na, da kann ich mir ja gratulieren. Meine Zukunft liegt in irgendeinem Knast auf diesem schönen Globus. Na super."

„He, nun sieh' mal nicht alles so schwarz."

„Du bist lustig. Was ist, wenn uns irgendjemand kontrolliert? Der Zoll ist doch überall unterwegs."

„Haben wir alles schon gehabt. Die können uns gar nichts."

„Aha, ihr macht das also schon eine ganze Weile."

Peet schwieg und kaute wieder auf seiner Unterlippe herum.

„Peet, was ist, wenn einer der Kontrolleure die Papiere als Fälschungen erkennt`"

Jetzt war es Peet, der Stefan mit böser Miene anschaute.

„He, willst du mich beleidigen? Ich mache dir Papiere, mit denen du dich mit gutem Erfolg als US – Präsident bewerben könntest."

„O.k., o.k. die Papiere sind eine Sache. Aber was ist, wenn die mal eine Kiste aufmachen lassen? Was finden sie dann? Waffen? Drogen?"

„Hast du die Aufschrift auf den Kisten gesehen?"

„Ja, aber ich konnte sie in der Eile nicht entziffern. Ich weiß nur, dass sie mit einem Äskulapstab gekennzeichnet war."

„Genau, das heißt in den Kisten ist empfindliches, medizinisches Material. Sagt dir der Begriff Reinraum was?"

„Ja allerdings, das ist ein absolut staubfreier und steriler Raum."

„Genau, die Papiere und die Aufschrift sagen aus, dass die Materialien in solch einem Reinraum in die Kisten verpackt und anschließend versiegelt und verplombt wurden, und nur in solch einem Raum auch wieder geöffnet werden dürfen."

117

„Na toll, das habt ihr euch ja schön ausgedacht. Aber Kontrolleure sind auch nicht blöd. Was ist, wenn sie trotzdem eine Kiste öffnen lassen?"

„Mach dir mal keine Sorgen. Dann tritt unser Boss in Aktion. Das heißt, er wird den Kontrolleuren klarmachen, dass sie dann anschließend den gesamten Inhalt gleich ins Meer schmeißen können, weil er kontaminiert ist, und wird sie fragen, wer dafür die Kosten trägt."

„O.k., spielen wir das Spielchen weiter. Sie lassen trotzdem eine Kiste öffnen. Was dann?"

„Dann wird der Boss telefonieren mit der Firma, die die Sachen verpackt hat, und wird darum bitten, die Nummer der Kiste zu nennen, mit der sie am wenigsten Schaden anrichten."

„Mit der Firma, die die Sachen verpackt hat. Na toll, wer soll das sein, die Schmuggler?"

„Nein, wir haben natürlich einen Mittelsmann irgendwo da draußen. Der wird sagen, sie sollen die Kiste mit dem geringsten Gewicht öffnen, die auf der Frachtliste steht. Die steht natürlich zwischen all den anderen Kisten."

„Und die wird dann geöffnet."

„Genau."

„Und was kommt dann zum Vorschein?"

Peet konnte sich ein leichtes Grinsen nicht verkneifen.

„Ganz einfach, unsere Bordapotheke mit einigen medizinischen Gerätschaften."

„Hm, ihr seid ja Schlitzohren. Und die Kiste war zwischen all den anderen, die wir an Bord genommen haben."

„Nein, die haben wir immer an Bord."

„O.k., bis hierher erscheint mir alles plausibel, aber was ist, wenn sie eine weitere Kiste öffnen lassen wollen?"

„Dann müssen wir auf das Geschick vom Boss hoffen. Er wird ihnen dann wohl einen schönen Betrag Geld in Aussicht stellen, um den Schaden, der sonst noch entstehen und wesentlich höher ausfallen würde, möglichst in Grenzen zu halten. Und du kennst ja unseren Boss, der kann so schön leutselig reden. Also bisher war an dieser Stelle immer Schluss mit der Kontrolle."

„Da kann man ja nur hoffen, dass kein Kontrolleur aus dem europäischen Beamtenapparat dabei ist. Dann wird's schwierig mit dem Bestechen."

Peet verdrehte die Augen.

„Ja ja, glaub mal dran. Ich will dir deine Illusion nicht zerstören."

Stefan musste eingestehen, diese Leute hatten Erfahrung mit Schmuggelwahre und hatten das Risiko, entdeckt zu werden, auf ein Minimum gesenkt.

„O.k. Peet, Kontrolle scheint wirklich nicht die große Gefahr zu sein. Aber ich mach mir trotzdem Sorgen."

„Worüber machst du dir Sorgen, es ist doch alles in Butter. Wir werden in der übernächsten Nacht noch einmal einige Kisten aufnehmen und dann im hinteren Teil des Mittelmeeres die eine Hälfte wieder loswerden und die andere Hälfte, wenn wir den Suez und das rote Meer hinter uns haben. Dann sind wir wieder jungfräulich wie bei der Abfahrt in Hamburg."

„Das mag ja alles sein, ihr habt ja anscheinend schon genügend Erfahrung damit. Aber was ist mit mir? Ich bin jetzt Mitwisser, man wird mich doch wohl kaum mit dem, was ich hier an Bord gesehen habe, einfach so gehen lassen. Und ich habe definitiv vor, dieses gastliche Schiff bei der nächsten Gelegenheit zu verlassen."

„Auch darüber mach' dir mal keine Sorgen. Was kann denn passieren, wenn du mit deinem Wissen zur Polizei gehst? Ich kann dir genau sagen, was dann passiert.

Man wird uns überprüfen. Man wird die Papiere überprüfen. Was wird man finden? Nichts. Die Papiere sind einwandfrei in Ordnung. Dafür stehe ich mit meinem guten Namen.

Was wird man noch überprüfen? Man wird die GPS – Daten unserer gesamten Reise überprüfen. Was wird man da feststellen. Wir sind nonstop von Hamburg bis Wellington durchgefahren. Wir haben unterwegs keinerlei Kontakt mit einem anderen Schiff gehabt. Der einzige Kontakt, den wir unterwegs hatten, war mit einem Tankschiff im roten Meer, wo wir unter Beobachtung Treibstoff gebunkert haben. Ansonsten keinerlei Kontakt zu irgendjemandem. Alles GPS - überwacht und bis ins Kleinste dokumentiert."

„Wir fahren also nonstop durch bis Wellington?"

„Ja genau, das ist alles genau überprüfbar. Ich kann mir das genau ausmalen, wie der Boss von der Polizei vernommen wird und jeglichen Verdacht ausräumt. Und ich kann dir genau sagen, was der Boss dann sagen wird."

„Was denn?"

„Er wird sagen: ‚Ich verstehe gar nicht, warum der Mann uns jetzt so verunglimpft. Wir haben ihn aus reiner Freundlichkeit von Hamburg mitgenommen, weil er Probleme hatte, mit seiner Ehe, mit seiner Freundin. Und jetzt diese haltlosen Anschuldigungen. Warum? Braucht er eine Story, will er ein Buch schreiben? Warum das Ganze?' Glaub mir, Stäff, wenn der Boss mit seiner Ansprache fertig ist, wird man dir nicht mehr auch nur ein Wort glauben."

„Hm, das mag schon sein. Aber was ist mit den „Deppen", wie du sie so liebevoll nennst. Wird von denen im Verhör nicht der eine oder andere auspacken?"

„Von denen? Das sind doch alles Kriminelle. Die haben zwar alle gültige Papiere, aber wir kennen ihre wahren Geschichten. Glaub mir, die werden sich eher die Zunge abbeißen als auch nur ein Wort zu sagen."

„O.k., und du? Was wirst du sagen?"

Peet schaute gequält zu Stefan.

„Sorry Stäff, nimm es nicht persönlich, aber ich werde dich dann auch nicht mehr kennen. Sorry, ist einfach so."

„O.k., das kann ich dir noch nicht einmal verdenken."

„Bist du jetzt beruhigt?"

„Na ja, wenn alles wirklich so ist, wie du es sagst, kann ich vielleicht sogar damit leben."

„Glaub mir, du kannst ganz beruhigt sein, du musst dir wegen nichts Sorgen machen. Weder um die Reise, noch um deinen Abgang von dieser Reise. Genieß' einfach die Reise bis zum Ende und mach' dir keinen Kopf, wir haben das schon zigmal durchgezogen."

„O.k., ich geb' mir Mühe, muss das aber noch alles verarbeiten, was du mir gesagt hast."

„Mach das. Ich würde mir an deiner Stelle über etwas ganz anderes Gedanken machen."

„So, über was denn?"

„Ich habe beobachtet, wie sich das Monster dir gegenüber immer aggressiver verhält. Wenn es zu arg wird, rede ich mit dem Boss, der wird ihn dann in die Schranken weisen."

„Nein, nein, lass nur, damit komme ich schon zurecht. Ich kann mich selbst ganz gut wehren."

„O.k., dann lass uns jetzt noch ein wenig die Augen zu machen. Wir haben noch ein paar Stunden bis zum Frühstück."

„Gut, reden wir nachher weiter, vielleicht finde ich ja noch ein wenig Schlaf."

Peet drehte das Licht aus, es dauerte nur kurze Zeit, und er fing an zu schnarchen.

Stefan lag noch einige Zeit wach und versuchte das Erlebte zu verarbeiten. Irgendwann schlief auch er ein.

Kampfansage

Der nächste Morgen begann für Stefan mit fürchterlichen Kopfschmerzen. Die Aktion in der Nacht bereitete ihm einige unschöne Träume. Er sah sich schon in Handschellen abgeführt und in einem dunklen Verließ eingekerkert.

Mit Blei in den Knochen wälzte sich Stefan aus seiner Koje. Peet war schon auf.

„Ich muss jetzt gleich kurz zum Boss. Du kannst schon rüber gehen zum Frühstück, ich komme auch gleich", mit diesen Worten verließ Peet die Kajüte.

Stefan ging in den Aufenthaltsraum und setzte sich auf seinen Platz.

Die Männer trudelten einer nach dem anderen noch ziemlich schlaftrunken ein. Das Monster kam als letzter und setzte sich, unverständliche Worte brummelnd, an den Tisch. Die ganze Gesellschaft machte einen sehr übernächtigten Eindruck.

Pierre setzte sich zu Stefan.

„Was war mit dir, Pierre, ich habe dich heute Nacht bei der Aktion gar nicht gesehen?"

„Ich habe mit dem ganzen Mist nichts zu tun", knurrte der nur kurz.

Peet kam zur Tür herein.

„He Stäff, der Boss war hoch zufrieden mit deinem Einsatz. Wir haben die Aktion in fast der Hälfte der Zeit erledigt wie sonst üblich", rief er so laut, dass alle es hören mussten.

„Musst du so laut reden, dass alle es mitkriegen?" schnauzte Stefan ihn an.

„Ja genau, das muss ich. Das Monster und seine Deppen sollen ruhig begreifen, dass sie ein elender Haufen sind."

Vom Nebentisch war wieder unverständliches Gemurmel zu hören, der Unmut der Männer war deutlich zu spüren.

Das Monster warf Stefan einen Blick zu, der nichts Gutes vermuten ließ.

Stefans Stimmung war auf dem Nullpunkt angelangt. Das ließ er Peet auch spüren, er redete kaum mit ihm.

Nach dem Frühstück begab er sich an Deck. Obwohl ein ziemlich unangenehmer Nieselregen angefangen hatte, hielt er sich eine ganze Weile dort auf.

Seine Gedanken kreisten noch immer um die Aktion der letzten Nacht.

Peet hatte ja versucht, Stefan mit seinen Erklärungen zu beruhigen, aber so recht gelungen war ihm das nicht.

Er machte sich Gedanken darüber, ob es nicht vielleicht besser gewesen wäre, er hätte dieses Schiff nie betreten.

Zum ersten Mal auf dieser Reise dachte er zurück an das, was er verlassen hatte. Er dachte an Manuela, an die Kinder und an all die Umstände, die dazu beigetragen hatten, dass er jetzt hier war.

All das schien ihm schon so weit zurück zu liegen, dass es ihm vorkam, als wäre es in einem früheren Leben geschehen.

Auch die Zeit mit Lisa stand wieder vor seinem geistigen Auge, aber auch hier war schon ein beträchtlicher Abstand eingetreten.

Der Nieselregen durchnässte seine Kleidung. Als er die Feuchtigkeit an seinem Körper herunterlaufen fühlte, riss er sich aus diesen Gedanken heraus.

Die Situation, in der er sich momentan befand war eben jetzt nicht zu ändern, und außerdem war es nie sein Ding nach hinten zu schauen. Im Gegenteil, er hat sich immer mit seiner momentanen Situation abgefunden und nach vorn geschaut.

Stefan verließ das Deck und begab sich in den Aufenthaltsraum. Dort gab es zur Unterhaltung und

Ablenkung einen alten Flipperautomaten und diverse Sportgeräte, an denen man sich abreagieren konnte.

Die meiste Zeit waren diese Dinge von den Männern um das Monster herum belegt. Heute hatte er Glück, die meisten von ihnen lungerten auf den Sitzgelegenheiten oder in ihren Kojen herum. Die nächtliche Aktion hatte sie wohl ziemlich geschafft.

Stefan hämmerte auf dem Flipper herum, als wolle er ihn für sein ganzes momentanes Ungemach verantwortlich machen.

Er hörte damit erst auf, als er vernahm, dass Pierre das Mittagessen vorbereitete und in der angrenzenden Küche herum klapperte.

Seine Stimmung war immer noch auf dem Nullpunkt. Er lehnte am Flipper, als die Tür aufging und das Monster den Raum betrat, wie unbeabsichtigt an Stefan vorbeiging und ihn heftig anrempelte.

„He, pass auf wo du hin stolperst", fuhr Stefan ihn an.

Das Monster tat überrascht, was ihm aber nicht so recht gelang: es war offensichtlich, dass das mit völliger Absicht geschah.

Stefan war in der rechten Stimmung, seiner Laune ein Ventil zu schaffen. Er sah das Monster kampfbereit an.

Der schaute nur grimmig zurück und ging zu seinen Kameraden, die diese Situation interessiert verfolgt hatten. Erwartungsvoll sahen sie das Monster an.

Anscheinend war der zu träge, um irgendwie zu reagieren. Er ging an den Tisch und ließ sich auf seinen Stuhl fallen.

Erst jetzt merkte Stefan, dass auch Peet den Raum betreten und den Vorfall mitbekommen hatte.

Sie setzten sich an ihren Tisch, Pierre war dabei den Tisch zu decken. Keiner sprach ein Wort. Peet schaute einige Male zu Stefan, als würde er etwas von ihm erwarten.

Stefan registrierte das.

„Was?" schnauzte Stefan schließlich.

Peet hob entschuldigend die Arme.

„Jetzt redest du nicht mehr mit mir", antwortete er etwas kleinlaut.

„Was willst du von mir hören? Soll ich in Jubel ausbrechen, oder was?"

„Nee, lass mal, wir reden später darüber."

Pierre hatte bereits das Essen auf den Tisch gestellt. Er hatte mal wieder gezaubert. Jedenfalls roch es köstlich. Sie ließen sich das Essen schmecken, was die Stimmung von Stefan etwas aufhellte.

Nach dem Essen hämmerte Stefan noch eine Weile auf dem Flipper herum und begab sich dann wieder an Deck. Irgendwie hatte er kaum Luft zum Atmen, er brauchte dringend frische Luft.

Draußen hatte der Nieselregen aufgehört und die Sonne schien ein wenig durch die Wolken.

Wieder kreisten seine Gedanken um die Aktion der letzten Nacht und Peet's Ankündigung einer weiteren derartigen Aktion in einer der nächsten Nächte.

Auch wenn ihn Peet's Erklärungen ein wenig beruhigt hatten, war ihm bei dem Gedanken daran doch ziemlich mulmig.

Jetzt war ihm auch klar, warum diese Aktionen möglichst schnell durchgeführt werden mussten, denn das war der einzige Zeitpunkt, wo man sie auf frischer Tat hätte ertappen können.

Stefan stand direkt vorn am Bug und schaute in die Wellen. Das Wasser unter ihm hatte eine ein klein wenig beruhigende Wirkung auf ihn. Er versuchte, all die verstörenden Gedanken, die ihn das Schlimmste vermuten ließen, beiseite zu schieben.

So in Gedanken versunken, merkte er erst recht spät, dass Peet sich zu ihm gesellt hatte. Der stand jetzt direkt neben ihm und schaute ebenfalls in die Wellen.

„Können wir reden?" begann Peet nach einer Weile.

„Rede doch", erwiderte Stefan kurz.

„Ich wollte eigentlich keinen Monolog führen."

„Was erwartest du von mir? Ich hab' mit allem Möglichen gerechnet, aber nicht damit, dass ich hier in eine Bande von kriminellen Fälschern und Betrügern gerate. Vielleicht kannst du ja ein wenig verstehen, wie ich mich dabei fühle."

„Ach, warst du bisher in einer Welt von absolut fehlerfreien Menschen unterwegs?"

„Was soll das denn heißen?"

„Na in der Welt, aus der du kommst, war da alles frei von Fälschereien und Betrügereien? Dann mach mal die Augen auf."

„Versuchst du jetzt eure kriminellen Machenschaften damit zu rechtfertigen, dass doch überall gefälscht und betrogen wird? Also ich stamme aus einer Welt, in der solche Dinge nicht an der Tagesordnung waren."

„Oh, der Herr hält sich für einen besseren Menschen."

„Nein, das tue ich nicht, aber es ist schon eine andere Hausnummer, wenn man Fälschung und Betrug in großem Stil betreibt."

„O.k., ich sehe, du hast eine ordentliche Erziehung genossen, und doch sehe ich das, was wir hier tun, nicht als schlimmer an, als das was mancher Manager oder Banker tut."

„Wie kommst du auf das schiefe Brett?"

„So schief ist das gar nicht, die machen Geschäfte und wir machen Geschäfte."

„Du willst doch eure Machenschaften nicht ernsthaft mit den Geschäften von Managern und Bankern vergleichen."

„Doch, genau das will ich. Manager und Banker machen Profit, indem sie dem kleinen Mann das Geld aus der Tasche ziehen. Und wir? Ja, wen betrügen wir eigentlich? Den kleinen Mann sicherlich nicht. Wir machen lediglich Geschäfte."

„Du hast ja komische Ansichten. Du redest, als würdest du dich mit den Machenschaften der Banker und Manager auskennen."

Peet schwieg und kaute wieder an seiner Unterlippe herum. Das tat er immer, wenn er verlegen war, oder wenn er sich nicht sicher war was er alles erzählen konnte.

„Was ist, kennst du dich aus?"

Peet sah Stefan wieder von unten an.

„O.k., ich erzähl' dir was", begann er schließlich, „ja, ich kenne mich aus. Eigentlich war meine Vorbestimmung auch, einer von denen zu sein."

Stefan sah erstaunt zu Peet.

„Wie bitte? Na ja eigentlich, wenn ich so betrachte, wie und was du so alles geredet hast, hatte ich schon das Gefühl, dass du nicht so ein hirnloser Krimineller bist. Und deine Begabung als Fälscher kommt wohl auch nicht so von ungefähr."

„Ich weiß nicht, warum ich dir das alles erzähle, aber irgendwie hatte ich von Anfang an das Gefühl, dass wir beide auf einer Wellenlänge schwimmen."

„Na ja, stimmt schon, wir haben uns von Anfang an recht gut verstanden."

„Also wie gesagt, eigentlich sollte ich heute als Nachfolger meines Vaters eine große englische Privatbank als Direktor leiten. Wenn es nach ihm gegangen wäre, hätte ich ein entsprechendes Studium abgeschlossen."

„Und du hast es vorgezogen, Fälscher zu werden."

„Nein, natürlich war das nicht mein Ziel. Ich habe Kunstgeschichte studiert, ich habe sogar promoviert. Über das Thema Fälschungen."

„Wow, ein Doktor der Fälschologie."

„Ja, ja, mach dich nur lustig."

„Na hör mal, da soll ich mich nicht lustig machen? Du ein Akademiker, hier in diesem Aufzug, auf diesem Seelenverkäufer als Oberfälscher. Da hast du ja eine tolle Karriere hingelegt."

„Glaub mir, ich bin nicht stolz drauf, aber das war die einzige Möglichkeit, mich eine Weile aus dem Staub zu machen."

„Eine Weile? Also willst du eines Tages wieder zurück in dein altes Leben, womöglich auf den Stuhl des Direktors bei der Bank?"

„Nein, das sicherlich nicht. Aber meine Untaten waren nicht so dramatisch. Die sind in ein paar Jahren verjährt und dann werde ich mir ein stilles Plätzchen suchen, wo ich in Ruhe leben kann. Bis dahin muss ich noch ein wenig Geld verdienen. Und das geht hier ganz gut, ohne große Anstrengung."

„Indem du Waffen oder Drogen an zwielichtige Gestalten verschiebst. Ist es dir eigentlich egal, dass durch deine Geschäfte Menschen ihr Leben verlieren? Wie kannst du dabei noch ruhig schlafen?"

„Ich verschiebe keine Waffen oder Drogen. Ich arbeite, wenn du so willst, lediglich für ein Transportunternehmen. So als wenn ich mit einem LKW irgendwelche Waren von A nach B transportierte. Den Spediteur interessiert doch auch nicht, was er da so alles auf seinem LKW hat. Hauptsache, das Ding läuft und bringt Geld in die Kasse."

„Na, du machst dir das einfach."

„Ja, genauso wie viele Manager und Banker."

„O.k., mach' was du willst, aber ich werde bei nächster Gelegenheit aussteigen. Das ist mal sicher."

„Das kannst du auch. Niemand wird dich aufhalten."

„Hoffentlich sieht das der Boss genauso."

„Ja, das tut er. Ich hab' schon mit ihm darüber gesprochen. Du musst dir um deinen Abgang wirklich keine Sorgen machen. Ich hab' dir schon mal gesagt, du solltest dir eher Sorgen um das Monster machen. Die Aktion vorhin war ja wohl eine deutliche Kampfansage."

„Mag schon sein. Aber um mich mach dir dabei mal keine Sorgen, ich kann mich schon wehren."

„Na hoffentlich."

Der Nieselregen setzte wieder ein. Die beiden verließen das Deck und begaben sich in ihr Quartier.

Stefan legte sich auf seine Koje und versuchte, ein wenig zu schlafen.

Peet ging in den Aufenthaltsraum.

Der Rest des Tages verlief recht schweigsam und ruhig.

Nach dem Abendessen hatte Stefan noch einmal eine Begegnung mit dem Monster. Der steuerte wieder wie unbeabsichtigt auf Stefan zu, um ihn erneut anzurempeln.

Stefan machte kurz vor dem Zusammenstoß einen Schritt zur Seite, so dass der Stoß ins Leere ging.

Die Nacht verlief ebenfalls ruhig, und auch der nächste Tag war bis auf einige Angriffsversuche des Monsters recht ruhig. Stefan tat ein wenig ängstlich und ging ihm möglichst aus dem Weg.

In der kommenden Nacht sollte die nächste Aktion starten. Stefan hatte sich innerlich schon darauf vorbereitet.

„Also ich wecke dich dann nachher zur nächsten Aktion, o.k.?"

„Ja, ja, mach mal."

„Übrigens Stäff, ich finde deine Taktik mit dem Monster ziemlich clever."

„Wieso, was für eine Taktik?"

„Na ja, du tust so, als hättest du Angst vor ihm. Das wiegt ihn in Sicherheit und ich glaube, bei der richtigen Gelegenheit wird er sich ganz schön wundern."

„Hm, diese Taktik ist die einzige Möglichkeit. Nur mit Kraft kann ich ihn nicht packen. Und da er ja im Kopf nicht so helle ist, muss ich ihn überlisten."

„Das sehe ich auch so. Der ist nun mal so, tausend Volt in den Muskeln, aber da oben geht ihm kein Licht auf."

„Ich hab' nur Sorge, dass ich ihn zu sehr verletze."

„Wieso?"

„Na ja, ich hab' sowas schon mal verbockt. Ich war damals dreizehn, als ich beim Karatetraining einen ziemlich verletzt habe."

„Wie kam das?"

„Der Kerl war zwei Jahre älter als ich und auch schon zwei Jahre länger dabei, aber ich war mit meiner Kampfkunst schon genauso weit wie er. Und immer, wenn der Trainer mal nicht geschaut hat, hat er mich mit unfairen Mitteln getriezt. Irgendwann habe ich es ihm mit gleichen Mitteln heimgezahlt und das ziemlich heftig. Ich habe ihn so stark am rechten Oberschenkel getroffen, dass er für die nächsten Wettkämpfe ausgefallen ist. Und auch später hat er noch lange Schwierigkeiten mit seinem Bein gehabt."

„Also, wenn du zuhaust, dann richtig."

„Na ja, damit habe ich so meine Probleme. Ich kann in solchen Momenten meine Kraft wohl nicht so recht steuern."

„Das heißt, du siehst dann rot."

„Nein, ich sehe dann nicht rot, also ich hab' mich immer noch im Griff und kann mich ganz gut kontrollieren. Nur ich kann meine Kraft nicht so recht dosieren, ich lange zu kräftig zu."

„Da hast du ja sicherlich einige Siege für deinen Verein eingefahren."

„Nein, hab' ich nicht. Der Trainer hat mich aus dem Kader genommen, nachdem ihm die anderen gesteckt hatten, wie das passiert ist. Ich sollte erst lernen meine Kraft zu steuern. Na, jedenfalls habe ich dann mit dem Karate aufgehört."

„Hm, aber so einige Griffe sind dir doch wohl noch geläufig."

„Ja sicher, das verlernt man ja nicht. Nach ein paar Übungen geht das wieder."

„O.k., du wirst das schon machen, aber sei nicht zu zimperlich, der kann schon Einiges vertragen."

Peet löschte das Licht, und sie versuchten zu schlafen. Stefan wälzte sich von einer Seite auf die andere.

Als er hörte, dass Peet aufstand, hatte er das Gefühl, keinen Moment geschlafen zu haben.

Die nächtliche Aktion begann wieder so wie die vorherige. Sie begaben sich zur Laderampe, die Männer traten unruhig von einem Bein auf das andere, was wieder eine gespenstische Stimmung hervorrief.

Alle warteten auf das „Go" vom Boss. Es dauerte ungewöhnlich lange, bis es endlich kam.

Peet drückte auf die Fernbedienung, und die Laderampe öffnete sich langsam. Sie war gerade mal ein kleines Stück geöffnet, als die Stimme vom Boss im Walkie-Talkie ertönte.

„Abbruch, Abbruch", rief er, „wir bekommen Besuch."

Peet schloss die Rampe, so schnell es ging. Alle standen wie versteinert, keiner bewegte sich, noch nicht einmal das Atmen der Männer war zu vernehmen. Stefan schlug das Herz bis in den Hals.

Nach endlosen Minuten war wieder die Stimme vom Boss zu hören:

„Bleibt auf euren Posten, ich glaub' die fahren vorbei."

131

Wieder vergingen endlose Minuten, Stefan hatte das Gefühl, es wären Stunden, bis wieder die Stimme vom Boss zu hören war.

„O.k., die Gefahr ist vorüber, Go."

Peet öffnete wieder die Rampe.

„Ihr wollt doch wohl nicht wirklich die Aktion jetzt durchführen. Seid ihr bescheuert?"

„He Mann, ruhig. Der Boss weiß, was er tut."

Tatsächlich wurde die Aktion wie geplant durchgeführt. Allerdings fuhren dieses Mal nur zwei Boote vor, es waren zwanzig Kisten, die eingeladen wurden.

Peet trieb die Männer noch einmal besonders an, die ganze Aktion dauerte einschließlich Wartezeit eine knappe halbe Stunde.

Als sie wieder im Quartier waren, konnte Stefan es nicht lassen, wieder mit Peet zu meckern.

„Sag mal, ihr schreckt ja wohl vor gar nichts zurück. Was wäre denn, wenn die wieder zurückgekommen wären? Das war ja wohl die Küstenwache."

„Nun mach dir mal nicht in die Hose. Solche Situationen haben wir schon öfter gehabt."

„Und irgendwann packen sie euch. Das ist nur eine Frage der Zeit. Ich hoffe nur, dass ich dann nicht mehr dabei bin."

„No risk, no fun, das gehört dazu. Ist doch alles gut gegangen. Aufgenommen haben wir jetzt alles. Das Ausladen ist nicht mehr so risikoreich. Das läuft in der Regel ganz easy ab."

„Ich bin echt heilfroh, wenn ich hier wieder weg bin. Wann laden wir denn den ganzen Mist wieder aus?"

„Morgen passieren wir Gibraltar und dann so in vier Tagen werden wir die erste Ladung los."

„Also Libyen oder Ägypten."

„Keine Ahnung, ist mir auch egal. Schlaf jetzt."

Peet löschte das Licht.

Es dauerte wieder eine ganze Weile, bis Stefan in einen unruhigen Schlaf fiel.

Patrik O Kelly

Mit einem fürchterlichen Getöse wurde Stefan geweckt. Er brauchte wieder eine Weile, bis er begriff, was los war.

Peet saß auf seiner Koje und grinste ihn an.

„Na, mein schreckhafter Freund, auch endlich wach?"

„Was ist denn das für ein Getöse da draußen?"

„Das ist nur die Schiffssirene. Draußen ist es wohl ziemlich nebelig, und wir fahren gleich in die Straße von Gibraltar ein."

„Boa, ich war noch ziemlich weit weg."

„Das habe ich gemerkt. Die ersten Töne hast du gar nicht mitbekommen."

„Ich muss erstmal richtig wach werden."

Stefan rieb sich die Augen.

„Wie spät ist es?"

„Du kannst aufstehen, es gibt gleich Frühstück. Pierre klappert schon eine ganze Weile da draußen rum."

„O.k., ich muss erstmal unter die Dusche. Irgendwie haben mich die letzten Tage ganz schön geschafft."

„Geh du duschen, ich gehe auf Deck, die Einfahrt in die Straße von Gibraltar ist immer ganz interessant."

„Ich denke, es ist nebelig, da sieht man doch eh nichts."

„Erfahrungsgemäß reißt der Nebel an dieser Stelle immer ziemlich schnell auf."

Stefan ging duschen, und Peet begab sich auf Deck.

Auf dem Weg zur Dusche begegnete Stefan das Monster. Als der Stefan sah, beeilte er sich, um vor ihm in die Dusche zu kommen.

Stefan ließ ihn gewähren und dachte bei sich ‚o.k. dann gehe ich nach dem Frühstück duschen, mit dem zusammen in solch einem kleinen Raum bringt wahrscheinlich nichts Gutes', und ging zu Peet an Deck.

„Na, schon fertig mit duschen?" begrüßte der ihn.

„Nee, das Monster ist noch schnell vor mir reingehuscht."

„Ich bin ja gespannt, wie das mit euch beiden weitergeht."

„Ich auch. Vielleicht sollte ich doch mal mit ihm reden."

„Kannst du ja versuchen, aber mit Reden hat er es nicht so und mit Vernunft schon mal gar nicht."

„Hm, ich weiß auch nicht, aber versuchen kann man es ja mal."

In der Ferne tauchten die Umrisse der spanischen Halbinsel auf. Der Nebel war tatsächlich fast schlagartig verzogen, und die Sonne schien von einem fast wolkenlosen Himmel. Einige Schiffe kamen ihnen entgegen. Die Schiffssirenen heulten wieder los.

Die beiden genossen die warmen Sonnenstrahlen noch eine ganze Weile und gingen dann zum Frühstück.

Pierre saß schon auf seinem Platz. Es roch herrlich nach frischem Kaffee und frischen Brötchen. Genau das Richtige nach einem kurzen Sonnenbad an Deck.

Die Tür ging auf, und das Monster betrat den Frühstücksraum. Er blieb stehen und sah mit grimmigem Blick zu Stefan.

„Dir wird das Essen bald im Halse stecken bleiben", sagte er mit seiner heiseren Reibeisenstimme in einem ziemlich gebrochenen Englisch.

Stefan hörte ihn eigentlich das erste Mal einen vollständigen Satz sprechen, sonst war immer nur ein unverständliches Gebrummel von ihm zu hören gewesen.

„Ich denke wir sollten mal miteinander reden", erwiderte er.

Das Monster reagierte nicht darauf.

„Was habe ich dem eigentlich getan, warum ist der so sauer auf mich?"

Peet kaute wieder an seiner Unterlippe.

„Na ja, vielleicht hat das ja auch was mit mir zu tun", merkte er etwas kleinlaut an.

„Wieso mit dir?"

Peet schien nicht so recht zu wissen, was er sagen sollte.

„Also an dem Abend, als du in der Kneipe mit dem Boss gesprochen hast, kam der noch zu mir und erzählte mir davon. Er war ganz angetan von dir und hoffte wirklich darauf, dass du am nächsten Morgen an Bord kommen würdest. Na ja, und dann hat er noch gesagt, wenn du wirklich kommst, müssen wir das Monster so schnell wie möglich loswerden. Und du weißt ja, wie ich zu dem stehe, musste ich ihm gleich brühwarm erzählen, dass am nächsten Morgen ein neuer Mann kommt und er dann demnächst seine Sachen packen kann."

„Also hab' ich dir das zu verdanken. Na toll, das war ja sehr diplomatisch von dir."

„Im Nachhinein tut mir das ja auch leid, aber ich kann es jetzt nicht mehr ändern."

„Wie hattet ihr euch das denn vorgestellt, wie wolltet ihr ihn denn loswerden?"

„Da haben wir noch nicht drüber gesprochen, das ist noch nicht klar."

„Da muss ich mich ja nicht wundern, dass der jetzt auf mich stinksauer ist, wo er weiß, dass seine Tage hier gezählt sind. Ich werde also versuchen, mit ihm zu sprechen und ihm erklären, dass ich bei nächster Gelegenheit hier wieder verschwinden werde."

„Ja versuch' es, vielleicht bringt es ja was, aber ich glaube, der wird dich gar nicht richtig verstehen."

„Ich muss es auf jeden Fall versuchen."

Nach dem Frühstück gingen die beiden wieder an Deck und genossen den Vormittag in der Sonne.

Gegen Mittag war urplötzlich lautes Geschrei aus dem Quartier zu hören.

„Na, was ist da wieder los?" Peet verdrehte die Augen, "da hat das Monster wohl wieder aus lauter Übermut seine Kerle aufeinandergehetzt."

„Typischer Fall von Lagerkoller. Ist das schon öfter vorgekommen?"

„Letzte Zeit eigentlich weniger, aber immer, wenn er aggressiv wird, dann passiert irgendwas."

Kurze Zeit darauf steckte einer von den Kerlen den Kopf aus der Tür.

„Peet, ruf den Doc, der Maik ist verletzt", rief er.

„Na toll, was ist denn passiert?"

„Er blutet stark am Bein."

Peet rief über sein Walkie-Talkie den Doc. Stefan und Peet begaben sich in den Aufenthaltsraum.

Als sie den Raum betraten, bot sich ihnen ein konfuses Bild. Einer der Männer lag auf dem Boden und wand sich vor Schmerzen. Eine große Blutlache hatte sich unter seinem linken Oberschenkel gesammelt.

Das Monster stand neben ihm und brüllte ihn an. Die anderen standen um sie herum, alle schrien durcheinander.

Peet stieß das Monster zur Seite und fuhr ihn an: „Halt endlich die Klappe, du Idiot, was hast du denn da wieder angerichtet."

Das Monster schaute nur blöde aus der Wäsche und grummelte irgendwas Undeutliches.

„Macht euch alle hier vom Acker, aber ein bisschen schnell. Der Doc kommt gleich."

Peet hatte die Männer alle im Griff, sie trollten sich von dannen, einige setzten sich auf die Stühle und andere verschwanden in ihre Kajüte.

Den Verletzten am Boden beachtete er kaum. Der lag in seinem Blut und jammerte jetzt nur noch leise vor sich hin.

Stefan stand am Flipper und beobachtete die Szene aus einiger Entfernung. Er war gespannt auf den Doc. Bis jetzt hatte er außer dem Boss noch keinen aus der Führungsriege kennen gelernt.

Der Doc betrat den Raum. Stefan war bei seinem Anblick einigermaßen überrascht.

Der Doc war ein riesiger Kerl. Mindestens zwei Meter groß. Er hatte die Statur eines Sumoringers. Auf seinem riesigen Laib thronte ein etwas zu klein geratener Kopf mit einem Gesicht wie ein Milchbubi. Seine Hände waren wie Baggerschaufeln.

‚Noch solch eine eigenartige Erscheinung', dachte Stefan, ‚wie eigentlich alle hier auf diesem Pott. Wie auf einem Geisterschiff.'

Wieder einmal fragte er sich, wo er hier nur reingeraten war. Auf jeden Fall musste er unbedingt bei nächster Gelegenheit runter von diesem Geisterschiff, bevor er auch noch zu solch einer eigenartigen Erscheinung würde.

Der Doc hatte keine Eile. Er bewegte sich mit einer solchen Ruhe, dass Stefan sich wundern musste, denn die Blutlache, in der der Kerl lag, wurde ständig größer.

Stefan ging ein wenig näher ran, um den Doc bei seiner Arbeit besser beobachten zu können. Er war gespannt, wie solch ein riesiger Klotz wohl seine Arbeit verrichten würde.

Der Doc griff mit seinen riesigen Händen das Hosenbein des Verletzten und riss es mit einer Leichtigkeit bis oben hin auf, als wäre es aus Papier.

Zum Vorschein kam eine etwa fünf Zentimeter lange, recht tiefe Fleischwunde, die immer noch ziemlich stark blutete.

Der Doc reinigte die Wunde.

„Das müssen wir nähen", sagte er mit einer Stimme, die Stefan wieder staunen ließ. Noch nie hatte er solch eine tiefe Stimme gehört, sie schien tief aus seinem riesigen Laib zu kommen. Irgendwie passte die Stimme wohl zu seinem riesigen Laib, aber nicht zu seinem kleinen Kopf. Alles an diesem Mann war absolut ungewöhnlich.

Stefan war gespannt, wie die Behandlung weitergehen würde, denn der Doc hatte nur eine relativ kleine Tasche mit. Aber offensichtlich hatte er alles dabei.

Er zog eine Spritze auf und gab dem Verletzten eine örtliche Betäubung. Anschließend vernähte er die Wunde mit einer Leichtigkeit und Eleganz, die Stefan ihm niemals zugetraut hätte. Die riesigen Finger des Docs führten die Nadel und den Faden mit einem Geschick, das erstaunlich war.

Nachdem der Doc die Wunde verbunden hatte, packte er seine Sachen in die Tasche und verließ, ohne ein weiteres Wort zu sagen, den Raum.

Stefan schaute ihm mit großen Augen hinterher. Solch eine Behandlung hatte er noch nie erlebt. Er schaute sich nach Peet um.

Der stand am Flipper, hatte die Arme verschränkt und schaute seinerseits interessiert zu Stefan.

„Na, was hat der Doc auf dich für einen Eindruck gemacht?"

„Sag mal, was war denn das jetzt gerade?"

„Das war der Doc, wie er leibt und lebt."

„Also ich hätte dem ja alles Mögliche zugetraut, aber dass er mit seinen dicken Wurstfingern solch eine filigrane Arbeit in so kurzer Zeit hinbekommt, das hätte ich nicht gedacht."

„Ja das ist unser Doc. Der war mal ein super Chirurg."

„War mal. Also auch solch eine verkrachte Existenz. Was hat der denn verbrochen?"

„Das weiß ich nicht so genau. So wie ich gehört habe, hat es da wohl irgendwelche Zwischenfälle mit Spenderorganen gegeben. Dabei hat er seine Zulassung verloren."

„Und ist natürlich hier auf diesem Sammelplatz gelandet. In diesem Gruselkabinett."

Peet musste lachen.

139

„Ja, aus deiner Sicht muss das alles ziemlich grotesk aussehen."

„Oh Shit, i need to get away from here."

„Ein bisschen musst du noch aushalten."

„Ich weiß nicht, vielleicht sollte ich in einer Nacht- und Nebelaktion einfach versuchen, von hier zu verschwinden."

„Mach keinen Kram, sowas hatten wir schon mal. Das ist nicht lustig."

„Wie, was hattet ihr schon mal?"

„Na ja, dass hier einer von heut auf morgen verschwunden ist. Wir wissen bis heute nicht, wo der abgeblieben ist."

„Na, der muss sich ja wohl bei irgendeinem Kontakt von Bord geschlichen haben."

„Das kann nicht sein, wir waren weder in einem Hafen, noch hatten wir Kontakt mit einem anderen Schiff."

„Dann hat er sich wahrscheinlich beim letzten Abladen eurer Schmuggelware mit den Schmugglern davongemacht."

„Auch das kann nicht sein. Am Tag nach dem letzten Abladen war er noch da. Und den nächsten Tag war er verschwunden. Das war mitten auf dem Indischen Ozean, weit und breit kein Land und kein Schiff."

„Oha, da war bestimmt Einiges los hier auf dem Pott."

„Das kannst du laut sagen, der Boss hat uns ganz schön die Hölle heiß gemacht. Wir haben das ganze Schiff durchsucht, jeden Winkel haben wir auf links gedreht, jede noch so kleine Möglichkeit, wo sich jemand verstecken konnte haben wir durchsucht. Nichts."

„Und zu welchem Schluss seid ihr letztendlich gekommen?"

„Na ja, es gibt nur zwei Möglichkeiten, entweder er ist freiwillig über Bord gesprungen, denn das Monster hat ihm dermaßen zugesetzt, dass er keine ruhige Minute mehr hatte, oder der hat ihn über Bord geworfen."

„Traust du ihm das zu? Hat der Verschwundene denn solche Probleme mit dem Monster gehabt?"

„Sogar sehr massive. Zuerst war er in der Mannschaft vom Monster, und der wollte ihn natürlich partout unter seine Fuchtel bekommen. Aber er hat sich genauso massiv dagegen gewehrt. Er kam dann zu mir in die Kajüte, aber von da an hat das Monster ihm regelrecht nach dem Leben getrachtet."

„Wow, und jetzt nehmt ihr an, dass er ihn über Bord geworfen hat. Habt ihr denn das Monster mal darauf angesprochen?"

„Natürlich, der Boss hat das Monster voll in die Mangel genommen. Aber es war nichts aus ihm heraus zu bekommen."

„Wie lange ist das her?"

„Das muss jetzt drei oder vier Jahre her sein."

„Wie ist denn der überhaupt zu euch hier an Bord gekommen?"

„Das war im Prinzip genau wie bei dir. Wir haben damals Ware in Dublin geladen und der wollte mit uns nach Australien fahren. So wie du, erstmal weg."

„Der wird sich wohl auch mächtig erschrocken haben, wo er hier reingeraten ist."

„Allerdings und der war nicht so stabil wie du. Der hatte schon Depressionen, als er an Bord kam. Komm mit, ich will dir was zeigen."

Sie gingen in ihre Kajüte.

„Ich hab' noch was von ihm."

Peet kramte aus seiner Tasche im Spind eine wasserdichte Folie heraus, in der sich Papiere befanden, und breitete sie auf seiner Koje aus.

Da waren ein Pass, einige persönliche Papiere, unter anderem eine Geburtsurkunde und Geldscheine.

Stefan nahm den Pass und schlug ihn auf. Er sah ziemlich mitgenommen aus, man konnte ihn gerade noch so entziffern. Auf dem Foto war nur schemenhaft ein Mann zu erkennen.

„Der Pass hat eine Kochwäsche hier an Bord erlitten. Ich habe ihn dann, so gut es ging wiederhergestellt."

„Patrik O Kelly", las Stefan vor, „er war aus Irland, aber der Pass ist ein australisches Dokument."

„Ja, er ist in Australien geboren. Seine Mutter stammte von dort. Sein Vater war Ire und war einige Jahre beruflich in Australien. Dort ist Patrik geboren. Als er zwei oder drei Jahre alt war, sind seine Eltern mit ihm nach Dublin gezogen, wo er aufgewachsen ist. Seine Eltern haben sich dann später getrennt, und als seine Mutter starb wollte er zurück nach Australien. Dort gab es wohl noch eine entfernte Verwandte, eine Tante oder eine Cousine oder so. Da wollte er hin und hat eine billige Möglichkeit gesucht zu reisen. So kam er an den Boss, und der hat ihn mit an Bord gebracht. Genau wie bei dir."

„Und das Geld? Das sind australische Dollar."

„Ja, das war alles, was er noch besaß. Damit wollte er in Australien neu anfangen. Das sind knapp tausend Dollar."

„Der arme Kerl - und jetzt liegt er irgendwo auf dem Meeresgrund."

„Ja, so ist es wohl. Ich habe mich damals sehr viel mit ihm beschäftigt, hab' versucht, ihm Mut zu machen und ihn ein wenig aufzubauen. Aber er verfiel immer wieder in Depressionen und war tagelang nicht zu gebrauchen. Er hoffte, dass er bei seiner Verwandtschaft wieder Tritt fassen würde."

142

„Wie alt war er?" Stefan nahm sich nochmal den Pass vor. „Schau an, der ist mein Jahrgang, knapp drei Monate jünger als ich."

„Ja, eigentlich ein ganz patenter Bursche, aber eben nicht sehr belastbar."

„Hat er erzählt, wohin er wollte? Ich meine, Australien ist groß."

„Ich glaube, der Ort hieß Stirling, das muss in der Nähe von Adelaide sein."

„Weißt du auch, wie seine Verwandtschaft heißt?"

„Hat er bestimmt auch mal erwähnt, aber das habe ich vergessen. Wieso, willst du mal dahin?"

„Na ja, ich habe so ein Faible für Australien. Wäre doch ganz interessant, wenn man die Verwandtschaft von ihm ausfindig machen würde, um ihnen zu erzählen, was mit Patrik passiert ist."

„O.k., wenn du dich daran versuchen willst? Du kannst das alles gern mitnehmen, ich brauche das sowieso nicht."

Peet packte alles wieder in die wasserfeste Folie und gab sie Stefan.

„Du musst nur drauf achten, dass die Folie immer komplett geschlossen ist, sonst greift die salzige Seeluft die Papiere noch mehr an."

Stefan nahm die Papiere, steckte sie in die Innentasche seiner Jacke und verstaute die Jacke unter seiner Matratze.

„Habt ihr denn nicht weiter nachgeforscht? Ich meine immerhin ist wahrscheinlich ein Mensch ums Leben gekommen, das kann man doch nicht so einfach auf sich beruhen lassen."

„Was sollten wir machen, aus dem Monster war nichts weiter heraus zu bekommen."

„Vielleicht hat er ja doch eine Möglichkeit gefunden, lebend von diesem Seelenverkäufer runter zu kommen."

„Das ist sehr unwahrscheinlich, wie gesagt, wir hatten keinerlei Kontakt, weder zu einem anderen Schiff, noch zum Land."

„Er hätte ja auch bei Nacht und Nebel das Schiff mit einem Schlauchboot verlassen können. Sowas habt ihr doch auch hier an Bord."

„Klar haben wir das, aber auch davon hat keins gefehlt."

„Du sagst, zwei Tage nach dem letzten Abladen sei er verschwunden."

„Ja, das muss in der zweiten Nacht nach dem letzten Abladen gewesen sein."

„Na ja, da müsst ihr damals in der Nähe der Malediven gewesen sein."

„Hä? Wie kommst du darauf?"

„Na ja, im Aufenthaltsraum hängt doch die große Weltkarte an der Wand. Da hab' ich mal ein wenig unsere Route recherchiert. Du hast gesagt, das letzte Abladen passiert so im Bereich von Somalia, am Horn von Afrika. Und zwei Tage später müsstet ihr dann in der Nähe der Malediven gewesen sein, da gibt es ja jede Menge kleiner Inseln. Vielleicht ist er da irgendwo über Bord gesprungen und zu einer der Inseln geschwommen."

„O.k., rein theoretisch eine Möglichkeit, aber wenn wir da durchfahren, ist der Abstand zu den Inseln dermaßen groß, dass sie nur ganz klein am Horizont zu sehen sind. Das ist eine enorme Strecke zum Schwimmen, und in dem Bereich wimmelt es nur so von Haien. Also nicht sehr wahrscheinlich, dass er dort lebend angekommen ist."

Pierre steckte den Kopf in die Tür und rief zum Mittagessen. Das hatte sich durch die Geschichte mit dem Verletzten verzögert.

Das Mittagessen verlief schweigsam. Peet hing seinen Gedanken nach und auch Stefan ließ die Geschichte um

Patrik O Kelly nicht los. Irgendwie verspürte er eine gewisse Verbindung zu ihm.

Er nahm sich vor, wenn er das Schiff in Wellington verlassen hatte, nach Australien zu fahren. Er prägte sich die Orte ein, die Peet ihm genannt hatte, Stirling in der Nähe von Adelaide.

Philosophie und Gewalt

Es ging gegen Ende November, die Tage auf dem Mittelmeer waren sehr sonnig und noch relativ warm.

Stefan und Peet hielten sich viel an Deck auf und genossen jeden Sonnenstrahl.

Stefan hatte sich mit seiner Rolle als Schreiber für besondere Aufgaben an Bord abgefunden und wartete jetzt darauf, dass sie die an Bord genommenen Kisten demnächst wieder loswerden würden.

Peet hatte ja gesagt, dass die erste Lieferung vor dem Eintreffen am Suezkanal wieder ausgeladen werden sollte. Stefan war gespannt, wie das wohl ablaufen würde und ob er erkennen könnte, wer diese Lieferung abholen würde.

In diese Gedanken versunken, stand er mal wieder an der Reling und schaute auf die Wellen, die durch den Bug des Schiffes entstanden. Mittlerweile fühlte er sich recht wohl an Bord, wenn auch sein Abgang von Bord und seine gesamte Zukunft noch ziemlich im Dunkeln lag.

Die Geschichte mit Patrik O Kelly ließ ihn nicht los. Er musste unbedingt mit dem Monster reden. Vielleicht bekam er ja doch was aus ihm heraus.

So nutzte er die Gelegenheit, als dieser mit einigen seiner Kumpanen an Deck erschien, wohl um auch ein wenig frische Luft zu tanken.

Stefan ging einfach auf ihn zu und sprach ihn an.

„Ich muss mit dir reden."

Das Monster schaute ihn grimmig an.

„Aber ich nicht mit dir, verschwinde."

„He, lass' uns einfach wie erwachsene Menschen miteinander reden. Ich will dir doch nichts Böses."

Einen Moment lang sah es so aus, als würde er ganz vernünftig reagieren, aber sofort verfinsterte sich seine Mine wieder.

„Ich sag es nur noch einmal, verschwinde."

Jetzt oder nie, dachte Stefan.

„Ich hab' nur eine Frage: Was hast du mit Patrik O Kelly gemacht?"

Das Monster sah ihn mit einer solch hasserfüllten Mine an, dass Stefan ein Schauer den Rücken runter lief. Er fragte sich, wie es möglich sein konnte, dass ein Mensch so von Hass erfüllt war.

Mit einer Geste, als würde er Stefan erwürgen wollen, trat das Monster einen Schritt auf ihn zu.

„Halt dein Maul, sonst…"

„Sonst was?"

„Sonst gehst du den gleichen Weg wie der."

Stefan wich zurück, eine Welle wie ein Schock durchfuhr ihn. Offenbar hatte er Patrik tatsächlich über Bord geworfen. Ungläubig, als könne er es nicht fassen, sah er dem Monster nach wie der sich zu seinen Kumpanen begab. Er brüllte sie derbe an und trieb sie wieder in die Unterkunft.

Der Schock saß tief bei Stefan. Er war sich jetzt sicher, dass das Monster tatsächlich Patrik O Kelly über Bord geworfen hatte. Sein hasserfülltes Gesicht stand immer noch wie drohend vor ihm.

Plötzlich stand Peet wieder neben ihm, Stefan hatte ihn nicht kommen gesehen, er erschrak fast, als Peet ihn ansprach.

„Was war denn hier gerade los?"

„Wieso?"

„Hast du mit dem Monster gesprochen? Der ist ja sowas von unausstehlich, prügelt da wie wild auf seine Kumpane ein. So wütend habe ich ihn selten gesehen."

„Ja, ich habe ihn angesprochen. Ich habe ihn rundheraus gefragt, was er mit Patrik O Kelly gemacht hat", Stefan schüttelte immer noch ungläubig den Kopf.

147

„Und was hat er gesagt?"

Stefan sah Peet an, als müsse er ihm eine schlimme Nachricht überbringen.

„Er hat gesagt, ich solle das Maul halten, sonst würde ich den gleichen Weg gehen wie der."

„Also doch. Hat er ihn tatsächlich über Bord geworfen. Das muss in der Nacht gewesen sein, als Patrik wieder mal nicht schlafen konnte. Das kam hin und wieder vor, dann ist er auf Deck gegangen um frische Luft zu schnappen. Ich hab' das gar nicht richtig mitbekommen, erst am Morgen habe ich bemerkt, dass seine Koje leer war."

„Bis jetzt habe ich ja immer noch gehofft, dass Patrik doch irgendwie lebend von diesem Geisterschiff runtergekommen ist, aber jetzt bin ich auch davon überzeugt, dass er nicht mehr lebt."

„Stäff, du musst dich vor dem Monster in Acht nehmen, was er einmal getan hat, das kann er auch ein zweites Mal tun."

„Ja, ich weiß."

„Ich werde ihn auch besonders im Auge behalten."

„Tu das, und ich muss mir darüber klar sein, dass es wahrscheinlich nicht ohne Gewalt abgehen wird."

„Das sehe ich auch so."

„Eigentlich lehne ich jede Form von Gewalt ab, ich mag mir ja noch nicht mal einen Boxkampf im Fernsehen anschauen."

„Du hast doch mal Karate gemacht."

„Na ja, da war ich dreizehn. Und die Geschichte von damals hat dazu geführt, dass sich bei mir eine regelrechte Abscheu gegen solche Kämpfe entwickelt hat."

„Aber Boxen ist Sport."

„Was heißt Sport, auch wenn es nach bestimmten Regeln abläuft und zur olympischen Disziplin wurde, stehen sich zwei Menschen in einem Ring gegenüber und prügeln auf einander ein."

„Na ja, so kannst du das aber nicht sehen, immerhin läuft das mit sehr hoher Disziplin ab."

„Aufeinander einprügeln mit hoher Disziplin. Du musst dich mal reden hören, wie widersprüchlich ist das denn?"

„Also prügeln kannst du das ja wirklich nicht nennen. Da ist schon eine Menge Verstand und Technik dabei."

„Letztlich schlagen sie auf sich ein, bis einer besiegt ist. Das kannst du dir so schönreden, wie du willst, es bleibt ein Aufeinandereinschlagen."

„Na ja, ich weiß nicht, ich glaube, du machst dir das ganz schön einfach."

„Nein, das **ist** einfach. Nur weil das nach bestimmten Regeln abläuft, wird es nichts Anderes. Ich sag' dir noch was, ich will bestimmt keinen Boxpromoter arbeitslos machen, aber solange wir Menschen uns noch an solchen Dingen ergötzen können, brauchen wir uns um den Weltfrieden keine Gedanken machen. Dazu müssten erstmal noch einige Dinge aus unserer Gesellschaft verschwinden. Solange wir Gewalt, egal in welcher Form, legalisieren, wird es schwierig mit dem Miteinander."

„Wow, du kannst dich ja ganz schön in solche Themen reinsteigern."

„Allerdings, das kann ich. Manche Dinge springen einem doch regelrecht ins Gesicht. Da wundere ich mich manchmal, wie gedankenlos die Menschheit mit ihrem Leben umgeht."

Peet schaute nachdenklich in die Wellen. Im Grunde genommen sah er das genauso wie Stefan, hätte sich aber nie getraut, das so rundheraus zu sagen.

Nach einer ganzen Weile eröffnete Peet wieder das Gespräch.

„Stäff, darf ich dir eine persönliche Frage stellen?"

„Na klar, wenn sie nicht zu persönlich ist."

„Wenn sie dir zu persönlich ist, brauchst du ja nicht zu antworten."

„O.k., nur zu."

„Glaubst du, dass es einen Gott gibt?"

„Wow, mit dieser Frage hätte ich jetzt als letztes gerechnet. Ich hab' doch gewusst, dass du einer bist, der sich mehr Gedanken macht als die meisten Menschen."

„Na ja, man macht sich doch so seine Gedanken. Und? Glaubst du, dass es einen Gott gibt?"

„Nein."

„Echt nicht? Ich hätte jetzt gedacht, du würdest ja sagen."

„Moment, du hast mich gefragt ob ich glaube, dass es einen Gott gibt. Und die Frage muss ich mit nein beantworten. Ich glaube nicht, dass es einen Gott gibt, ich weiß es. Das liegt doch klar auf der Hand."

Peet runzelte die Stirn und schaute Stefan erstaunt an.

„Mit der Antwort hätte ich jetzt ebenso wenig gerechnet. Wie kannst du das so sehen?"

„Gegenfrage, wie kannst du das nicht so sehen?"

„Also für mich ist das eine der schwierigsten Fragen. Ich habe noch keine plausible Antwort darauf gefunden."

„Hm, erinnerst du dich? Vor kurzem hast du mir in einem Gespräch den Rat gegeben, mal die Augen auf zu machen. Heute gebe ich dir den gleichen Rat."

„Ich denke schon, dass ich mit offenen Augen durchs Leben gehe."

„Okay, glaubst du wirklich, dass unsere wunderschöne Erde so zufällig aus dem Chaos entstanden ist, ausgelöst durch einen Knall?"

„So hat es die Wissenschaft herausgefunden."

„Nein, herausgefunden haben sie gar nichts, denn keiner von denen ist dabei gewesen. Sie nehmen etwas an, auf

Grund von irgendwelchen Erkenntnissen, die sich auch ständig verändern. Übrigens ist schon der Begriff Wissenschaft irreführend, eigentlich müsste es Glaubenschaft heißen."

„Ich kann immer noch nicht verstehen, wie du dir so sicher sein kannst, dass du sagst, du weißt, dass es einen Gott gibt."

„O.k., ich will versuchen, dir meine Gedankengänge so einfach wie möglich zu erklären.

Das eine ist also die reine physische Entstehung unseres schönen Planeten. Ich halte es für durchaus wahrscheinlich, dass durch den Urknall die Materie entstanden ist, und dass sich auch weitgehend alles so entwickelt hat wie es die Wissenschaft beschreibt, aber ohne die ordnende Hand einer höheren Intelligenz war das nicht möglich. Unser Leben lehrt uns doch eins: Von nichts kommt nichts. Das heißt doch, von allein entsteht gar nichts.

Da fällt mir ein Artikel ein, den ich vor Jahren einmal gelesen habe. Er stammt von einem Wissenschaftler, der war mal Präsident der akademischen Wissenschaften in New York. Der hat mal eine Abhandlung verfasst, in der er sieben Punkte erläutert zum Thema höhere Intelligenz.

Lass mich nur den ersten Punkt seiner Ausführungen erklären, der besagt eigentlich schon alles."

„Ja versuch mal, ich bin echt gespannt."

„Also der gibt folgendes Beispiel, um mal zu verdeutlichen, wie unwahrscheinlich eine Entwicklung ohne ordnende Hand ist.

Du nimmst zehn gleiche Münzen und nummerierst sie durch von eins bis zehn. Dann steckst du sie in die Tasche und fängst an zu ziehen. Die Wahrscheinlichkeit, dass du beim ersten Mal die Eins ziehst, ist eins zu zehn. Die Wahrscheinlichkeit, dass du bei zweimaligem ziehen die Eins und gleich danach die Zwei ziehst ist wie hoch?"

„Eins zu zwanzig. Nein Quatsch das potenziert sich ja, also eins zu hundert."

„Ja genau, eins zu hundert. Und jetzt können wir das Spielchen weitertreiben, wie hoch ist wohl die Wahrscheinlichkeit, dass du nacheinander Eins bis Zehn ziehst?"

„Oha, das kann ich nicht ausrechnen, das geht ja schon fast ins Unendliche."

„Genau. Und jetzt schau dir mal unseren schönen Planeten an. Wie viele Zufälle mussten eintreten, dass überhaupt erst Leben auf diesem Planeten entstehen konnte? Unser Sonnensystem mit unserem idealen Abstand zu Sonne, der Abstand zum Mond, die Dicke der Erdkruste, die Tiefe der Meere, die Neigung der Erdachse, die Rotation der Erde und und und. Da kommen mehr als zehn zusammen. Zufall auf Zufall, da läuft die Wahrscheinlichkeit der Entwicklung ohne ordnende Hand auf Null."

„Ich muss zugeben, dass ich bisher noch nicht so weit gedacht habe."

„Siehst du, und das machen die wenigsten. Die meisten Menschen folgen blind den Vorgaben von Wissenschaftlern, weil sie meinen, die müssten es ja wissen. So und das ist die eine Seite."

„Und was ist die andere Seite?"

„Die fängt wieder mit der Aufforderung an, mach mal die Augen auf. Schau dir doch mal die Menschen an. Es ist doch offensichtlich, dass wir Menschen nicht nur aus Fleisch und Blut bestehen, wir Menschen sind die einzige Kreatur, die neben Materie auch über einen Geist verfügt. Keine andere Kreatur ist in der Lage sich im Geist etwas vorzustellen, vor dem geistigen Auge Bilder entstehen zu lassen, zu planen, zu konstruieren."

„Na ja, wenn ich mir manche Tiere ansehe, sehe ich aber ähnliche Eigenschaften. Zum Beispiel die Ameisen. Sie leben auch in einem hochentwickelten Sozialstaat."

„O.k., glaubst du, dass es da eine Oberameise gibt, die das alles plant und dann die Vorstellung, die sie hat, in die Tat umsetzt?"

„Na ja, so wohl eher nicht, das läuft wohl mehr instinktiv ab."

„So sehe ich das auch. Wir Menschen sind nun mal die einzigen, die ein Bewusstsein für ihre Realität haben. Wenn das nicht so wäre, müsste es noch andere Kreaturen auf dieser Erde geben, die sich zumindest in ähnlicher Weise entwickelt hätten."

„Na ja, da sind die Wissenschaftler ja dabei, das zu erforschen."

„Ja, sie versuchen bei verschiedenen Tieren eine gewisse Intelligenz nachzuweisen. Aber gelungen ist das ja bisher wohl kaum. Bei keinem anderen Lebewesen ist ein Bewusstsein, also die Fähigkeit, zu denken und zu planen auch nur im Ansatz zu erkennen. Sie alle folgen dem Instinkt ihrer Art."

„Da ist man ja auch noch ziemlich am Anfang. Da wird sich ja vielleicht auch noch was tun auf dem Gebiet."

„O.k., lassen wir das mal eben beiseite. Es gibt noch einen wesentlichen Aspekt, den wir ansehen müssen."

„Da bin ich aber gespannt."

„Das ist die Sache mit der Beeinflussung."

„Wieso Beeinflussung?"

„Schau dir doch diese hochentwickelte Spezies Mensch an. Gibt es denn ein unvernünftigeres Wesen als den Menschen?"

„Wie meinst du das?"

„Na mach doch mal die Augen auf. Sicherlich hat der Mensch eine ganze Menge erreicht und vollbracht, aber wie geht der Mensch mit seinen Errungenschaften, mit seiner Gesundheit und seinem Lebensraum um? Alle Erfindungen des Menschen sind auf der einen Seite sehr hilfreich für das Leben, aber gleichzeitig wird doch fast alles auch dazu benutzt, den Lebensraum zu zerstören. Zu allen Zeiten hat der Mensch doch die technischen Errungenschaften dazu benutzt, über andere Macht zu erringen. Es ging doch immer nur um Macht und Beherrschung des Nächsten."

„Hm, na ja, so ist nun mal das menschliche Leben."

„Da frag ich mich doch ernsthaft, was hat die Evolution da mit reingebracht. Wann hat der Mensch das Bedürfnis entwickelt, sich selbst, den Nächsten und den eigenen Lebensraum zu zerstören, wenn es denn wirklich so war, dass sich das Leben, laut Charles Darvin, nach seinen Bedürfnissen entwickelt hat.

Es springt einem doch förmlich ins Gesicht, dass wir Menschen von zwei Mächten beeinflusst werden."

„Du meinst die Geschichte mit Gut und Böse."

„Na sicher. Wir müssen uns doch bei fast allem, was wir tun, entscheiden, ob wir nur für uns einen Vorteil sehen, oder ob wir auch gleichzeitig das Wohl unseres Nächsten mit im Auge haben."

„Na jetzt wird's religiös."

„Nein, wir brauchen gar nicht religiös zu werden, wir brauchen nur ganz einfach die Menschlichkeit im Auge haben. Es reicht doch vollkommen aus, dass wir bereit sind unserem Nächsten das Gleiche zukommen zu lassen, was wir uns für uns selbst wünschen. Du willst nicht gern betrogen und bedroht werden, und der Nächste möchte das auch nicht."

„Das funktioniert aber nicht, weil immer einer da ist, der nur seinen eigenen Vorteil sieht. Und wenn du da nicht mitmachst, bist du ganz schnell hinten dran."

„Ja, warum? Wo kommt das her? Es gibt doch durchaus Menschen, die ihre ganze Kraft für andere einsetzen. Warum ist in manchen Menschen das Gute stärker und in manchen das Böse, siehe unser Monster."

„Keine Ahnung."

„Siehst du das nicht? Es ist doch offensichtlich, dass wir von zwei geistigen Mächten beeinflusst werden. Ich sag' es nochmal, das springt einem doch regelrecht ins Gesicht."

Peet wurde im Laufe des Gespräches immer nachdenklicher.

„So siehst du das. Deswegen vorhin deine Gegenfrage, wie kannst du das nicht so sehen."

„Und du siehst das nicht so."

„Um ehrlich zu sein, so genau habe ich da wohl noch nicht hingesehen, aber irgendwie macht das schon alles Sinn, was du so vorbringst."

„Für mich ist das eine glasklare Sache, wir Menschen werden von diesen beiden Mächten beeinflusst, Gott und Teufel, um das mal so platt auszudrücken."

„Hm, wir werden beeinflusst, haben es aber letztendlich selbst in der Hand, welcher Beeinflussung wir nachgeben."

„So sieht das aus. Wir haben es mit unserem eigenen Willen in der Hand."

Peet sah Stefan an, als hätte der ihm ein neues Land gezeigt.

„Also, das alles so zu erkennen, wie du es beschreibst, ist äußerst schwierig, ja fast schon unmöglich."

„Das ist überhaupt nicht schwierig und für jeden Menschen zu verstehen."

„Und wie soll das gehen?"

„Ganz einfach, du hast es doch gerade selbst gesagt: Wir haben es letztlich in der eigenen Hand, von welchem Geist wir uns beeinflussen lassen. Der Weg zu meiner Erkenntnis ist ganz simpel: Du musst ehrlich mit dir selbst sein, musst an der Wahrheit mehr interessiert sein als an deiner eigenen, selbst gebastelten Meinung, und du musst die Dinge zu Ende denken, und nicht, irgendwann wenn es unbequem wird, aufhören."

„Ich habe eigentlich immer gedacht, dass ich mit offenen Augen durchs Leben gehe, aber vielleicht sind deine noch ein Stück weiter offen."

„Das liegt sicherlich an meiner Erziehung. Meine Eltern haben mich eben so erzogen, dass ich nicht nur auf mich sehe."

„Das war in meinem Elternhaus ganz anders, da ging es ausschließlich um den eigenen Vorteil und um Profit."

„Na ja, das hast du ja schon mal angedeutet."

„Also eins ist ja mal klar, wenn du im Leben was erreichen willst, musst du dich in erster Linie um deine eigene Sache kümmern, sonst wird das nichts."

„Die Frage ist nur, in wie weit das zu Lasten anderer geht."

„Na ja, mit Skrupel kommst du da nicht weit."

„Das ist mir klar. Ich habe viele Jahre im Verkauf gearbeitet. Sicherlich war ich nicht so erfolgreich wie manche Kollegen, die dem sprichwörtlichen Glatzkopf auch einen Kamm verkaufen konnten, aber ich war bei meinen Kunden immer gern gesehen. Für mich galt immer, ein gutes Gefühl ist mir allemal lieber als ein gutes Geschäft. Damit bin ich auch gut über die Runden gekommen."

„Die Kunst habe ich nie gelernt, genügsam zu sein, auch mit Wenigem zurecht zu kommen. Bei uns musste immer mehr sein als bei anderen."

„Und, warst du damit glücklich?"

„Glücklich? Nein, man stand immer irgendwie unter Druck. Deswegen bin ich ja letztendlich auch hier gelandet."

„Na ja, ich ja auch."

„Du aber nicht zwangsläufig, du bist freiwillig hier."

„Ja und ich werde so bald wie möglich hier wieder verschwunden sein."

„Hoffentlich nicht so wie Patrik."

„Ich werde mich schon wehren können."

„Du musst dich wirklich auf einen Gewaltakt einstellen."

„Das ist mir vorhin auch klargeworden. Irgendwie muss ich ihn überraschen."

Die Stimme vom Boss aus Peet's Walkie-Talkie unterbrach ihre Unterhaltung.

„Peet, Arbeit."

„O.k.", antwortete Peet.

Stefan war erstaunt.

„Wie, Arbeit. Was für Arbeit."

„Kisten ausladen."

„Hä, es ist mitten am Tag, kurz vor Mittag."

„Ich hab' dir doch gesagt, das Ausladen wird nicht so schwierig."

„Aber die können doch nicht am helllichten Tag hier aufkreuzen und die Schmuggelware übernehmen. Was passiert, wenn die Küstenwache das bemerkt?"

„Gegenfrage, was passiert, wenn die Küstenwache die Schmuggelware abholt?"

„Das kann doch wohl nicht wahr sein, gibt es noch irgendwo auf dieser Welt eine Organisation, die nicht korrupt ist?"

„Tja, da haben wir es wieder, Gut und Böse. Geschäfte machen alle gern, und da ist die Frage nach dem Woher und Wofür eben zweitrangig."

Peet und Stefan begaben sich in die Unterkunft. Peet trieb die Männer an. Die Unlust stand ihnen ins Gesicht geschrieben. Widerwillig folgten sie Peet und Stefan in den Laderaum, zumal Pierre kurz davor war, das Essen aufzutragen.

„Erst die Arbeit, dann das Vergnügen", trieb er die Männer an.

An der Treppe zum Laderaum stand der Boss und übergab Peet die Liste mit den zu entladenden Kisten.

Er öffnete wie üblich die Laderampe. Draußen fuhr ein Boot an die Rampe. Es war diesmal kein Schlauchboot, sondern ein etwas größeres Motorboot. Sie mussten die Laderampe ein wenig schräg nach oben stellen, um über die Bordwand des Motorbootes zu gelangen.

Von den Männern, die die Kisten entgegennahmen, war wenig zu sehen. Stefan sah kurz den Mann am Steuer des Bootes, er trug eine Uniform.

Zweiunddreißig Kisten schleppten die Männer heran. Sie stöhnten und schwitzten unter der Last und Peet hatte wieder seine helle Freude daran, die Männer anzutreiben.

Nachdem die Aktion ohne Zwischenfälle abgeschlossen war, begaben sich die Männer wieder in die Quartiere.

Peet und Stefan standen noch einen Augenblick auf dem kleinen Podest der Rampe. Sie hatten nicht bemerkt, dass das Monster sich noch hinter ihnen befand.

Mit den Worten: „Mach dich hier weg, du Idiot", versetzte das Monster Stefan einen heftigen Schlag in den Rücken. Er konnte sich gerade noch so am Geländer abfangen, sonst wäre er Kopfüber die vier Stufen hinuntergestürzt.

„He, bist du wahnsinnig?" schrie Peet das Monster an.

„Was willst du Zwerg, ich verpass dir gern auch einen."

Das Monster stand drohend vor Peet, bereit, ihm auch einen Schlag zu versetzen.

„He", das war die Stimme vom Boss, der immer noch am Treppenaufgang stand und die ganze Szene mitbekam.

Das Monster war erschrocken und schlich sich am Boss vorbei in Richtung Aufenthaltsraum.

„Hört zu, wenn der sich nicht benehmen kann, setze ich ihn in Arrest."

Stefan saß immer noch der Schreck in den Gliedern.

„Ich war nicht darauf vorbereitet, aber ich denke ich komme damit klar."

Peet übergab dem Boss die Ladeliste und beruhigte ihn.

„Ich werde ein besonderes Auge auf das Monster haben. Bis jetzt hat er sich nicht gegen mich aufgelehnt."

„Das sah eben aber ganz anders aus", meinte der Boss.

„Warten wir mal ab, gemeinsam werden wir ihn schon in Schach halten."

„Na hoffentlich", der Boss begab sich in Richtung Brücke.

Peet und Stefan gingen zum Mittagessen. Pierre hatte wieder gezaubert, es roch und schmeckte köstlich.

Am Nebentisch war alles ruhig, keiner sprach ein Wort, auch das Monster war ziemlich kleinlaut. Er war wohl mächtig erschrocken, dass der Boss seine Attacke mitbekommen hatte.

Am Nachmittag standen Peet und Stefan wieder an Deck und genossen die Sonnenstrahlen.

„Übermorgen werden wir voraussichtlich in den Suezkanal einfahren", erklärte Peet.

„Übermorgen, dann sind wir hier jetzt so auf der Höhe von Libyen."

„Ja wahrscheinlich. Im Roten Meer nehmen wir nochmal Treibstoff auf. Dann haben wir ungefähr die Hälfte der Reise hinter uns."

„Und das geht auch während der Fahrt? Wäre es nicht einfacher, in einem Hafen Treibstoff zu bunkern?"

„Einfacher schon, aber das gibt wohl Probleme mit der Bezahlung."

Stefan machte sich jetzt keine weiteren Gedanken darüber, auf dieser Reise war eben Einiges recht seltsam.

Das Unvermeidliche

Der überraschende Angriff des Monsters vom Vortag machte Stefan einigermaßen zu schaffen.

Er ging ihm, so gut es ging, aus dem Weg, was aber gar nicht so einfach war auf diesem relativ kleinen Schiff. Zwangsläufig mussten sie sich immer wieder begegnen, bei den Mahlzeiten und auch sonst waren sie ja auf engstem Raum zusammen.

Stefan war sich darüber im Klaren, dass es über kurz oder lang zu einer tätlichen Auseinandersetzung kommen würde, aber er wollte das so weit wie möglich hinauszögern.

Angst hatte er davor nicht, denn er war sich sicher, dass er ihn austricksen konnte. Da das Monster ihm kräftemäßig überlegen war, musste er versuchen, ihn mit List oder mit Überraschung zu besiegen.

Sie waren jetzt gut zwei Wochen unterwegs, als in den Abendstunden am Horizont die Silhouette von Port Said erschien, die Einfahrt in den Suezkanal stand kurz bevor.

Langsam fuhr das Schiff zu dem vom Lotsen angegebenen Punkt. Sie fuhren als letztes von sechs Schiffen im Konvoi in Richtung Einfahrt zum Kanal.

Stefan und Peet standen wieder an Deck und genossen die Abendstimmung. In der Ferne die Lichter der Stadt und des Hafens von Port Said und einige Schiffe in ihrer Nähe, die wohl auch alle durch den Kanal hindurch wollten.

Es wehte ein laues Lüftchen. Die beiden standen schweigsam an der Reling und ließen das Geschehen rings um sie herum auf sich wirken.

Auch einige aus der Mannschaft des Monsters waren an Deck gekommen, aber wie es unter ihnen so üblich war, schien keine gute Stimmung zu herrschen. Sie redeten laut und wild gestikulierend aufeinander ein.

„Das ist schon ein komischer Haufen", bemerkte Peet kopfschüttelnd.

„Wie hast du das nur die ganzen Jahre ausgehalten?"

„Das frage ich mich auch schon seit geraumer Zeit."

„Für mich ist das der reinste Horror, ich muss so schnell wie möglich runter von diesem Pott."

Jetzt kam auch noch das Monster an Deck und der Geräuschpegel steigerte sich noch um Einiges. Dieser Haufen grölender Männer wirkte wie ein Fremdkörper in der eigentlich so friedlichen Abendstimmung.

„Das ist ja nicht zum Aushalten", Peet hielt sich die Ohren zu, „komm, wir gehen in die Kajüte, da haben wir wenigstens unsere Ruhe."

In der Kajüte unterhielten sich die beiden noch eine Weile über Gott und die Welt und schliefen dann bald ein.

Durch das Gegröle der Männer, die in einigen Abständen in ihre Kajüten gingen, wurde Stefan immer wieder aufgeschreckt. In ihm entwickelte sich immer mehr Abscheu, vor diesen Kerlen. Er mochte gar nicht daran denken, dass er noch bis Neuseeland mit diesen auf engstem Raum zusammen sein musste.

Immer öfter grübelte Stefan darüber nach, wie er noch vor Erreichen ihres Zieles das Schiff verlassen könnte. Aber es bestand wohl keine Möglichkeit, denn es gab weder den Kontakt mit einem anderen Schiff, noch würden sie in einen Hafen einlaufen.

Auch der Kontakt, den sie mit dem Tankschiff im Roten Meer haben würden, bot wohl kaum die Möglichkeit, von Bord zu gehen.

Draußen wurde es schon wieder hell, als er noch einmal in einen tiefen, traumlosen Schlaf viel.

Mit einem Brummschädel, als hätte er sich den Tag zuvor betrunken, wachte Stefan endlich auf.

161

Wieder kreisten seine Gedanken um seine momentane Lage, die er sich ganz anders vorgestellt hatte, als er sich in seiner letzten Nacht in der kleinen Pension in Hamburg mit dem Gedanken vertraut gemacht hatte, auf die Reise nach Neuseeland zu gehen.

Durch das Bullauge neben seiner Koje fiel ein fahles Licht in die Kajüte, draußen schien sich dicker Nebel breit gemacht zu haben. Peet schnarchte noch im tiefen Schlaf.

Das Monster mit seinem unvermittelten Angriff stand wieder vor seinem geistigen Auge.

Stefan grübelte darüber nach, wie er der Situation begegnen könnte, wenn der wieder auf ihn losgehen würde. Er war sich sicher, dass er einer körperlichen Auseinandersetzung mit dem Monster nicht aus dem Wege gehen konnte.

Aber wie sollte er diesem massigen Kerl entgegentreten? Es gab eigentlich nur eine einzige Möglichkeit, er muss ihn mit einem Überraschungsangriff überrumpeln, denn bei einem Kräftemessen würde er sicherlich den Kürzeren ziehen.

Stefan nahm sich vor, diese unweigerliche Auseinandersetzung nicht mehr weiter vor sich her zu schieben. Er würde also dem Monster nicht mehr ausweichen, im Gegenteil, er würde zwar die Konfrontation nicht provozieren, aber er würde ihm selbstbewusst entgegentreten.

Nur wie das im Einzelnen ablaufen würde, konnte er nicht planen, er muss einfach in jeder Sekunde auf der Hut sein.

Drüben in der Kombüse hörte er, wie Pierre das Frühstück vorbereitete. Pierre war ein echter Frühaufsteher und ein genialer Küchenchef. Dass der mit solchen Fähigkeiten dazu verdonnert war, auf solch einem Seelenverkäufer sein Dasein zu fristen, tat Stefan in der Seele weh. Kein Wunder, dass Pierre kaum Lust zum Reden hatte.

„Moin, Moin", mit diesem Morgengruß im besten Hamburger Dialekt riss Peet Stefan aus seinen Gedanken.

162

„Moin, Moin", erwiderte Stefan, „he, du sprichst ja perfekt hamburgisch."

„Das ist auch das Einzige, was ich in deiner Sprache kann."

„Pierre ist schon wieder fleißig am Werkeln, es gibt wohl gleich Frühstück. Einen schönen starken Kaffee könnte ich jetzt auch gut gebrauchen."

„Ich auch, ich hab' geschlafen wie ein Toter."

„Na, wenn Tote so schlafen wie du, dann müssen sie um jeden Friedhof eine riesen Schallschutzmauer bauen, oder noch besser die wachen alle wieder auf."

„Wieso das denn?"

„Na, mit deiner Schnarcherei kannst du doch Tote erwecken."

„Echt? Ist das so schlimm?"

„Ja ziemlich, aber manchmal hat die Schnarcherei auch was Gutes."

„So?"

„Ja, das ist manchmal so gleichmäßig, das wirkt schon wieder einschläfernd."

„Na siehst du, was denn für Not?"

Nacheinander begaben sie sich zur Morgentoilette und gingen dann in den Frühstücksraum.

Auf dem Tisch stand eine große Kanne mit wunderbar duftendem, heißen Kaffee. Stefan schenkte zwei große Tassen ein und sie schlürften genüsslich den heißen Kaffee.

„Selbst an dem Kaffee kann man erkennen, dass Pierre ein Spitzenkoch ist", sagte Stefan und verdrehte genüsslich die Augen.

Peet nickte nur stumm. Auch er genoss den Kaffee in vollen Zügen. Pierre brachte herrlich duftende frisch gebackene Brötchen herein und setzte sich zu den beiden. Sie ließen sich das Frühstück schmecken.

163

Der Nebentisch, wo immer das Monster mit seinen Mannen saß, war noch nicht besetzt. Die waren wohl von ihrer nächtlichen Grölerei noch ziemlich erledigt.

Nach dem Frühstück gingen Peet und Stefan wieder an Deck. Der Nebel hatte sich verzogen, und ein schöner sonniger Tag begann. Mit jeder Seemeile, die sie in Richtung Süden vorankamen, schien es wärmer zu werden. So verbrachten die beiden den gesamten Vormittag an Deck in guter Stimmung. Von den anderen war nichts zu sehen.

„Solche zwielichtigen Gestalten wie die scheuen das Sonnenlicht", bemerkte Peet.

„So haben wir hier wenigstens unsere Ruhe."

„Ich weiß nicht, was mit denen los ist. So aggressiv wie auf dieser Reise hab' ich sie selten erlebt."

„Vielleicht liegt das doch daran, dass mich der Boss dem Monster vor die Nase gesetzt hat und der hetzt die anderen auf."

„Schon möglich."

Pierre rief zum Mittagessen.

Im Aufenthaltsraum waren bis auf das Monster alle versammelt. Es herrschte irgendwie eine seltsame Stimmung, als Peet und Stefan den Raum betraten. Keiner von den Männern sprach ein Wort. Es schien, als würden sie auf etwas warten.

Peet und Stefan saßen sich gegenüber am Tisch, Stefan mit Blick auf die Tür. Pierre hatte das Essen bereits auf die Tische gestellt.

Die Tür ging auf und das Monster erschien.

Durch die erwartungsvolle Stille im Raum war Stefan bereits hoch konzentriert, er rechnete damit, dass das Monster etwas vorhatte.

Die Männer am Nebentisch schauten wie gebannt, als das Monster in der Tür erschien.

‚Nun gut', dachte Stefan, ‚dann soll es jetzt wohl soweit sein.' Er ließ sich nichts anmerken und tat so, als würde er sich ganz locker mit Peet unterhalten.

Das Monster machte einige schnelle Schritte auf Stefan zu und blieb knapp drei Meter vor ihm stehen.

„Los komm her, wenn du dich traust", brüllte er Stefan an.

Stefan erhob sich langsam und tat ein wenig zögerlich.

„Na, scheißt du dir gleich in die Hosen?"

Einen Moment standen sie sich abwartend gegenüber.

Das Monster schien sich auf seine körperliche Überlegenheit zu verlassen, hob die Hände und ging auf Stefan zu, als wollte er ihn am Hals packen und würgen.

Die nächsten Sekunden verliefen für Stefan wie in Zeitlupe. Er machte einen schnellen Schritt auf das Monster zu und täuschte einen Tritt in seine Weichteile vor.

Das Monster reagierte wie ein Tanzbär, legte seine Hände wie schützend davor und beugte sich gleichzeitig reflexartig nach vorn.

In dem Moment als sein Kopf ziemlich weit unten war, traf ihn Stefans Knie mit voller Wucht unter das Kinn, gefolgt von einem hässlichen, knirschenden Geräusch. Sein Kopf flog nach oben, gleichzeitig trafen ihn Stefans zusammengeballte Fäuste, wieder mit voller Wucht, an der linken Schläfe. Wieder war ein hässliches, knackendes Geräusch zu hören.

Das Monster kippte wie ein gefällter Baum zur Seite, mit einem dumpfen Schlag schlug sein Kopf auf den Boden. Ein kleines Rinnsal Blut floss aus seinem halb geöffneten Mund. Er röchelte und stöhnte benommen und war zu keiner Reaktion mehr fähig.

Das Ganze hatte keine zehn Sekunden gedauert.

Im Raum war außer dem Stöhnen und Röcheln des Monsters nicht zu hören.

Stefan rechnete damit, dass die Männer vom Nebentisch sich vielleicht auch noch auf ihn stürzen könnten, und wandte sich in ihre Richtung.

„Hat noch jemand Bedarf", rief er in ihre Richtung.

Keiner rührte sich, alle schauten erstaunt aus der Wäsche. Mit diesem Ausgang hatten sie wohl am wenigsten gerechnet.

„Setzt euch auf eure Ärsche und haltet die Klappe", brüllte Peet jetzt in Richtung der Männer. Tatsächlich setzten sie sich, ohne einen Mucks zu sagen. In einigen Gesichtern der Männer war sogar eine gewisse Erleichterung zu erkennen. Stefan wollte sich zum Monster runterbeugen, um zu sehen, wie schwer er verletzt war, doch Peet hielt ihn zurück.

„Lass es, der hat bekommen, was er verdient hat."

Er wandte sich wieder zu den Männern am Tisch.

„Los bringt ihn zum Doc", befahl er ihnen barsch.

Vier Männer sprangen auf und schleiften das Monster, mehr als sie ihn trugen, in Richtung Brücke.

„Los, der Rest macht hier sauber, wischt das Blut weg."

Die acht verbliebenen Männer sprangen auf. Sie beeilten sich, den Befehl von Peet auszuführen, was ein ziemliches Durcheinander entstehen ließ.

Die Männer waren es offenbar gewohnt, auf Befehle zu reagieren, jedenfalls entstand durch die Säuberungsaktion der Männer eine skurrile Situation, die bei Peet und Stefan eine amüsierte Reaktion hervorrief. Sie sahen sich an und mussten lachen. Selbst Pierre. der schon am Tisch saß und sich sein Essen schmecken ließ, verzog sein Gesicht zu einem breiten Grinsen.

„Ich hoffe, dir ist nicht der Appetit vergangen", sagte Peet.

„Nein, im Gegenteil, ich hab' jetzt ordentlich Schmacht."

Sie setzten sich zu Pierre an den Tisch und kümmerten sich nicht weiter um die anderen.

Auch denen schien der Appetit nicht vergangen zu sein, denn nach der Säuberungsaktion setzten sie sich auf ihre Plätze und langten kräftig zu.

Nach einer Weile kamen die vier, die das Monster zum Doc gebracht hatten, dazu und ließen es sich ebenfalls schmecken. Die Stimmung unter ihnen war erstaunlich gelöst, so als wären sie von einer schweren Last befreit.

Nach dem Essen gingen Peet und Stefan wieder an Deck, nachdem sich Stefan aus seiner Kajüte ein Zigarillo geholt hatte. Er hatte sich vor Antritt der Reise noch eine Schachtel gekauft.

„Du rauchst?" Peet sah Stefan erstaunt an, „das hab' ich ja noch gar nicht gesehen."

„Ja, ab und zu rauche ich mal eine, wenn mir danach ist."

„Also ein Gelegenheitsraucher."

„Ja, so kann man das sagen. So eine Schachtel reicht für einige Monate."

„Und jetzt ist dir danach. Na ja, das hast du dir ja auch verdient."

„Ich werde gleich mal nach vorn zum Doc gehen und sehen, wie es dem Monster geht und wieviel er wirklich abbekommen hat."

„Nein, das wirst du nicht. Wir warten jetzt erstmal bis heute Abend, dann werde ich den Boss fragen, wie es ihm geht."

„Warum, ich habe ihn verletzt und muss mich schon nach ihm erkundigen."

„Ja, wie gesagt, später. Im Grunde genommen, kann es dir doch egal sein. Schließlich hat er doch diese Situation herbeigeführt."

„Ich hab' aber zuerst zugeschlagen."

„Dir blieb doch gar nichts anderes übrig, oder wolltest du abwarten, bis er dich am Hals hat und dich würgt?"

„Na ja, stimmt schon, manchmal ist Angriff die einzige Verteidigung."

167

„So sehe ich das auch, also mach' dir keine Gedanken. Es gab halt nur die zwei Möglichkeiten, entweder du oder er beim Doc."

„Trotzdem, ich finde, es gehört einfach dazu sich nach ihm zu erkundigen."

„Ja, machen wir ja auch, aber später," Peet zögerte ein wenig, „ich muss dich noch was fragen, mir ist da was aufgefallen."

Stefan schaute Peet erstaunt an.

„Wann ist dir was aufgefallen."

„Vorhin, als wir uns an den Tisch gesetzt haben."

„Ja und was ist dir aufgefallen?"

„Schon als wir reinkamen war doch eine eigenartige Stille im Raum."

„Ja gut, das ist mir auch aufgefallen. Offenbar hatte das Monster den Männern schon gesagt, dass er mir ans Leder wollte."

„Ja wahrscheinlich, aber das meine ich nicht."

„Nicht, was meinst du denn?"

„An dir ist mir was aufgefallen."

„An mir? Was ist dir denn an mir aufgefallen?"

„Dein Gesichtsausdruck."

„Hä, mein Gesichtsausdruck? Was war denn damit?"

„Du hast keinerlei Reaktion gezeigt."

„Wie meinst du das?"

„Na ja, in brenzligen Situationen hat man doch bestimmte Reaktionen im Gesicht. Man runzelt zum Beispiel die Stirn, oder zieht die Augenbrauen hoch, oder so. Irgendeine Anspannung kann man doch im Gesicht ablesen."

„Ach, das meinst du. Das ist bei mir wohl eine Besonderheit, ich zeige in bestimmten Situationen keine Reaktion. Das passiert aber unbewusst, das kann ich nicht steuern."

„Du hast auch während des ganzen Kampfes keinerlei Reaktion im Gesicht gezeigt. Das sah aus, als würdest du wie eine Maschine handeln."

„Ja ich weiß, das hat man mir früher schon hin und wieder gesagt, in bestimmten Situationen ist mein Gesicht wie eine Maske."

„Das hat mich ziemlich erstaunt, normalerweise sieht man doch jemandem an, wie angespannt er ist. Bei dir war nichts."

„Ja wie gesagt, ich kann das nicht steuern. Ich will versuchen, dir das zu erklären. Wenn ich in ungewöhnlichen Situationen bin, schalte ich anscheinend auf einen gewissen Automatismus um."

„Du siehst dann also rot, und schaltest auf Autopilot?"

„Nein, nein, ich sehe nicht rot. Ich kann dann auch jede Bewegung steuern, aber auf eine andere Art und Weise."

„Hm, das verstehe ich nicht so richtig."

„Also das passiert rein aus meinem Gefühl heraus. Ich weiß nicht so recht, wie ich dir das erklären soll."

„Siehst du dann irgendwelche Bilder."

„Ja, nein, nicht wirklich. Es ist fast wie ein Bild, aber es ist gefühlsmäßig. Es ist, als würde ich einen Weg vor mir sehen. Auf diesem Weg sehe ich ganz genau, was ich tun muss. Ich sehe jede einzelne Handlung und führe alles ganz bewusst aus. Das läuft ab wie in Zeitlupe. Ich weiß in jedem Moment ganz genau, was ich tue, und weiß auch ganz genau, welche Konsequenzen daraus entstehen."

„Aber du kannst es nicht steuern."

„Doch, bis auf meinen Gesichtsausdruck kann ich es auch steuern, aber wie gesagt, es ist wie ein Weg, den ich zu gehen habe, und wenn ich den Weg verlasse, ist rechts und links nur undurchdringlicher Nebel. Ich weiß nicht, was passieren würde, wenn ich den Weg verlassen würde, aber wenn ich den Weg zu Ende gehe, weiß ich, dass alles gut wird."

„Es ist, als wenn du durch einen Tunnel gehst?"

„Nein, nicht wie durch einen Tunnel. Es ist alles frei und offen, nur rechts und links liegt alles im Ungewissen, im Nebel. Nur vor mir ist es wie ein helles Licht. Da muss ich hin und dazu muss ich alles tun, was auf dem Weg notwendig ist."

„Hm, das ist ja komisch."

„Ja wie gesagt, das ist rein gefühlsmäßig, das ist, als wenn man ein bestimmtes Programm aktiviert, es gibt dann nur diesen einen Weg. Das ist für mich auch eigenartig."

„Hast du das schon öfter gehabt?"

„Also das erste Mal, dass ich mich daran erinnern kann, war damals beim Karate, ich hab' dir das mal erzählt."

„Ja, als du mit dreizehn aus dem Kader geflogen bist."

„Ja genau, ich hab' genau gewusst, das ist der einzige Weg, aus diesem Dilemma heraus zu kommen. Ich habe genau gewusst, wie und wo ich hintreten muss, ich habe auch in dem Moment genau gewusst, dass damit meine Karriere im Karate zu Ende sein würde."

„Was wäre denn wohl gewesen, wenn du den Weg verlassen hättest?"

„Keine Ahnung, nur eins ist sicher, mein gesamtes Leben wäre dann anders verlaufen. Wer weiß, wie ich mich dann weiterentwickelt hätte, wahrscheinlich wäre ich heute ein anderer. Vielleicht wäre ich heute mit den Kampfsportarten ganz anders verbunden und hätte eine ganz andere Einstellung zur Gewalt."

„Hast du niemals den vorgegebenen Weg verlassen?"

„Nein, ich glaube einfach, dass das mein vorbestimmter Weg ist."

„Und du bist glücklich damit?"

„Na ja, glücklich. Es ist einfach der beste Weg für mich."

„Das heißt also, du entscheidest immer gefühlsmäßig."

„Tja, so sieht es wohl aus."

„Für mich ist das etwas völlig Neues. In meinem Leben gab es nicht viele Gefühle. Es ging immer nur um materielle Dinge. Wie oft bist du denn schon solche Wege gegangen? Ging es dabei immer um Gewalt?"

„So oft war das noch nicht, nein, es ging nicht immer um Gewalt. Damals, als ich das Praktikum in Amerika gemacht habe und meine Eltern zu Hause bei einem Verkehrsunfall ums Leben kamen, habe ich wohl eine ganze Woche auf solch einem Weg verbracht."

„Wow, das war bestimmt eine harte Zeit."

„Ja das war es, aber dieser Weg hat mir geholfen, mit der Situation fertig zu werden. Ich bin in der Folgezeit ganz gut damit klargekommen."

Peet schaute Stefan von der Seite an, als wollte er in ihn hineinschauen.

„Du wirst mir immer rätselhafter, aber irgendwie auf eine angenehme Art und Weise. Anscheinend bist du so ein Typ, der immer auf die Beine fällt."

„Na ja, ganz so ist das ja auch nicht, ich bin auch schon ganz schön oft auf die Schnauze gefallen."

„Also eher wie ein Stehaufmännchen."

„Hinfallen ist keine Schande, aber liegenbleiben geht gar nicht."

Ein kühler Wind kam auf. Die beiden standen noch eine ganze Weile an der Reling und gingen dann schweigsam in den Aufenthaltsraum, wo die Männer immer noch am Mittagstisch saßen. Es war eine gelöste Stimmung bei ihnen.

Einige von ihnen nickten Stefan sogar freundlich zu, als die beiden den Raum betraten. Offensichtlich hatten sie unter der aggressiven Art des Monsters gelitten und genossen jetzt ihre Freiheit.

Gegen Abend ging Peet nach vorn, um sich nach dem Befinden des Monsters zu erkundigen. Gespannt wartete Stefan auf seine Rückkehr.

Es dauerte über eine Stunde, bis er endlich wiederkam.

„Na endlich. Was ist los?"

Peet machte ein bedenkliches Gesicht.

„Also, es hat ihn schlimmer erwischt, als es erst den Anschein hatte."

„Ja? Nun komm, lass dir nicht alles aus der Nase ziehen."

„Na ja, du hast ihm wohl als erstes mit deinem Knie den Kiefer zertrümmert und dann hat deine Hammerfaust ihm auch noch die Schädelbasis angeknackst."

„Oder das ist passiert, als er auf den Boden aufschlug."

„Nein, an der linken Seite, wo ihn deine Faust getroffen hat, ist die Schädelbasis angeknackst. Jedenfalls ist er wohl dauerhaft aus dem Verkehr gezogen. Er ist wohl bei Bewusstsein, redet aber nur undeutliches, wirres Zeug."

„Hast du ihn gesehen?"

„Nein, ich war nicht bei ihm drin, ich habe nur mit dem Doc gesprochen."

„Und, sind die da drüben jetzt sauer auf mich?"

„Nein, keiner von denen ist sauer auf dich. Der Boss hat gesagt, das musste ja so kommen, er ist nur froh, dass das Monster jetzt im Krankenzimmer liegt und nicht du."

„Hm, irgendwie tut er mir jetzt leid, aber was sollte ich machen? Der hätte mich in seinem Hass vielleicht tatsächlich um die Ecke gebracht."

„Mach dir keine Gedanken, der Doc flickt den schon wieder einigermaßen zusammen. Das ist ja schließlich sein Spezialgebiet. Der ist bei unserem Doc also bestens aufgehoben."

Der Rest des Tages verlief ziemlich schweigsam. Peet und Stefan gingen wieder ihre Runden an Deck und standen noch bis in den Abend hinein vorn an der Reling und schauten in die Wellen.

Der Suezkanal lag schon ein Stück hinter ihnen, am nächsten Tag sollte der Kontakt mit dem Tankschiff stattfinden, und wenn sie das Rote Meer hinter sich haben würden, sollten die restlichen Kisten von Bord gehen. Weitere zwei Wochen würden noch mindestens ins Land gehen, bis sie in Neuseeland ankommen würden.

Jedenfalls würde die zweite Etappe der Reise wohl etwas ruhiger verlaufen ohne die ständige Bedrohung durch das Monster.

Mit diesen Gedanken beschäftigte sich Stefan bis spät in die Nacht.

Piraten

Es war ein schöner sonniger Tag, keine Wolke war am Himmel zu sehen, und doch war die besorgte Stimme vom Boss aus dem Walkie-Talkie zu hören:
„Peet, jag die Männer hoch, wir haben gleich Kontakt mit dem Tankschiff. Wir müssen uns beeilen, vor uns zieht ein hässliches Unwetter auf."
„O.k. Boss, geht an."
Peet scheuchte die Männer, die sich im Speiseraum aufhielten, an Deck. Offenbar kannten sie das, was jetzt anlag.
Einige hundert Meter vor ihnen fuhr ein riesiger Tanker. Er war mindestens doppelt so groß wie ihr eigenes Schiff, schätzte Stefan. Kurze Zeit später fuhren sie neben dem Tankschiff.
Für Stefan war es ein interessantes Manöver, die Männer arbeiteten in einer Schnelligkeit und Präzision, die Stefan ihnen gar nicht zugetraut hätte. Das Herüberholen der Tankleitung, das Anschließen und das Befüllen der Tanks passierte innerhalb kürzester Zeit.
Noch bevor der Tankvorgang beendet werden konnte, setzte plötzlich heftiger Wind ein, dicke Regenwolken zogen mit unerwarteter Geschwindigkeit heran und ergossen ihre nasse Fracht über die Schiffe, sodass am Ende der Aktion alle völlig durchnässt waren.
Peet und Stefan hatten sich vor dem Unwetter in Richtung Laderaum in Sicherheit gebracht und beobachteten von dort aus den Abschluss der Arbeiten.
Peet sah Stefan von der Seite an.
„Na, was denkst du gerade?"
Stefan war tatsächlich in Gedanken.
„Wieso?"

„Na ja, man hat regelrecht gesehen, wie bei dir im Oberstübchen die Relais klicken."

„So, hat man das."

„Ja, allerdings. Wahrscheinlich hast du darüber nachgedacht, ob es eine Möglichkeit gibt dort rüber zu kommen."

Stefan schaute Peet an, als hätte der ihn bei einer Unartigkeit ertappt.

„Na, das war ja auch nicht schwer zu erraten, aber mir war schon klar, dass das nicht gehen würde."

„Tja, dann musst du wohl noch ein wenig hier bei uns aushalten."

„Wird schon gehen. Ich denke, nachdem das Monster ausgeschaltet ist, wird der Rest der Reise nicht ganz so ungemütlich."

„Also von der Seite her wird es jetzt sicherlich entspannter, aber in zwei, drei Tagen sind wir durch den Golf von Aden und im indischen Ozean. Da wird es wettertechnisch spannend."

„Golf von Aden? Indischer Ozean? Ist das nicht das Gebiet, wo sich die Piraten tummeln?"

„Ja, aber das kann uns egal sein."

„Wieso?"

„Na ja, wir haben noch einige Kisten auszuladen."

„Aha, das heißt also, wir versorgen die Piraten mit allem Nötigen, was sie so für ihre Raubzüge brauchen."

„Ich sag dir das nochmal, ich weiß wirklich nicht, was in den Kisten drin ist, jedenfalls lassen uns die Piraten in Ruhe."

„Früher bei den Raubrittern nannte man das Wegzoll."

„Kann schon sein, keine Ahnung. Wichtig ist, dass wir hier unbeschadet durchkommen."

„O.k., kann mir ja auch egal sein. Hauptsache die Piratenobersten wissen das auch alle."

„Bis jetzt gab es da noch keine Probleme."

„Ja bis jetzt. Aber jetzt habt ihr ja mich an Bord und da scheint ja alles anders zu laufen als üblich."

„He, bist du doch von Interpol?"

„Nein, nein, keine Sorge. Du kannst mir glauben, wenn ich geahnt hätte was hier so alles los ist, wäre ich garantiert nicht auf diesem Pott."

„Ach komm, du hättest es auch schlimmer erwischen können."

„Mag sein, aber meine Chancen, in den Knast zu kommen, waren noch nie in meinem Leben so gut wie jetzt."

„Keine Bange, wir machen das schon viele Jahre, und keiner von uns ist je im Knast gelandet."

„Du weißt doch wie das ist, es gibt immer ein erstes Mal."

„Nun hör mal auf zu unken, es wird schon alles gut gehen."

Während ihres Gespräches gingen die beiden in den Aufenthaltsraum. Die Männer waren alle samt in ihren Kajüten verschwunden. Peet schaltete den Fernseher an, und Stefan machte sich wiedermal über den Flipper her.

So verging der Tag, und auch die nächsten Tage verliefen ohne Zwischenfälle. Auch das Wetter hatte sich wieder beruhigt.

Zwei Tage später, sie hatten am Abend gerade das Horn von Afrika umrundet, kündigte Peet an, dass sie in der nächsten Nacht die restlichen Kisten ausladen würden.

Wieder kreisten Stefans Gedanken um die ganze Aktion mit den Kisten. Immer wieder befiel ihn eine innere Unruhe, wenn er an diese Aktionen dachte. So schlief er spät ein und wälzte sich unruhig im Schlaf.

Tief in der Nacht wurde Stefan durch ein ungewohntes Geräusch wach. Es hörte sich an, als wenn ein metallischer Gegenstand an die Bordwand schlagen würde.

Stefan schaute auf die Uhr, es war kurz vor halb zwei, und lauschte dann in die Stille hinein, ob sich das Geräusch widerholen würde. Aber außer dem üblichen Brummen der Schiffsmotoren war nichts mehr zu hören.

So döste er vor sich hin, aber der Schlaf wollte sich nicht so recht einstellen.

Einige Zeit später wurde Stefan erneut von einem Geräusch aufgeschreckt. Dieses Mal war es aber ein vertrautes Geräusch.

Es war das Geräusch der Klinke an ihrer Kajüte. Es gab bei jedem Öffnen einen kurzen, quietschenden Ton. Dieser Ton schreckte ihn jetzt erneut auf. Jemand machte sich an der Tür zu schaffen.

Stefan war hellwach. Eine kurze Zeit blieb alles still. Dann sah Stefan in der schummrigen Dunkelheit, wie sich die Tür sehr langsam öffnete.

Im ersten Moment wollte er rufen, aber seine innere Stimme gebot ihm still zu sein und abzuwarten.

Stefan lag auf der Seite, Peet zugewandt. Instinktiv stellte er sich schlafend, beobachtete aber aus den Augenwinkeln, wer da wohl hereinkommen würde.

Eine dunkle Gestalt schob sich langsam in den Raum. Es schien ein Schwarzer zu sein, jedenfalls konnte Stefan im unbedeckten Gesicht des Mannes nichts Helles entdecken.

Viele Gedanken schossen ihm durch den Kopf. Den einzigen, den er von der Mannschaft noch nicht zu Gesicht bekommen hatte, war der Maschinist, aber so viel er wusste war das kein schwarzer. Also musste das ein Fremder sein.

Piraten, dachte Stefan, das schien die einzige mögliche Erklärung. Er war bis in den letzten Muskel angespannt.

Als der Fremde am Fußende von Stefans Koje angelangt war, machte er eine kleine Taschenlampe an und leuchtete ihn langsam von unten nach oben ab.

177

Stefan stellte sich schlafend. Draußen war alles still, also war dieser Kerl anscheinend allein hier.

Wahrscheinlich waren sie von Piraten überfallen worden und dieser hier sollte wohl in aller Stille die Lage erkunden. Es mussten aber auf jeden Fall noch weitere an Bord sein. Sicherlich waren die vorn auf der Brücke und hielten den Boss und die anderen von der Mannschaft in Schach.

Stefan war, obwohl er sich zwang, ruhig und gleichmäßig zu atmen, bis in den letzten, kleinsten Muskel hinein angespannt. Seine Gedanken kreisten um alle möglichen und unmöglichen Szenarien, die in der nächsten Zeit drohten zu passieren.

Er musste versuchen, den Kerl zu überwinden um weiteren Schaden von der Mannschaft abzuwenden.

Es kam ihm endlos lange vor, wie der Pirat ihn ableuchtete. Endlich wanderte der Schein der Taschenlampe hinüber zu Peet. Stefan öffnete vorsichtig die Augen.

Der Pirat stand mit seinem Hinterteil dicht neben ihm, beugte sich zu Peet hinunter und leuchtete ihm ins Gesicht. Er hatte rechts und links je eine Pistole im Gürtel und ein Gewehr über dem Rücken. Er schien sich sehr sicher zu sein, sonst hätte er wohl eine seiner Waffen in der Hand behalten.

Das ist die Gelegenheit zu handeln, dachte Stefan.

Er schnellte seine Beine mit aller Kraft vor und traf den Piraten mit seinen Knien am Hinterteil, so dass der mit voller Wucht mit dem Kopf an die Bordwand knallte. Er sackte benommen zusammen.

Durch den Knall schreckte Peet aus seiner Koje hoch.

„He, was ist hier los?" rief er erschrocken und machte Licht.

„Sei still, wahrscheinlich Piraten."

Stefan warf sich auf den Mann und hielt ihn am Boden fest. Der Mann war im Moment benommen und zu keiner wirklichen Gegenwehr fähig.

„Peet, gib mir die Gurte aus dem Schrank, wir müssen ihn fesseln."

Peet wusste wohl immer noch nicht so recht, was hier gerade geschah. Er beeilte sich noch etwas unbeholfen, die Gurte aus dem Schrank zu holen.

Gemeinsam banden sie dem Piraten die Hände auf den Rücken und die Füße zusammen.

„Stäff, was ist hier los?"

„Du siehst doch den Kerl hier, ich schätze mal, das ist ein Pirat."

„Ja, aber wie kommt der hier her?"

„Das ist sicherlich nicht der Einzige, wahrscheinlich sind drüben auf der Brücke noch mehr von denen."

Peet war immer noch ziemlich durcheinander.

„Hast du denn nicht geschlafen, hast du den denn gehört?"

„Ich habe vorhin so ein eigenartiges, metallisches Geräusch an der Bordwand gehört. Davon bin ich wach geworden. Und dann eine ganze Weile später habe ich gehört, wie der hier reinkam. Er hat erst mich abgeleuchtet und dann dich. Und dann hab' ich die Gelegenheit beim Schopf gepackt und hab ihn gegen die Bordwand geknallt."

„Meine Güte, ich muss erstmal richtig wach werden."

Peet schüttelte sich und setzte sich auf seine Koje. Stefan kniete immer noch auf dem Piraten. Der war jetzt so verschnürt, dass Stefan sich auch auf seine Koje setzte.

„Und jetzt, was machen wir jetzt mit dem?"

„Wir müssen unbedingt erfahren, wie viele Piraten an Bord sind."

„Willst du die auch ausschalten?"

„Wir müssen es auf jeden Fall versuchen."

„Stäff, du hast wieder diesen Gesichtsausdruck."

„Kann sein. Ich hab' jedenfalls keine Lust, als Fischfutter zu enden."

„Ok, nur wie willst du das anstellen?"

179

„Wie gesagt, wir müssen als erstes wissen, wie viele hier an Bord sind."

„Und wie willst du das rauskriegen? Der hier sagt dir das bestimmt nicht."

Der Pirat bewegte sich wieder, offenbar hatte er das Gespräch zwischen Stefan und Peet mitbekommen.

„Nichts sagen", brachte er in gebrochenem Englisch hervor.

„Na, verstehen tut er uns schon mal. Peet gib mir noch einen Gurt, wir müssen seinen Kopf hier vorn am Bettpfosten fixieren."

„Was hast du vor, willst du ihn foltern?"

„Nein, nicht foltern, nur ein wenig piesacken."

Sie legten den Piraten auf die Seite und banden ihn mit der Stirn an den oberen Bettpfosten und seine Füße an den unteren von Stefans Koje, so dass er nicht mehr in der Lage war, sich zu bewegen. Er versuchte zwar sich dagegen zu wehren, aber er war ja schon gefesselt und außerdem war er von dem Stoß gegen die Bordwand immer noch ziemlich benommen.

„Wie willst du die da vorn denn überwältigen?"

„Das besprechen wir nachher draußen, das muss der hier nicht mitbekommen. Jetzt muss er erstmal reden."

„Was hast du vor?"

„Na ja, Panik ist immer ein guter Mundöffner."

„Woher weißt du sowas?"

„Alter Partisanentrick."

„Du warst mal bei den Partisanen?"

„Nein, natürlich nicht. Darüber gibt's Berichte."

Stefan sprach jetzt den Piraten an.

„Hör zu, Kumpel, du ersparst dir Einiges, wenn du uns gleich sagst, wie viele ihr seid."

Der Pirat wiederholte: „Nichts sagen."

„O.k., dann fangen wir mal an."

Stefan drückte mit seinem Daumen auf die Schlagader am Hals des Piraten und unterbrach damit die Blutzufuhr zum Gehirn. Nach einer Weile wurde der Pirat unruhig und rollte nervös mit den Augen.

Stefan nahm die Hand wieder runter.

„Jetzt sagen?"

„No."

„O.k., wir können das Spiel noch ganz oft widerholen."

Er drückte wieder zu.

„Du bist ganz schön brutal", bemerkte Peet.

„Hast du eine bessere Idee? Wir können die Panik auch noch ein bisschen erhöhen", sagte Stefan und hielt dem Piraten mit der anderen Hand auch noch Mund und Nase zu.

Er versuchte, sich zu winden, was bei der Verschnürung aber nicht möglich war. Ganz allmählich stieg die Panik in ihm immer höher, er fing an zu prusten und schien jetzt doch etwas gesagt zu haben.

Stefan nahm die Hände wieder runter.

„We are three", brach es aus ihm heraus.

„Na also, geht doch", Stefan gab ihm einen Klaps auf die Schulter.

Er wandte sich zu Peet und bedeutete ihm, mit an die Tür zu kommen.

„Also es sind drei", flüsterte er, „einer ist hier und zwei sind wahrscheinlich auf der Brücke."

„O.k., das müsste vielleicht zu schaffen sein. Vorausgesetzt, der sagt die Wahrheit."

„Davon gehe ich aus. Sieh dir doch den Jungen mal an, der ist doch man gerade achtzehn Jahre alt, wenn überhaupt. Also ich glaube, das sind keine Profis, das sind bestimmt Anfänger. Wahrscheinlich arbeiten die auf eigene Faust, sonst hätten vielleicht eure Piratenfreunde diesen Überfall verhindert."

„Hm, kann schon sein. Das Beste ist, ich wecke die anderen, dann haben wir gute Aussichten, die da drüben auszuschalten."

„Das halte ich für keine gute Idee. Mit dem konfusen Haufen richten wir wahrscheinlich mehr Schaden an als nötig. Wenn das wirklich nur zwei auf der Brücke sind, müssen wir beide die überwältigen."

„Wow, du bist ganz schön entschlossen. Wahrscheinlich siehst du schon wieder den kompletten Weg vor dir."

„Na ja, da ist noch Manches nicht ganz klar. Wir müssen erstmal die Lage peilen. Wir kommen doch durch den Frachtraum bis zur Brücke."

„Na klar, das ist kein Problem."

„O.k., gibt es da eine Stelle von wo aus man die Brücke einsehen kann?"

„Ja, das müsste gehen. Wenn wir uns im Vorraum der Brücke ganz an die Wand drücken, sind wir im Schatten der Lampen und können die ganze Brücke einsehen."

„Gut, das machen wir."

„Und was wird mit dem hier", Peet deutete auf den Piraten, „wir können doch den hier nicht einfach so liegen lassen? Wenn der sich befreit."

„Weck Pierre, der soll ihn bewachen."

Peet öffnete vorsichtig die Tür. Draußen war alles ruhig. Stefan kontrollierte noch einmal die Verschnürung des Piraten und stopfte ihm einen Lappen in den Mund, damit er nicht schreien konnte.

Kurze Zeit darauf kamen Peet und Pierre in die Kajüte.

Pierre und auch die anderen, die nebenan schliefen, hatten von all dem, was hier vor sich ging nichts mitbekommen.

„Pierre, wenn der sich befreien sollte, bring ihn zum Schweigen." Mit diesen Worten drückte Stefan ihm eine der Pistolen des Piraten in die Hand.

Pierre wehrte ab.

„Ich kann und werde den nicht erschießen."

„Das brauchst du auch nicht, hau ihm, wenn es nötig ist, eins mit dem Knauf über die Rübe."

„O.k., das geht gerade", sagte Pierre und nahm die Pistole. Stefan wollte Peet das Gewehr des Piraten in die Hand drücken, aber auch der wehrte ab.

„Oh nein, nicht den Schießprügel, damit kann ich nicht umgehen."

„Wie, hast du noch nie so ein Ding in der Hand gehabt?"

„Nein, weder so eins, noch so ein kleines da", er zeigte auf die andere Pistole, die Stefan in der Hand hielt.

„O.k., ist dir das kleine Ding lieber?"

„Shit, ich hab' die Wahl zwischen Pest und Cholera. O.k. gib mir die Pistole."

„Ich hoffe, wir brauchen die Dinger nur zum Zuschlagen."

„Du hoffst, hast du einen Plan?"

„Na ja, ich hab' da so eine Vorstellung, aber wir müssen erst die Lage peilen."

„Also, wenn ich damit schießen muss, kann ich nicht dafür garantieren, dass ich auch was treffe."

„Das sehen wir dann, wenn es soweit ist."

Stefan und Peet standen sich gegenüber und sahen sich an.

„Alles o.k. Peet, wollen wir?"

„Dass du dabei so ruhig sein kannst, mir zittern ganz schön die Knie."

„Du bist gut, ich und ruhig dabei sein, mir geht auch gerade der Arsch auf Grundeis."

„Aber du hast wenigstens ein festes Ziel vor Augen."

„Das Ziel ist, die Mannschaft da vorn frei zu bekommen."

„Ja und das möglichst ohne Verluste auf unserer Seite."

„O.k. dann los."

Sie nahmen die kleine Taschenlampe des Piraten mit.

Peet öffnete vorsichtig die Tür. Draußen war immer noch alles sehr ruhig, nichts deutete darauf hin, dass Piraten an Bord waren.

Leise schlichen die beiden durch den Frachtraum in Richtung Brücke. Peet kannte hier jeden Quadratzentimeter Boden. So gelangten sie ohne Schwierigkeiten bis zur Treppe, die zur Brücke hinauf führte.

Ein schwacher Lichtschein fiel vom oberen Vorraum der Brücke zu ihnen hinunter. Auch dort oben war niemand zu sehen.

Allem Anschein nach, hielten die Piraten die Führungsmannschaft im geschlossenen Brückenraum gefangen, um sie sicher bewachen zu können. Wahrscheinlich war der Plan, die Führungsmannschaft als Geisel zu nehmen, um vor dem Rest der Mannschaft sicher zu sein.

Vorsichtig nach oben schauend, schlichen sie die Treppen hoch. Dort gab es eine Schwierigkeit: Der obere Ausgang der Treppe lag voll im Lampenschein. Sie mussten sich also auf allen Vieren bis in den Schattenbereich hinein bewegen. Vorsichtig, immer die Brückentür im Auge, krochen Peet und Stefan bis in den Schatten. Dort angekommen, richteten sie sich langsam auf.

Tatsächlich konnten sie von hier aus unbemerkt den gesamten Raum der Brücke einsehen.

Am Ruder, in der Mitte des Raumes, stand der Kapitän und neben ihm einer der Piraten mit einer Pistole in der Hand, die er dem Kapitän in den Rücken hielt. Er sprach mit dem Kapitän, wahrscheinlich gab er Anweisungen für einen neuen Kurs.

Ein zweiter Pirat stand dicht an der Tür vor ihnen und hielt ebenfalls eine Pistole in der Hand, mit der er auf die anderen zielte, die offensichtlich dort auf dem Boden saßen.

Auch diese beiden Piraten schienen noch sehr jung zu sein. Stefan schätzte sie auf höchstens zwanzig Jahre.

Offensichtlich waren wirklich nur diese drei Piraten an Bord.

„O.k. Stäff, was nun?"

„Also der hier vorn steht sehr günstig, aber der neben dem Kapitän, der macht mir Sorgen."

„Wie stellst du dir das vor, wie wollen wir da reinkommen?"

„Pass auf, wir machen das folgendermaßen, da drüben auf der anderen Seite der Brücke ist doch auch solch ein Vorraum wie hier."

„Na klar, da sieht es genauso aus wie hier auf dieser Seite."

„O.k., das Zauberwort heißt wieder Überraschung. Einer von uns beiden muss rüber auf die andere Seite. Dann müssen wir gleichzeitig die Türen aufreißen, der hier vorn bekommt dann gleich einen Schlag mit dem Kolben des Gewehres, der steht dafür sehr günstig. Da drüben sind es ja auch nur drei, vier Meter, das müsste zu schaffen sein, wenn wir annehmen, dass das keine Profis sind."

Peet machte ein bedenkliches Gesicht.

„Wenn wir annehmen."

„Hast du eine bessere Idee?"

„Nein, hab' ich nicht."

„Das muss alles super schnell gehen, dann haben wir gute Chancen, dass es gelingt."

„O.k., und wer geht rüber?"

„Na ja, du wolltest die Pistole haben. Der hier auf dieser Seite muss mit dem Gewehrkolben ausgeschaltet werden."

„Nee Stäff, dann lass uns mal lieber tauschen, ich glaube, das auf dieser Seite bekomme ich besser hin."

„O.k., soll mir recht sein. Ich gehe also rüber. Du musst darauf achten, wenn ich drüben angekommen bin, ich schalte dann ganz kurz die Taschenlampe an."

„Gut, wenn du das Lichtzeichen gibst, reiße ich hier die Tür auf und hau' ihm den Kolben an den Kopf."

„Genau, wenn du hier die Tür aufreißt, wird der andere mit Sicherheit in deine Richtung sehen. Dann habe ich eine Sekunde Zeit die drei, vier Meter bis zu ihm zurück zu legen und dann bekommt er meinen Pistolenknauf an den Kopf. Eventuell muss ich auch schießen. Also es könnte durchaus auch Verletzte oder Tote geben."

„Na ja, eine andere Möglichkeit haben wir jetzt wohl nicht mehr."

„Die Alternative wäre abzuwarten. Immerhin haben wir ja auch eine Geisel."

„Ich glaube, um ihre Ziele zu erreichen, würden sie sogar ihren eigenen Mann opfern."

„Damit musst du rechnen. O.k., Peet, ich mach mich jetzt auf den Weg."

„Viel Glück, Stäff, bis gleich."

Stefan ging wieder auf allen Vieren bis zur Treppe. Er tastete sich durch den Frachtraum bis zur gegenüberliegenden Treppe. Der Vorraum auf dieser Seite lag fast ganz im Dunkeln, denn eine der beiden Lampen brannte nicht. So konnte er, fast aufrecht, unbemerkt bis an die Tür zur Brücke gelangen.

Angestrengt schaute Stefan durch die Fenster der Brücke hinüber zu der anderen Seite, wo sich Peet befand. Tatsächlich konnte er ihn schwach dort drüben im Schatten stehen sehen.

Dann ging alles sehr schnell, nur für Stefan verlief wieder alles wie in Zeitlupe.

Stefan gab das Lichtzeichen. Sofort riss drüben Peet die Tür auf, er hatte das Gewehr wie eine Lanze erhoben und traf den überraschten Piraten, der sich im selben Moment in dem die Tür aufging, zu ihm umdrehte, voll ins Gesicht. Er taumelte, konnte sich aber abfangen, da traf ihn Peet ein zweites Mal, er sackte zusammen.

Eine halbe Sekunde, nachdem Peet die Tür aufgerissen hatte, riss auch Stefan die Tür auf und stürmte auf den zweiten Piraten zu. Der war schneller als der erste und drehte sich sofort zu Stefan. Im selben Moment schoss er auf ihn, die Kugel verfehlte Stefan nur knapp. Stefan blieb keine andere Wahl, als ebenfalls zu schießen, aber auch er verfehlte den Piraten. Bevor der wieder auf Stefan zielen und ein zweites Mal abdrücken konnte, traf ihn der Gewehrkolben von Peet, der geradezu herüber geflogen war, mit voller Wucht am Kopf. Auch er sackte zusammen. Der Kapitän hatte sich, noch während Peet seine Tür aufriss, geistesgegenwärtig auf den Boden geworfen.

In der Ecke am Boden saßen gefesselt der Doc, der Boss und der Maschinist. Sogar das Monster hatten sie gefesselt und danebengelegt.

Wieder war es der Kapitän, der als erster reagierte. Er nahm sofort den am Boden liegenden Piraten die Waffen ab und sicherte sie mit einer Pistole in der Hand.

„Macht die anderen los", sagte er zu Peet und Stefan.

Mit den Füßen schoben sie die beiden Piraten zusammen, die immer noch benommen waren und kaum in der Lage, sich zu wehren.

Vom Beginn der Aktion bis zu diesem Zeitpunkt, war höchstens eine halbe Minute vergangen.

Dem Kapitän und den anderen stand noch der Schreck ins Gesicht geschrieben. Ganz allmählich fanden sie ihre Sprache wieder.

„Mensch Männer, was bin ich froh, euch zu sehen. Was ist mit dem dritten Piraten, habt ihr den dingfest machen können?" fragte der Boss.

„Ja, der liegt fein verschnürt drüben in unserer Kajüte. Stäff hat ihn mit einem ordentlichen Tritt ins Hinterteil mit dem

Kopf gegen die Bordwand geknallt. Pierre bewacht ihn", schilderte Peet die Vorgänge.

„Hey liegenbleiben", das war der Kapitän, der die beiden am Boden liegenden Piraten sicherte. Die kamen allmählich wieder zu sich.

Sogleich machten sich Stefan und Peet daran, die Piraten mit Gurten zu fesseln.

„Wir müssen wieder auf Kurs gehen", sagte der Boss zum Kapitän. Der begab sich gleich ans Ruder, um den richtigen Kurs wiederaufzunehmen.

Stefan gewann den Eindruck, als wäre es der Boss, eigentlich ja nur erster Offizier, der hier das Sagen hatte.

Stefan ging zu Peet: „Danke Mann, du hast mir das Leben gerettet. Du warst ja wahnsinnig schnell."

„Ich glaub', ich kann dich jetzt ganz gut verstehen, das lief bei mir auch ganz automatisch ab. Zum Überlegen war ja auch keine Zeit."

„Jetzt weißt du, wie es mir in solchen Momenten geht. Danke nochmal."

„Keine Ursache, du hättest doch genauso gehandelt."

Allmählich ließ die Schockstarre nach, die alle auf der Brücke befallen hatte. Auch die Piraten schienen wieder bei Sinnen zu sein, sie wanden sich und fluchten in ihrer Sprache, aber sie waren gut verschnürt.

Der Doc und der Maschinist kamen zu Peet und Stefan, schüttelten ihnen die Hände und konnten kaum Worte finden.

„Bringt erstmal das Monster wieder in seine Koje, ich glaube, dem geht es wieder schlechter," befahl der Boss.

Das Monster schaute mit einem irren Blick aus der Wäsche und schien gar nicht so recht zu begreifen, was um ihn herum geschah. Der Doc und der Maschinist trugen ihn wieder ins Krankenzimmer.

Als die beiden wieder da waren, holte der Boss eine Flasche Rum aus einem der Schränke und reichte sie zuerst Peet: „Komm, nimm einen Schluck, danke für euer schnelles und effektives Handeln, das hat uns sehr viel Zeit und Ärger erspart und vielleicht sogar unser Leben gerettet", er gab die Flasche weiter an Stefan, nachdem Peet einen kräftigen Schluck genommen hatte.

„Hört mal, ich habe immer noch ein komisches Gefühl bei dieser ganzen Geschichte", sagte Stefan, nachdem sich alle wieder besonnen hatten.

„Wieso, wir haben die doch unschädlich gemacht, von denen geht keine Gefahr mehr aus", bemerkte der Boss.

„Nein, von denen nicht, aber die sind doch mit Sicherheit mit einem Boot gekommen, und wissen wir, ob in dem Boot nicht noch welche warten?"

„Nein, das wissen wir nicht, aber wir fahren immer noch volle Geschwindigkeit und ich denke, wenn die mit einem kleinen Boot mit Außenborder gekommen sind, können sie wohl kaum mit uns mithalten."

„Hm, ich glaube was ganz Anderes. Ich bin vorhin durch ein Geräusch aufgewacht. Das hörte sich an, als wenn ein metallischer Gegenstand gegen die Bordwand schlug."

„Was könnte das gewesen sein?"

„Das war so ein trockenes ‚klock'. Ich hab' sowas früher schon mal gehört, als wenn man einen starken Magneten auf eine Metallplatte schnappen lässt. Ich fürchte, dass wir deren Boot im Schlepptau haben, und es könnte sein, dass da noch welche drin sind, die nur auf ein Zeichen von denen hier warten."

„O.k., das müssen wir checken."

„Wo sind die denn überhaupt hier hoch an Bord gekommen, die müssen ja irgendwo ein Seil oder eine Strickleiter angebracht haben."

Sie begaben sich nach draußen und suchten die Reling ab. Tatsächlich hing mittschiffs ein Seil an der Bordwand. Der Boss hatte einen starken Handscheinwerfer dabei und leuchtete hinunter. Einige Meter unter ihnen trieb in der Tat ein Schlauchboot mit Außenborder neben ihnen her, aber niemand war mehr in dem Boot. Also waren es wohl wirklich nur die drei Piraten.

„Wir müssen trotzdem das ganze Schiff durchsuchen, ob sich nicht doch noch welche irgendwo versteckt haben", gab der Boss zu bedenken.

„O.k. Boss, das übernehmen wir. Wir wecken jetzt die anderen und dann machen wir volle Beleuchtung und suchen jeden Winkel ab", sagte Peet.

Peet und Stefan gingen zurück zu ihrem Quartier, wo Pierre immer noch den Piraten bewachte. Der lag noch so da, wie sie ihn verlassen hatten.

„Na endlich, da seid ihr ja wieder. Ist alles glattgegangen?", empfing er sie.

Sie gaben Pierre eine kurze Schilderung dessen, was drüben geschehen war.

„O.k., dann kann ich mich ja wieder verdünnisieren", sagte Pierre und verschwand wieder in sein Quartier.

Stefan wollte ihn zurückhalten, damit er sich an der Durchsuchung des Schiffes beteiligen sollte.

„Lass' ihn gehen, dann bekommen wir nachher pünktlich unser Frühstück. Zum Schlafen kommen wir eh nicht mehr", warf Peet ein.

Stefan ließ ihn gehen und begab sich mit Peet in die anderen Kajüten, um die Männer zu wecken. Er ließ sie im Aufenthaltsraum zusammenkommen und erklärte ihnen, was geschehen war.

Es dauerte eine ganze Weile, bis alle begriffen hatten, worum es ging. Peet teilte die Männer in kleine Gruppen ein und wies ihnen bestimmte Bereiche zu, die sie durchsuchen sollten.

Alle Lichter auf dem Schiff wurden angemacht und jeder von den Männern bekam eine starke Taschenlampe, damit sie wirklich jeden Winkel des Schiffes untersuchen konnten.

Zwei Männern befahl Peet den gefesselten Piraten aus ihrer Kajüte nach vorn zu den anderen beiden zu bringen.

Peet und Stefan gingen ebenfalls wieder nach vorn auf die Brücke.

„He ihr beiden, nochmal danke für euren mutigen Einsatz, das hat uns eine Menge Ärger erspart", begrüßte sie der Boss, „wir müssen noch das Schlauchboot der Piraten loswerden. Ich glaube, dazu müssen wir unser Schlauchboot von der Rampe aus starten um dahin zu kommen."

„Nein, ich denke, das bekommen wir anders hin", warf Stefan ein, „also, wenn ich das Geräusch von vorhin richtig interpretiert habe, hängt das Schlauchboot an einem Magneten an unserer Bordwand."

„Ja und, wie willst du das lösen?"

„Lass uns mal nachsehen, ich denke, da kommen wir mit einer Stange dran."

„Wenn das ginge, wäre das natürlich super, dann brauchen wir die Rampe nicht runterlassen."

Sie gingen an die Reling, von wo aus sie das Schlauchboot der Piraten entdeckt hatten.

Draußen war es schon fast hell geworden. Mit einem starken Scheinwerfer leuchteten sie hinunter. Peet hatte eine lange Stange mit einem Enterhaken an der Spitze in der Hand.

„Siehst du, da ist der Magnet und da oben drauf ist der kleine Hebel. Mit dem kann man die Pole umschalten, dann löst sich der Magnet."

Mit dem Enterhaken stach Peet mehrmals in das Schlauchboot. Nach einigen Versuchen gelang es ihm, den kleinen Hebel an dem Magneten umzulegen. Sofort löste sich der Magnet, klatschte ins Wasser und zog das Schlauchboot, das schon eine Menge Luft verloren hatte, in die Tiefe.

„O.k., das sind wir los - und was wird jetzt mit den Piraten?" fragte er den Boss.

„Die werden wir in der nächsten Nacht den Leuten übergeben, die die restlichen Kisten abholen. Sollen die zusehen was sie mit denen machen," antwortete der.

„He Stäff, du bist ganz schön mutig und auf Draht. Wir werden dich noch brauchen für eine Sondermission." Das war die tiefe Brummstimme vom Doc, der sich unbemerkt zu der kleinen Gruppe gesellt hatte.

Stefan drehte sich erschrocken zu ihm um.

„Sondermission? Was für eine Sondermission?"

„Wenn wir das Monster von Bord bringen. Er wird hier an Bord nicht mehr zu gebrauchen sein."

„Das tut mir leid, es war nicht meine Absicht, ihn so stark zu verletzen. Wann und wo wird das sein?"

„Das dauert noch eine Weile, wir sagen dir das dann rechtzeitig."

„O.k., das kriegen wir hin."

Stefan und Peet machten noch einen Kontrollgang durch das ganze Schiff und begaben sich, nachdem die Durchsuchungsaktion abgeschlossen war, wieder in ihre Kajüte.

„Irgendwie ist auf dieser Reise alles anders. Irgendwie hast du alles durcheinandergebracht." Mit diesen Worten ließ sich Peet auf seine Koje fallen.

„He, was kann ich denn dafür?"

„Ich weiß auch nicht, aber irgendwie mischst du hier alles auf. Eigenartiger Weise geht immer alles gut aus."

„Hm, anscheinend ziehe ich das Unglück förmlich an."

„Und kehrst es dann ins Gegenteil um."

„Na, ich weiß nicht, ob das für das Monster gerade glücklich ausgegangen ist?"

„Na ja, für das Monster nicht und für die Piraten auch nicht, aber für den Rest der Mannschaft. Sieh dir doch nur mal die Deppen an, die sind, seit das Monster nicht mehr bei ihnen ist, richtig gut drauf."

„Ja das stimmt, die sind teilweise richtig fröhlich."

„Also machen wir uns keine Sorgen, mit dir an Bord wird alles gut", Peet wurde immer leiser. Als er den Satz zu Ende hatte, war schon wieder sein vertrautes Schnarchen zu hören.

Stefans Gedanken schwirrten wiedermal kreuz und quer durch seinen Kopf. Was war bis hierher alles geschehen und was würde die Zukunft noch so alles für ihn bereithalten? Irgendwann schlummerte er darüber ein.

Mit Blei in den Knochen erwachte er, als die Sonne schon strahlend durch ihr kleines Bullauge in die Kajüte schien.

Draußen war schon geschäftiges Treiben zu hören. Auch Peet war nicht mehr da. Stefan ging in den Aufenthaltsraum. Alle saßen schon beim Frühstück.

Als Stefan den Raum betrat, fingen alle spontan an zu klatschen. Stefan wehrte ab, es war ihm peinlich, so im Mittelpunkt zu stehen.

Die Stimmung war prächtig und das Frühstück ebenfalls. Alle ließen es sich schmecken.

Den Tag verbrachten Stefan und Peet wieder an Deck. Sie näherten sich jetzt dem Äquator, was schon deutlich zu spüren war.

Am Abend wurden schon die Vorbereitungen getroffen, in der Nacht die restlichen Kisten auszuladen. So war die Nachtruhe auch nur eine kurze.

193

Die Übergabe der Kisten war wie schon bei der letzten, gut organisiert und lief zügig ab.

Wieder waren bei der Übergabe Uniformierte dabei. Der Boss war dieses Mal mit an die Rampe gekommen, um Kontakt mit dem Kommandierenden aufzunehmen.

Sie sprachen offensichtlich sehr aufgeregt miteinander. Am Ende der Aktion wurden die drei Piraten übergeben. Sie wurden ziemlich unsanft in das Boot befördert.

Als das Boot ablegte, fuhr Peet wie gewöhnlich die Rampe hoch. Sie war noch nicht ganz geschlossen, da waren von draußen drei Schüsse zu hören.

„Sie haben die drei erschossen", sagte Stefan erschrocken.

„Hast du was Anderes erwartet? Die lassen sich ihr Geschäft nicht vermasseln", erwiderte der Boss.

„He, das sind auch Menschen."

„Na und? Bei denen gilt doch ein Menschenleben nichts. Die hätten auch nicht gezögert, uns ins Jenseits zu befördern."

Peet sah Stefan an und zuckte mit den Schultern, als wollte er sagen ‚Mach dir nichts draus, es ist wie es ist'.

Wortlos begaben sie sich in ihre Kajüte, legten sich auf ihre Kojen und versuchten zu schlafen.

Immer wieder hörte Stefan in seinen Gedanken die drei Schüsse und sah dabei die Gesichter der drei Piraten. Sie waren noch so jung.

Indischer Ozean

Es war, wie Peet es angekündigt hatte. Das Wetter war spannend, es wechselte manchmal mehrmals am Tag von heißem Sonnenschein zu starkem Wind mit warmem Regen.

Zwei Tage nach der Begegnung mit den Piraten überquerten sie den Äquator. Stefan war gespannt, ob es bei ihnen an Bord auch so etwas wie eine Äquatortaufe geben würde, aber nichts dergleichen geschah.

Es folgte eine gute Woche auf dem Indischen Ozean in Richtung Südosten. Ganz allmählich wurde das Wetter beständiger. Es war zu spüren, dass auf der Südhalbkugel der Frühling zu Ende ging und der Sommer sich anschickte, die Gemüter zu erwärmen.

Es war schon fast Mitte Dezember.

Für die Mannschaft war es eine Zeit der Entspannung. Die Stimmung war fast wie auf einem Kreuzfahrtschiff. An sonnigen Tagen versammelten sich die Männer an Deck. Sie hatten sich ihre Stühle an Deck geholt und verbrachten fast den gesamten Tag in der Sonne.

Auch Peet und Stefan saßen in der Sonne. Peet war in den letzten Tagen sehr wortkarg. Es kam Stefan vor, als würde er sich in Gedanken mit einem schweren Thema auseinandersetzen. Stefan wollte ihn schon das eine oder andere Mal darauf ansprechen, ließ dann aber immer wieder davon ab, er würde sicherlich irgendwann von allein davon anfangen zu reden.

Auch Stefan war oft in Gedanken. Die Geschichte mit den Piraten beschäftigte ihn immer wieder. Besonders die Tatsache, dass die drei Piraten erschossen worden waren, ließ ihn nicht los.

Die drei hatten eigentlich noch ihr ganzes Leben vor sich gehabt. Manchmal taten sie ihm regelrecht leid und er

195

dachte darüber nach, was sie vielleicht hätten anders machen können. Aber es gab wohl nur diese eine Möglichkeit, um nicht gänzlich in die Hände der Piraten zu fallen.

Stefan versuchte, die Gedanken an die Piraten zu verscheuchen, was ihm aber nur bedingt gelang.

Peet saß mal wieder neben ihm auf seinem Stuhl und sinnierte ebenfalls vor sich hin, er hatte die Augen halb geschlossen. Plötzlich kam ein tiefer Seufzer aus seinem Mund. Stefan blickte erstaunt zu ihm hinüber. Anscheinend war es Peet gar nicht so recht bewusst, dass er geseufzt hatte, er schaute ebenfalls erstaunt zu Stefan.

„Was ist?"

„Das wollte ich dich gerade fragen, was ist mit dir, warum der tiefe Seufzer?"

„Hm, entschuldige, war mir gar nicht so recht bewusst."

„Komm, erzähl schon, du trägst doch seit Tagen etwas mit dir herum."

„So, woran siehst du das?"

„Na, bei dir klicken doch ständig die Relais und manchmal siehst du mich so komisch von der Seite an."

„So, tue ich das?"

„Ja, irgendwas ist doch."

Peet schaute Stefan an, als wolle er in ihn hineinsehen. Er druckste weiter herum.

„Hör zu Peet, wenn du was von mir wissen willst, dann frag mich doch einfach."

„Na ja", druckste er wieder herum „irgendwie werde ich aus dir nicht so ganz schlau."

„Wieso, was meinst du?"

„Na ja, bei dir ist immer alles so … ich weiß gar nicht so recht, wie ich das ausdrücken soll, so … na ja so zielgerichtet."

„Zielgerichtet, was meinst du denn damit?"

196

„Also, wenn ich mir deine letzten Aktionen so anschaue, die Geschichte mit dem Monster und auch die Geschichte mit den Piraten. Du kommst in eine Situation, erkennst anscheinend sofort, was Sache ist, weißt sofort was zu tun ist, und gehst ohne zu Zögern auf dein Ziel los."

„Hm und was ist daran so schwer zu verstehen?"

„Na ja, wie kann man wissen, was in bestimmten Situationen zu tun ist?"

„Keine Ahnung, ich weiß auch nicht immer genau, was zu tun ist, das passiert meist intuitiv, aus dem Gefühl heraus."

„Aber bei dir setzt immer gleich das Handeln ein, du hast immer gleich einen Plan."

„Weißt du, was für mich das Schlimmste ist, was ich überhaupt nicht abkann?"

„Was denn?"

„Rumgeeiere."

„Rumgeeiere, was meinst du denn damit?"

„Na ja, wenn man sich nicht entscheiden kann, was zu tun ist. Wenn man erst groß und breit über die anstehende Situation diskutieren muss und ewig zu keinem Resultat kommt. Wenn ich eine Situation erkannt habe, dann muss ich auch handeln, alles andere hat doch keinen Wert."

„Ja, aber woher willst du wissen, was richtig ist?"

„Wie gesagt, das passiert aus dem Gefühl heraus. Ich weiß auch nicht, aber bisher hat das immer ganz gut gepasst."

„Hast du nie Angst, etwas Verkehrtes zu tun?"

„Wenn überhaupt, dann hinterher. So wie letzte Woche bei den Piraten. Wenn ich geahnt hätte, dass die die gleich erschießen, hätte ich vielleicht anders gehandelt."

„Die Frage ist doch, was gab es für andere Möglichkeiten."

„Genau, in dem Moment habe ich keine andere Möglichkeit gesehen, und deshalb musste auch gleich gehandelt werden. Alles andere hätte doch nur größere Probleme bedeutet."

„Das sehe ich genauso, trotzdem bist du mir immer noch ein Rätsel."

„Hm, kannst du mir das näher erklären?"

„Ich will's versuchen. Erinnerst du dich an unser Gespräch über Gott?"

„Ja, natürlich."

„Bitte versteh' das jetzt nicht falsch, du weißt über Gut und Böse Bescheid, du weißt, dass wir von Gut und Böse beeinflusst werden, aber du hast keine Probleme damit, einen Gegner anzugehen, wenn nötig auch mit massiven Mitteln."

„Das ist es also, was dir Sorgen macht. Du meinst bei meiner Erkenntnis über Gott und über Gut und Böse müsste ich weniger massiv handeln. War ich wirklich so massiv?"

„Na ja, dein Vorgehen gegen das Monster und wie du den Piraten zum Reden gebracht hast, war schon ziemlich heftig."

„Ja, aber was hätte ich denn für Alternativen gehabt?"

Peet kratzte sich am Kopf. „Ja, ist ja richtig, aber vereinbart sich das mit deiner Einstellung zur Gewalt und so weiter?"

„Hm, ich verstehe dein Problem, aber manchmal hat man keine andere Wahl. Ich sehe das so: Wenn ich mit Gewalt angegriffen werde, habe ich auch das Recht, mich mit Gewalt zur Wehr zu setzen. Das vereinbart sich auch durchaus mit meiner Einstellung. Was sich mit meiner Einstellung nicht vereinbaren ließe, wäre wenn die Gewalt von mir ausgehen würde. Meine Einstellung verpflichtet mich nicht dazu, mich zum Spielball der Gewalt machen zu lassen. Da hab' ich keine Skrupel das zu tun, was ich für nötig halte."

„Das sehe ich ja im Grunde genommen genauso. Vielleicht habe ich ja auch mehr ein Problem mit deiner Schnelligkeit und deiner Entschlossenheit zu handeln."

„Na ja, in manchen Situationen ist eine schnelle Entscheidung und eine entsprechende Handlung einfach notwendig. Bei den beiden Situationen, Monster und Piraten, hatte ich nun mal keine lange Zeit zum Überlegen. Aber wenn es die Zeit zulässt, werde ich keine vorschnellen und unüberlegten Handlungen vornehmen."

„Wie war das, als du mit dem Boss in Hamburg gesprochen hattest und er dir angeboten hat, mit nach Neuseeland zu fahren. Hast du dir das genau überlegt? War das nicht so eine vorschnelle Handlung?"

„Ganz ehrlich? Nein das war keine vorschnelle Handlung, das war eindeutig eine Falschinformation vom Boss. Denn wenn der mir gesagt hätte, was hier an Bord abgeht, wäre meine Entscheidung eine andere gewesen. Aber ich muss ihm natürlich zu Gute halten, dass ich in seiner Situation wahrscheinlich genauso gehandelt hätte. Sonst wäre ja das Risiko viel zu groß gewesen."

„Und die Entscheidung, von zu Hause wegzugehen, du hast mir das ja mal kurz geschildert mit deiner Frau und deiner Freundin, war das auch gut überlegt?"

Stefan schaute Peet von der Seite an und machte dabei wohl ein ziemlich gequältes Gesicht.

„Also, du musst jetzt nicht darauf antworten, entschuldige, ich wollte dir nicht zu nahetreten", beeilte er sich zu beschwichtigen.

„Nein nein, ich hab' kein Problem, darüber zu reden. Die Entscheidung, weg zu gehen, ist ja keine endgültige. Die Geschichte mit Manuela und mit den Kindern und dann die Geschichte mit Lisa - ich brauchte halt eine Auszeit, um wieder zu mir selbst zu finden. Ich werde garantiert, wenn ich diese Abenteuerreise hinter mir habe, wieder zurückgehen. Ob es eine Fortsetzung mit Manuela und den Kindern geben wird, steht dabei noch in den Sternen. Sicher ist, dass ich im Moment einen großen Abstand zu meiner

Vergangenheit gewonnen habe. Wie weit das für mein künftiges Leben positiv ist, weiß ich auch noch nicht."

„Das heißt, du musst dich jetzt erst mal neu orientieren. O.k., das hab' ich verstanden."

„Genau. Nochmal, wenn ich gewusst hätte, was mich hier erwartet, hätte ich die Neuorientierung garantiert woanders gesucht."

Der Tag neigte sich gegen Abend, Peet und Stefan saßen noch lange an Deck, genossen die Abendsonne und sprachen mal wieder über Gott und die Welt.

Die Sonne war bereits untergegangen, als sie sich zur Ruhe begaben.

Stefan war in den tiefsten Träumen versunken, als er durch eine Berührung an der Schulter geweckt wurde. Eine tiefe Stimme sprach ihn an. Es dauerte wieder eine Weile, bis er begriff, dass der Doc neben ihm stand. Peet schnarchte in gewohnter Weise.

„He Stäff, aufwachen", sprach ihn der Doc mit seiner tiefen Stimme leise an.

„Was ist los?"

„Ich hab' dir doch gesagt, dass wir nochmal deine Hilfe brauchen." Der Doc sprach in einem sehr freundlichen Ton mit ihm.

„O.k., und das ist jetzt, mitten in der Nacht?"

„Ja jetzt ist der günstigste Zeitpunkt. Wir werden das Monster jetzt an Land bringen. Steh auf und nimm deine Jacke mit, draußen könnte es ein wenig windig sein. Wir treffen uns an der Rampe."

„O.k., ich mach mich nur noch ein wenig frisch, bin gleich bei euch."

Stefan stand leise auf und ging ins Bad, machte sich ein wenig frisch, zog seine Jacke an und ging in Richtung

Rampe. Den Weg dorthin konnte er bereits im Dunklen finden.

An der Rampe angekommen, sah er, dass das Monster bereits in einem größeren Schlauchboot saß. Es war ein Boot mit zwei großen Außenbordmotoren, im vorderen Drittel des Bootes war ein kleiner Kommandostand mit Steuereinheit. Es war so ein ähnliches Boot, wie die Schmuggler es hatten bei ihrer ersten Übernahme der Kisten im Atlantik.

Der Doc und der Maschinist saßen dort an der Steuereinheit, das Monster saß an der Seite und schaute Stefan mit leerem Blick entgegen, als der ins Boot kletterte. Die Motoren liefen bereits im Leerlauf.

„Setz dich gegenüber vom Monster hin und behalt ihn im Auge", sagte der Doc.

„O.k., wo bringen wir ihn denn hin?"

„Später", entgegnete der Doc kurz.

Der Maschinist, der offensichtlich das Boot steuerte, gab Gas, und sie fuhren in einem großen Bogen seitlich vom Schiff weg.

Die Nacht war ziemlich dunkel, es war sehr bewölkt. Nur hin und wieder waren am Himmel ein paar Sterne zu sehen. Die Luft war zwar warm, aber der Fahrtwind war aufgrund der Geschwindigkeit doch sehr kräftig. Stefan war froh, dass er seine Windjacke anhatte.

Der Maschinist gab ordentlich Gas.

Irgendwie war Stefan wieder einmal ziemlich mulmig. Wieder ging es ins Ungewisse. Er musste unbedingt etwas mehr über ihr Ziel erfahren.

„He, könnt ihr mir mal erklären, wo es hingeht?" rief er den beiden am Steuer zu.

Der Doc winkte nur kurz in seine Richtung ab und unterhielt sich offenbar intensiv mit dem Maschinisten.

Ein ungutes Gefühl machte sich in Stefan breit, so freundlich wie ihn der Doc geweckt hatte, schien er jetzt nicht mehr zu sein. Der Maschinist hatte Stefan mit keinem Blick gewürdigt, als er in das Boot stieg.

Die ganze Situation kam ihm äußerst merkwürdig vor. Das Monster saß ihm gegenüber und schien von dem allen was hier gerade geschah, nichts mitzubekommen, er schaute nach wie vor mit leerem Blick drein. Offenbar hatte er durch den Schlag von Stefan gegen seinen Kopf einen bleibenden Schaden zurückbehalten.

Stefan grübelte darüber nach, wo sie ihn wohl hinbringen würden. Es musste ja wohl ein Platz sein, an dem er eine gewisse Versorgung bekommen könnte, denn allein würde er sicherlich nicht zurechtkommen. Aber wie passt das alles zusammen? Die ganze Aktion hatte etwas von einer Geheimmission an sich. Warum redeten die beiden da vorn nicht mit ihm?

Stefan unternahm erneut einen Versuch, Näheres zu erfahren. Er rutschte auf seinem Sitz in Richtung der beiden am Steuer.

„He Leute, sagt mir endlich, was hier los ist. Wo fahren wir hin?"

„Du sollst das Monster im Auge behalten, habe ich dir gesagt", schnauzte ihn der Doc an. Sämtliche Freundlichkeit war aus seinem Ton geschwunden. Auch der Maschinist blickte mit bösem Gesicht über seine Schulter zu Stefan.

Das mulmige Gefühl verstärkte sich noch einmal beträchtlich.

„So könnt ihr mit mir nicht umgehen, sagt mir endlich, was hier los ist", bohrte er weiter.

Der Doc drehte sich halb zu ihm um, seine Stimme klang jetzt drohend.

„Halt endlich die Klappe, du wirst noch früh genug erfahren, was los ist."

„Nein damit gebe ich mich nicht zufrieden. Wo bringt ihr das Monster hin? Ihr müsst ihn doch wohl irgendwo hinbringen, wo jemand sich um ihn kümmern kann. Der kann doch nicht allein."

„Halts Maul, wir sind noch eine ganze Weile unterwegs, und jemanden der sich um ihn kümmern wird haben wir schon."

„Nein ich halte mein Maul nicht. Was soll das heißen, ihr habt schon jemanden der sich um ihn kümmert?"

„Was glaubst du wohl, weshalb wir dich mitgenommen haben", rief der Maschinist dazwischen.

„He, das könnt ihr vergessen, ich werde mich nicht mit dem abgeben."

„Das wirst du wohl kaum verhindern können", antwortete der Doc.

Stefan war schockiert über diese Antwort. Im Moment blieb ihm jede weitere Frage im Halse stecken.

Was hatten die beiden vor? Wollten sie das Monster zusammen mit ihm etwa irgendwo an Land aussetzen?

Er sah hinüber zum Monster. In der Dunkelheit konnte er nicht viel erkennen, und wegen des Wellengangs konnte er nicht hinüber zu ihm gelangen, er musste sich schon ziemlich gut festhalten, um einigermaßen gut sitzen zu bleiben.

Sie waren jetzt eine gute Stunde unterwegs und die Wolken rissen ein wenig auf, so dass Stefan etwas besser sehen konnte, was um ihn herum geschah.

Jetzt konnte Stefan erkennen, dass sie das Monster auf seinem Sitz festgeschnallt hatten. Neben ihm auf dem Sitz sah er etwas Metallisches, konnte aber zunächst nicht erkennen was es war. Dann sah er, dass es wohl eine Kette war, die dort neben dem Monster lag. Jetzt entdeckte er, dass das Monster um sein Handgelenk so etwas wie ein Armband hatte, es hatte die Form einer Handschelle.

Allmählich dämmerte es Stefan, wahrscheinlich wollten sie ihn mit dem Monster zusammenketten und sie beide dann irgendwo an Land setzen.

Die Gedanken in Stefan fuhren mal wieder Achterbahn. Er zwang sich zur Ruhe. Er musste auf jeden Fall verhindern, dass sie ihn mit dem Monster zusammenketten würden.

Er war wieder bis in den letzten Muskel angespannt. Peet hätte jetzt wohl gesagt ‚du hast wieder diesen Gesichtsausdruck'.

Stefan musste an Peet denken. Ob der wohl gewusst hatte, was die vorhaben? Sicherlich nicht, sonst hätte er ihm einen Hinweis gegeben. Soweit meinte er, Peet schon zu kennen. Ob er ihn jemals wiedersehen würde?

Es dauerte eine ganze Weile, bis seine Gedanken wieder einigermaßen rational zu arbeiten begannen.

Er überdachte seine momentane Situation. Seine sämtlichen persönlichen Sachen befanden sich noch auf dem Schiff. Das einzige, was er bei sich trug, war eine Schachtel mit einigen Zigarillos, ein kleines Feuerzeug und sein Taschenmesser. Er hatte schon seit vielen Jahren solch ein Schweizer Offiziersmesser in der Tasche. Das war jetzt sein einziger Besitz.

Immer noch fuhr das Schlauchboot mit unverminderter Geschwindigkeit in die Nacht hinein. Stefan wusste weder, wo sie sich befanden, irgendwo auf dem Indischen Ozean, noch wo sie hinfuhren.

Er würde sich also ohne Papiere durchschlagen müssen, um irgendwo auf diesem Globus zu einer deutschen Botschaft zu gelangen.

Zunächst musste er sich allerdings darauf konzentrieren, wenn sie an Land kamen, nicht mit dem Monster zusammengekettet zu werden.

Es vergingen wohl weitere anderthalb bis zwei Stunden, in denen das Schlauchboot mit gleichbleibender Geschwindigkeit fuhr.

Ab und zu konnte Stefan einen kurzen Blick auf das Steuerpult werfen. Dort war ein kleiner Monitor zu sehen, der offensichtlich zu einem GPS Gerät gehörte.

Irgendwann wurde das Schlauchboot langsamer, die Motoren liefen nicht mehr mit Vollgas.

Stefans Gedanken kreisten jetzt darum, wie er verhindern konnte, mit dem Monster an Land zusammengekettet zu werden. Was würde passieren, wenn er nach dem Verlassen des Schlauchbootes in die Nacht hinauslaufen würde? Hätten die beiden vielleicht Waffen dabei und würden auf ihn schießen? Er konnte nichts dergleichen erkennen, musste aber auf jeden Fall damit rechnen. Die Anspannung verstärkte sich noch mehr.

Das Schlauchboot verlangsamte weiter das Tempo und fuhr eine Kurve.

Angestrengt schaute Stefan in die Richtung, in die auch die beiden am Steuer blickten. Er konnte schwach in der Dunkelheit eine noch dunklere Linie erkennen. Offenbar fuhren sie nicht weit von einer Küste entfernt. Je näher sie dem Land kamen, umso besser konnte Stefan erkennen, dass sie an einem schmalen Strand mit einer kurz dahinterliegenden Böschung fuhren.

Anscheinend suchten die beiden am Steuer einen günstigen Platz, an dem sie an Land gehen konnten.

So fuhren sie einige Male an der Küste hin und her. Der Doc und der Maschinist schauten angestrengt in Richtung Land. In Stefan entstand ein Entschluss: Er würde sich bei der nächsten Wendung, wenn er auf seiner Seite in Richtung offenes Meer saß, unbemerkt ins Wasser rutschen lassen. Die beiden waren so damit beschäftigt, einen guten Landeplatz zu finden, dass sie sein Verschwinden zunächst gar nicht bemerken würden. Er müsse nur möglichst geräuschlos vorgehen.

Unbemerkt von den beiden am Steuer, setzte Stefan sich oben auf den Rand des Bootes. Es dauerte eine Weile, bis das Boot wieder einmal wendete. Obwohl das Monster scheinbar nichts so richtig mitbekommen hatte, schien er die Absicht von Stefan erkannt zu haben und brummelte ziemlich laut vor sich hin. Aber das Motorengeräusch war doch zu laut, als dass er von den beiden gehört werden konnte.

Langsam, immer die beiden am Steuer im Blick behaltend, schwenkte er die Beine über den Rand und ließ sich dann, als sie nicht weit entfernt von einer Ansammlung größerer Steine waren, möglichst gerade und ohne viel zu spritzen, ins Wasser gleiten.

Die beiden am Steuer bemerkten davon tatsächlich nichts, nur das Gebrummel des Monsters wurde etwas lauter.

Stefan tauchte sofort unter. Das Wasser war zwar im ersten Moment ziemlich kalt, aber nach kurzer Zeit war es recht erträglich. Seine Kleidung sog sich voll und machte ihm das Schwimmen unter Wasser schwer.

Mit Mühe und Anstrengung gelang es ihm bis zur Spitze des Steinhaufens zu tauchen, dort tauchte er dann vorsichtig Deckung suchend auf. Das Schlauchboot war schon ein ganzes Stück von ihm entfernt. Stefan hielt sich an den Steinen fest, bereit wieder abzutauchen, wenn das Boot zurückkommen würde.

Es dauerte nicht lange, und das Boot kam zurück. Sie hatten offensichtlich sein Verschwinden bemerkt, denn sie fuhren jetzt dichter am Ufer entlang und leuchteten mit einem starken Scheinwerfer das Ufer ab. Wahrscheinlich vermuteten sie, dass Stefan so schnell wie möglich an Land gehen würde.

Stefan blieb im Wasser, dicht an die Steine gepresst. Das Schlauchboot fuhr mehrmals an ihm vorbei. Da er sich an der Spitze des Steinhaufens befand, konnte er jeweils in den Schattenbereich abtauchen, so dass der Scheinwerfer ihn nicht erfasste.

Er konnte erkennen, dass der Maschinist eine Pistole in der Hand hatte und der Doc den Scheinwerfer führte. Sie sprachen aufgeregt miteinander, deuteten mal in diese, mal in jene Richtung. Offenbar waren sie sich uneinig darüber, in welche Richtung Stefan vermutlich abgehauen war.

Solange das Schlauchboot immer wieder vorbeifuhr, war der Platz im Wasser an dem Steinhaufen der sicherste für Stefan. Er blieb an diesem Platz. Da er sich wenig bewegte, wurde ihm allmählich kalt, und er hoffte, dass die beiden ihre Suche bald aufgeben würden.

Tatsächlich entfernten sie sich nach einiger Zeit. Stefan vermutete, dass es, wo ein Steinhaufen ins Meer ragte, auch weitere geben würde, und schwamm in die entgegengesetzte Richtung. Und richtig, es dauerte nicht lange, bis er den nächsten Steinhaufen erreichte. Wieder verharrte er eine ganze Weile in dessen Schatten und machte sich dann auf zum nächsten.

So gelang es ihm, sich immer weiter von dem Schlauchboot zu entfernen. Allmählich fasste er den Mut, sich an Land zu wagen. Er tastete sich an den Steinen entlang, bis er Boden unter seinen Füßen spürte.

Langsam tastete er sich aus dem Wasser, bis er über den Steinhaufen in die Richtung blicken konnte, in der die anderen verschwunden waren.

Hin und wieder sah er in der Ferne den Scheinwerfer aufleuchten. Anscheinend waren die beiden dabei, das Monster an Land zu bringen.

,Die können den doch da nicht so einfach an den Strand legen', dachte Stefan.

207

Er nahm sich vor, bei nächster Gelegenheit nach dem Monster zu sehen, aber erstmal musste er sich selber in Sicherheit bringen.

Es dauerte wieder eine ganze Weile, bis er in der Ferne die Motoren des Schlauchbootes hörte.

Offenbar hatten sie ihre Aufgabe erledigt und begaben sich auf die Rückfahrt zum Schiff.

Erst jetzt wagte sich Stefan ganz an Land und versuchte, seine Umgebung zu erkennen.

Er war an einem Strand gelandet, der ca. zwanzig Meter breit war und dann an eine etwa zehn Meter hohe Böschung grenzte. Die Böschung war mit kniehohen Büschen bewachsen.

Auf allen Vieren kroch Stefan zwischen den Büschen die Böschung empor. Der Sand unter ihm war recht warm.

Oben angekommen, sah er in der Dunkelheit nichts weiter als diese kniehohen Büsche um sich herum.

‚Ich muss unbedingt aus den nassen Klamotten raus', dachte er.

Ein ganz leichter, recht warmer Wind umwehte ihn.

Stefan zog sich ganz aus, legte seine Kleidung auf die Büsche und legte sich dann in den warmen Sand.

Der warme Sand und die kniehohen Büsche boten ihm den nötigen Schutz, so dass ihm allmählich wieder warm wurde.

Er hoffte, dass seine Kleidung durch den warmen Wind schnell trocknen würde und er sich dann wieder anziehen konnte.

Jetzt lag er dort zwischen den Büschen, die Sterne über ihm leuchteten und er wusste nicht wo er war. Eine erste Orientierung würde ihm erst möglich sein, wenn es hell würde.

Der warme Sand und die Aufregung der letzten Stunden machten sich bemerkbar, er schlief erschöpft ein.

Gestrandet

Obwohl die Nacht relativ warm war und nur ein schwacher milder Wind ging, wachte Stefan nach einiger Zeit völlig durchgefroren wieder auf.

Es begann gerade Tag zu werden, die ersten Sonnenstrahlen warfen ihr schwaches Licht durch die flachen Büsche, unter denen er sich sein Nachtlager eingerichtet hatte.

Sein Mund war ausgetrocknet, er versuchte mit intensiven Kaubewegungen dem entgegen zu wirken, was ihm nach anfänglichen Schwierigkeiten auch gelang.

Stefan tastete nach seiner Kleidung. Er hatte seine Sachen über sich auf die kniehohen Büsche gelegt. Der warme, schwache Wind hatte sie bereits wieder getrocknet, nur die Schuhe waren noch nass und die Jeans oben am Bund war noch feucht.

Stefan zog sich wieder an und versuchte sich dann mit einigen abgebrochenen Zweigen zu bedecken.

Noch einmal übermannte ihn die Müdigkeit und er fiel wieder in einen unruhigen, traumlosen Schlaf.

Erneut wurde er geweckt, dieses Mal schnüffelte irgendein Tier an ihm herum. Es musste wohl eine Maus oder Ähnliches sein. Stefan konnte aber nichts entdecken.

Wieder plagte ihn ein ausgetrockneter Mund und fürchterlicher Durst.

Allmählich wurde ihm seine missliche Lage in vollem Umfang bewusst. Reglos blieb er am Boden liegen und versuchte seine Gedanken zu ordnen.

Er dachte daran, wie er jetzt eigentlich auf dem Schiff mit Peet und Pierre beim Frühstück sitzen und sich die frischen Brötchen und den Kaffee schmecken lassen würde. Seine Gedanken wollten ihm noch nicht so recht gehorchen. Das

Gefühl, verraten und ungerecht behandelt worden zu sein, mischte sich mit melancholischen Gefühlen.

Mit Gewalt riss er sich davon los.

„Es hilft mir nichts an das zu denken, was ich nicht habe, ich muss mich mit dem beschäftigen, wo ich bin und was ich habe", sagte er zu sich selbst.

Also Bestandsaufnahme machen.

Seine Jacke lag über ihm auf den Büschen, darin war gar nichts.

Stefan fasste in seine Hosentaschen. In der rechten Tasche hatte er immer sein Taschenmesser. Ein Griff hinein bestätigte, es war noch da.

Er griff in die linke Tasche, dort befanden sich neben zwei durchweichten Papiertaschentüchern seine Zigarillos in einer schmalen, flachen Blechschachtel und ein Minifeuerzeug.

‚Na, wenigstens habe ich etwas zu rauchen, aber die Zigarillos sind wohl auch durchgeweicht und ob das Feuerzeug noch funktioniert?'

Er holte beides heraus und öffnete die Blechschachtel. Drei Zigarillos waren noch darin und das in der Mitte, war noch relativ trocken. Auch das Feuerzeug funktionierte noch.

Das war also alles, was er zurzeit besaß, ein Taschenmesser, ein Feuerzeug und eine Blechschachtel.

‚Na, das kann ja heiter werden', dachte er bei sich ‚und wo bin ich?'

In den letzten Tagen auf dem Schiff stand Stefan hin und wieder vor der großen Weltkarte im Aufenthaltsraum. Er versuchte sich dann vorzustellen wo sie sich wohl gerade befanden. Die Richtung, in die sie fuhren, war ihm schon einigermaßen klar. Durch den Stand der Sonne, wo sie aufging und wo sie unterging, war die Richtung ganz gut zu erkennen. Aber wo auf dieser Linie sie sich gerade befanden, wusste er nicht.

Wie schnell fährt so ein Schiff? Einige Tage hatten sie wenig Fahrt gemacht, weil vor ihnen in der Ferne ein ziemliches Unwetter niederging. Eine ganze Nacht lang hatten sie wohl mehr oder weniger auf einem Fleck verharrt, jedenfalls liefen die Maschinen mit minimaler Drehzahl.

Wie weit sie also auf ihrer Fahrt nach Neuseeland schon gekommen waren, blieb im Moment völlig offen.

Stefan konnte also nicht erahnen, ob sie ihn und das Monster auf einer Insel abgesetzt, oder ob sie vielleicht schon das australische Festland erreicht hatten. Oder waren sie doch schon weiter, vielleicht in Tasmanien oder sogar schon in Neuseeland?

Die Gedanken kreisten, alles war möglich. Er musste also versuchen, sich ein Bild von der Umgebung zu machen, um zu erfahren wo er sich befand.

Stefan setzte sich auf und schaute um sich. Ringsherum, soweit er sehen konnte war dieser niedrige Buschbestand.

Er befand sich offenbar in einer Gegend, die in sanften Hügeln ausschließlich mit dieser Vegetation bewachsen war.

In einigen hundert Metern Entfernung sah Stefan einen Streifen mit etwas höheren Büschen, die dann in einer Senke zu verschwinden schienen.

Vielleicht befand sich dort eine Wasserstelle oder ein Bach oder so etwas in der Richtung. Er nahm sich vor, dort hin zu gehen.

In noch weiterer Entfernung sah Stefan plötzlich eine Staubwolke auftauchen, die sich in Richtung Norden bewegte. Offenbar gab es dort eine Straße oder eine Sandpiste, auf der sich gerade ein Fahrzeug bewegte. Solche Bilder kannte er aus dem Fernsehen.

Ein Funken Hoffnung machte sich in Stefan breit, vielleicht war er ja tatsächlich auf dem australischen Festland. Dann sollte es doch wohl möglich sein, sich aus dieser misslichen Lage relativ gut befreien zu können.

Zunächst wollte Stefan sich allerdings ein Bild davon machen, wo sie das Monster abgesetzt hatten. Es war ihm nicht egal, denn so ein wenig fühlte er sich für dessen Zustand doch verantwortlich. Wenn er sich auch mit Händen und Füßen dagegen gewehrt hatte, mit ihm zusammen an Land gebracht zu werden, musste er sich doch Klarheit darüber verschaffen, wie es ihm ging.

Stefan band sich seine Jacke um die Hüfte, steckte sich seine Socken in die Hosentaschen, nahm seine noch feuchten Schuhe in die Hand und ging geduckt den Weg zurück, den er in der Nacht zu diesem Platz gekommen war. Seine Spuren waren noch deutlich zu erkennen.

Als er an der Stelle angekommen war, wo er die Böschung hoch gekommen war, verharrte er und blickte die Küste entlang. Sie verlief von Nord nach Süd, was in seiner Erinnerung an die Weltkarte für die Westküste des australischen Festlands sprechen würde, aber auch alles andere bedeuten konnte.

Unter ihm lag der Strand, wohl gut zwanzig Meter breit. Nach rechts in Richtung Norden verlief die Küste in einem sanften Bogen in Richtung Meer. Nach links in Richtung Süden verlief die Küste ebenfalls in einem kurzen Bogen in Richtung Meer, so dass er den weiteren Verlauf nicht einsehen konnte.

Stefan ging geduckt an der oberen Kante der Böschung weiter in Richtung Süden. In diese Richtung war in der Nacht das Boot gefahren.

Einige hundert Meter weiter, sah er in der Ferne etwas Rotes am Strand. Es sah aus wie ein Zelt. Hatten die für das Monster vielleicht tatsächlich noch ein Zelt aufgebaut? Das würde erklären, dass es eine ganze Weile gedauert hatte, bis sie wieder davongefahren waren.

Als Stefan näherkam, sah er, dass das vermeintliche Zelt eine kleine Rettungsinsel war, wie sie einige davon an Bord gehabt hatten.

‚Also haben die beiden wenigstens dafür gesorgt, dass er gegen Sonne und Regen geschützt ist', dachte Stefan etwas beruhigt.

Vorsichtig stieg Stefan die Böschung hinab und näherte sich der Rettungsinsel von hinten. Die Vorderseite lag zum Meer hin. Als er nahe dran war, hörte er das Monster schnarchen. Offenbar ging es ihm einigermaßen gut, sonst würde er wohl nicht so tief schlafen.

Die Vorderseite der Rettungsinsel war mit einer Plane versehen, die jetzt nicht verschlossen war, sie flatterte leicht im Wind.

Stefan lugte vorsichtig in die Insel hinein. Er wollte auf keinen Fall das Monster wecken, der sollte nichts von ihm bemerken.

Das Monster lag auf dem Rücken und schnarchte in einer Lautstärke, dass Stefan sich umsah, ob nicht schon jemand das Schnarchen gehört hatte.

Neben dem Monster lagen einige Flaschen Wasser und einige Pakete mit Nahrungsmitteln.

Offenbar hatten sie ihn sogar mit dem Nötigsten versorgt.

Stefan war beruhigt, fürs Erste musste er sich um das Monster nicht sorgen.

Der war so tief weg, dass er nicht bemerkte wie Stefan in die Insel kletterte. Er suchte alles ab, ob die beiden nicht auch seine Papiere mitgebracht hatten. Aber nichts dergleichen war zu finden.

Er nahm eine von den Wasserflaschen und ein paar Müsliriegel aus dem Paket und war gerade aus der Insel heraus, als er Motorengeräusche vom Meer her vernahm.

Sofort duckte er sich wieder in die Büsche, kroch so schnell es ging wieder die Böschung hoch und verwischte hinter sich so gut es ging seine Spuren.

Oben auf der Böschung beobachtete Stefan, wie ein Boot der Küstenwache am Strand landete und zwei Uniformierte die Rettungsinsel in Augenschein nahmen. Sie fanden das schnarchende Monster und schauten sich in alle Richtungen um, ob noch jemand in der Nähe war.

Im ersten Moment überlegte er, ob es nicht ratsam wäre, sich auch zu erkennen zu geben, aber das war wohl keine gute Idee.

So schnell, wie es ihm möglich war, zog sich Stefan zurück. Das Schlimmste was ihm jetzt geschehen konnte, war, dass sie ihn mit dem Monster in Verbindung bringen würden. Zumal sie beide keinerlei Papiere dabeihatten. Er kannte ja noch nicht einmal den Namen des Monsters, noch wusste er, wo der Kerl herkam. Das würde für Stefan Stress ohne Ende bedeuten. Er musste sich schon für sich allein eine Geschichte zurechtlegen, wie er hier an Land gekommen sein konnte. Mit dem Monster zusammen würde das gar nicht gehen.

Eigentlich wollte Stefan noch in Erfahrung bringen, welcher Nationalität die Küstenwache war, aber er zog es vor, so schnell wie möglich zu verschwinden, bevor vielleicht noch einer der Uniformierten die Böschung hochkam.

Zunächst auf allen Vieren und dann, als er weit genug weg war, in geduckter Haltung erreichte er wieder seinen Schlafplatz.

Stefan wollte unbedingt zu den etwas höheren Büschen, wo er einen Bach oder vielleicht sogar einen Fluss vermutete.

Die Flasche Wasser, die er vom Monster mitgenommen hatte, hielt nicht lange vor. Er musste also zusehen, wo er Wasser herbekam. Der Hunger wurde zwar auch immer größer, aber der war weit besser zu ertragen als der Durst.

Immerhin hatte er sich durch das gute Essen von Pierre einige Kilos angefuttert. Verhungern würde er also so schnell nicht. Wasser war wichtig, zumal die Sonne jetzt aus einem wolkenlosen Himmel herab brannte.

Inzwischen stand die Sonne hoch am Himmel, es musste schon so gegen Mittag sein.

Stefans Armbanduhr lief zwar noch recht problemlos, aber aufgrund der verschiedenen Zeitzonen und weil er sie nie gestellt hatte, konnte er die Uhrzeit nicht genau bestimmen.

Nachdem er einen halben Müsliriegel, sehr lange gekaut, gegessen hatte, machte er sich auf in die Richtung, in der er das Wasser vermutete. Immer geduckt und um sich schauend, gelang er schließlich zu den Büschen. Tatsächlich floss dort ein kleiner Fluss, oder besser gesagt ein Bach, von einer kleinen Anhöhe, staute sich ein wenig und floss dann eine kleine Böschung hinab in Richtung Meer.

Stefan füllte als erstes seine Flasche. Das Wasser war glasklar und löschte wunderbar seinen Durst.

Außerdem gab es in dem klaren Wasser auch Fische. Was das für Fische waren, wusste er nicht, sie waren etwas kleiner als zu Hause die Forellen.

Sicherlich konnte man mit diesen Fischen auch den ärgsten Hunger stillen, und Fische ausnehmen konnte Stefan von einigen Hochseeangeltouren. Das war auf jeden Fall angenehmer und einfacher, als ein anderes Tier zu Nahrung zu machen.

„Also gibt es heute Mittag Stockfisch", sagte er zu sich selbst.

Fische fangen, ausnehmen und über einem kleinen Feuer am Stock braten.

Aber leichter gesagt als getan, mit der bloßen Hand ließen sich die kleinen Biester jedenfalls nicht fangen.

Eine andere Lösung musste her. Ein Netz hatte er natürlich auch nicht. Also was tun?

215

Nach einigem Überlegen kam ihm eine Idee. Mit etwas Geduld müsste das gehen: Stefan nahm seine Jacke, legte sie in den Bach bis auf den Grund, oben am Kragen legte er sie draußen auf einen großen Stein und beschwerte den Kragen mit einem weiteren ziemlich schweren Stein. Dann wartete er bis einer der Fische sich über der Jacke befand und schleuderte mit einem Ruck die Jacke mitsamt dem Fisch aus dem Wasser.

Auf diese Weise gelang es ihm mit etwas Geduld, fünf ganz passable Fische zu fangen. Das Mittagessen war gesichert.

Bevor er sich daran machte, die Fische auszunehmen und zu braten, nahm er seine Jacke aus dem Wasser, um sie zum Trocknen in die Sonne zu legen.

Beim Auswringen der Jacke bemerkte er etwas Festes in der Jacke. Anscheinend war etwas in der Innentasche der Jacke. Stefan hatte zunächst keine Ahnung was da wohl drin sein könnte. Er öffnete den Reißverschluss der Innentasche.

Plötzlich fiel es ihm wieder ein, er hatte ja damals von Peet die Sachen von Patrik O Kelly bekommen und sie in die Innentasche seiner Jacke gesteckt, weil er nach ihm forschen wollte. Danach hatte er das Ganze völlig vergessen.

Stefan nahm die Folie mit den Papieren heraus und öffnete sie vorsichtig. Tatsächlich war alles völlig trocken und unversehrt, die Folie war ja wasserdicht.

Er breitete alles vor sich im Sand aus. Die Fische waren im Moment vergessen.

Da war der Reisepass von Patrik O Kelly, die Geburtsurkunde, ein Impfausweis und die Geldscheine. Australische Dollar. Stefan zählte das Geld, es waren sieben Hunderter, drei Fünfziger, und vier Zwanziger. Neunhundertunddreißig Dollar.

Die Stimmung von Stefan stieg schlagartig an. So mittellos war er nun ja doch nicht. Jetzt musste er nur hoffen, dass er wirklich schon auf dem australischen Festland war. Und wenn nicht, konnte man das Geld sicherlich auch eintauschen.

Noch eine Idee beschäftigte ihn. Vielleicht war es sogar möglich, mit dem Pass von Patrik O Kelly zurück nach Deutschland zu kommen. Der Pass war ja ziemlich ramponiert und das Bild war auch nicht so recht zu erkennen, aber wenn er es geschickt anstellen und die Geschichte mit dem in die Kochwäsche geratenen Pass glaubwürdig rüberbringen würde, könnte es vielleicht gelingen, mit der fremden Identität zumindest wieder zurück nach Hause zu kommen.

Jetzt war Stefan in richtig guter Stimmung, und voller Zuversicht machte er sich daran, die Fische auszunehmen und zu braten, was ihm mehr schlecht als recht gelang.

Fische an einem Stock über offenem Feuer gebraten, ohne Gewürz und Beilage, kein Sternemenü, aber es füllte wenigstens den Magen.

Während des kargen Mahls überlegte er sich die weiteren Schritte.

In einigen Kilometern Entfernung vermutete Stefan eine Straße oder mehr eine Sandpiste, denn in unregelmäßigen Abständen tauchten dort Staubwolken auf. Mal von Süd nach Nord und mal von Nord nach Süd. Diese Staubwolken konnten eigentlich nur von Fahrzeugen stammen, die dort fuhren.

Sein nächster Weg würde also in diese Richtung führen, vielleicht gab es dort auch einen Wegweiser oder einen sonstigen Hinweis, wo er sich befand. Vielleicht war es sogar möglich, mit einem der Fahrzeuge in den nächsten Ort mitgenommen zu werden.

Stefan überlegte, wann wohl der beste Zeitpunkt war, in Richtung Straße aufzubrechen. Sollte er gleich losgehen, oder besser warten bis es dunkel sein würde? Von der

Straße aus wäre er vielleicht schon von weitem zu sehen gewesen, was er vorerst noch vermeiden wollte.

Zuerst musste er sich auch noch eine plausible Geschichte ausdenken, die er dem nächsten Menschen, der ihm begegnen würde, erzählen müsste, denn sicherlich würde man von ihm wissen wollen, wo er herkam.

Das sollte ihm wohl nicht so schwerfallen, denn schon in der Schule war er derjenige gewesen, der sich bei einem Schabernack, eine glaubhafte Geschichte ausgedacht hatte, um aus der Schusslinie zu kommen.

Stefan musste grinsen bei der Erinnerung an seine Schulzeit. Es war ihm eigentlich immer gelungen glaubhafte Entschuldigungen vorzubringen.

Nur einmal hatte eine Lehrerin seine Geschichte nicht geglaubt. Und ausgerechnet diese Geschichte war die Wahrheit. Aber sie hatte es trotz aller Beteuerungen nicht geglaubt und seinen Vater herbeizitiert.

Das Ende vom Lied war, auch sein Vater wusste nicht so recht, ob er die Geschichte glauben sollte oder nicht. Irgendwann, einige Jahre nach seiner Schulzeit, hat ihn sein Vater nochmal auf diese Geschichte angesprochen. Erst dann hat er ihm geglaubt, dass es die Wahrheit war.

Die Grübelei ging also wieder los. Aber wie sollte er eine glaubhafte Geschichte erfinden, wenn er nicht einmal wusste, wo er war.

Stefan musste also zu allererst herausbekommen, wo er war. Und die einzige Möglichkeit, das in Erfahrung zu bringen, schien ihm an der Straße zu sein. Schätzungsweise waren es vier bis fünf Kilometer bis dahin.

Den Tag verbrachte er noch an seinem Bach. Dann wusch er sich noch einmal, füllte seine Wasserflasche und machte sich kurz vor der Dämmerung auf den Weg.

Er rechnete damit, dass ihm Tiere unterwegs begegnen würden, die ihm vielleicht nicht sehr freundlich gesinnt sein würden, und so organisierte er sich einen massiveren Stock, den er zur Abwehr und auch als Wanderstock benutzen konnte.

Aber außer ein paar Kaninchen und ein paar Mäusen begegnete ihm kein Tier. Er schloss daraus, dass er vielleicht doch in einer bewohnten Gegend sein könnte.

Tief in der Nacht kam Stefan endlich an der Straße an. Es war, wie er vermutet hatte eine breite Sandpiste. Rechts und links dieser Sandpiste standen ziemlich dichte Büsche und kleine Bäume.

In der Ferne sah Stefan Lichter auf sich zukommen.

‚Das muss wohl solch ein Fahrzeug sein, was diese Staubwolken aufwirbelt', dachte er.

Das Fahrzeug kam auf ihn zu, schien aber plötzlich einen anderen Weg einzuschlagen, denn es kam nicht auf der Straße vorbei, an der er sich befand und verschwand in Richtung Norden.

‚He, da gibt es wohl eine Abzweigung und wo eine Abzweigung ist, da stehen auch sicherlich Wegweiser', schloss er.

Stefan machte sich also auf in Richtung Abzweigung, immer zwischen den Büschen und Bäumen entlang.

Tatsächlich erreichte er nach einer guten halben Stunde diese Abzweigung. Vorsichtig begab er sich auf die Straße, um nach Wegweisern Ausschau zu halten.

Und da standen auch welche. Allerdings waren auf den Schildern keine Ortsnamen zu finden, es waren nur Richtungspfeile vorhanden mit Nummern. Offensichtlich waren die Straßen nummeriert.

Also Pech gehabt, er konnte immer noch nicht mit Bestimmtheit sagen, ob er auf dem australischen Festland war oder nicht.

Stefan suchte nach weiteren Schildern. Er ging die Straße entlang in der Hoffnung, doch noch weitere Hinweise zu finden.

In einiger Entfernung sah er im fahlen Mondlicht ein weiteres Schild. Aber auch dieses Schild war kein Hinweis auf eine Ortschaft, sondern es war ein Warnschild. Es war ein kleines, gelbes, quadratisches, auf der Spitze stehendes Schild mit einem Känguru darauf. Solch ein Schild kannte Stefan von Dokumentationen aus Australien, die er im Fernsehen gesehen hatte.

‚Also bin ich doch mit ziemlicher Sicherheit auf dem australischen Festland.'

Er schlug sich am Straßenrand in die Büsche, seine Gedanken kreisten.

Stefan rief sich wieder einmal die große Weltkarte vom Schiff ins Gedächtnis.

Australien. An der Westküste lag Perth, und wahrscheinlich war er nicht allzu weit davon entfernt. Sie waren mit dem Schlauchboot mehrere Stunden gefahren. Vermutlich hatten sie die Südwestspitze des australischen Festlands passiert, als der Doc und der Maschinist die beiden in Richtung Land verbracht hatten. Aber konnte er sicher sein?

Stefan würde es einfach riskieren, wenn ihn jemand fragen würde. Er legte sich eine Geschichte zurecht.

Er würde versuchen, mit den Papieren von Patrik O Kelly durchzukommen.

Also, Patrik ist mit einem Frachtschiff von Dublin nach Adelaide gereist, um dort eine entfernte Verwandte seiner Mutter zu finden, er hat sie aber nicht gefunden, weil die in der Zwischenzeit nach Perth verzogen ist. Also hat er sich an einen Trucker gewandt, der nach Perth fahren wollte. Dieser hat ihn bis hierher mitgenommen, aber über Funk ein anderes Ziel bekommen und musste an dieser Gabelung in die andere Richtung abbiegen. Jetzt sollte er hier an der Gabelung auf einen anderen Trucker warten, der ihn mit nach Perth nimmt.

Diese Geschichte erschien Stefan ziemlich plausibel, wenn er wirklich an dieser Stelle war wie er vermutet.

In der Ferne erschien wieder ein Licht. Stefan duckte sich am Straßenrand in die Büsche, um das Fahrzeug einigermaßen gut beobachten zu können. Kurze Zeit später fuhr ein großer Truck mit zwei großen Anhängern an ihm vorbei. Solche Gespanne kannte er auch wiederum aus den Dokumentarfilmen. An der Rückseite des Trucks, die mit einigen Lichtern erhellt war, konnte Stefan neben dem Nummernschild die australische Flagge erkennen.

Jetzt war er sich sicher, er war an der Südwestspitze des australischen Festlandes gestrandet. Seine zurechtgelegte Geschichte könnte also funktionieren, wenn auch mit einiger Unsicherheit, aber er würde es riskieren.

Stefan zog sich wieder zurück zwischen die Büsche und machte sich ein einigermaßen bequemes Lager.

Es dauerte nicht lange, und er schlief erschöpft ein.

Zivilisation

Unsanft wurde Stefan geweckt. Etwas schlug gegen seine Schulter. Noch leicht benommen öffnete er die Augen und erschrak.

Vor ihm standen zwei Polizisten. Ein älterer und ein jüngerer. Der ältere stand etwa drei Meter vor ihm, der jüngere etwas seitlich, ungefähr fünf Meter entfernt, an der Straße. Beide hatten ihre Hände an ihren Pistolen. Offenbar hatte einer von ihnen etwas an Stefans Schulter geworfen.

Stefans Puls schnellte empor, sein Herz raste. War jetzt alles vorbei? Die beiden sahen ihn drohend an.

„He Mister, aufwachen", rief ihn der ältere an.

Stefan hob instinktiv die Hände.

„Wow, was ist los?" fragte er verwirrt.

„Sind sie bewaffnet, haben sie eine Waffe bei sich?" schrie ihn der ältere wieder an.

„Nein, ich..." Stefan fing an zu stottern, „ich hab' nur ein Taschenmesser in meiner Hosentasche."

„Nehmen Sie es vorsichtig raus und werfen es in meine Richtung."

Stefan setzte sich hastig auf und griff in die Hosentasche.

„He he, langsam, keine hastigen Bewegungen!" schrie der ältere wieder.

Stefan zwang sich zur Ruhe, es gelang ihm schließlich, das Taschenmesser aus seiner Tasche zu ziehen, und warf es einige Meter vor sich auf den Boden.

„Ist das alles?" fragte der Polizist wieder.

„Ja, das ist alles", versicherte Stefan.

„Stehen Sie langsam auf und nehmen Sie die Hände über den Kopf", befahl der Polizist.

Stefan erhob sich langsam und hielt die Hände über den Kopf.

Der ältere Polizist gab dem jüngeren ein Zeichen und sagte etwas zu ihm, was Stefan nicht verstand.

Der jüngere Polizist kam seitlich auf ihn zu und tastete Stefan gründlich ab.

„O.k., nichts weiter da," sagte der schließlich zu seinem Kollegen.

Der ältere Polizist nahm jetzt auch die Hand von seiner Pistole, die anfänglich finsteren Mienen der beiden erhellten sich etwas.

„O.k., wenn von Ihnen keine weitere Gefahr ausgeht, können wir uns auch normal unterhalten", begann der ältere wieder das Gespräch.

„Entschuldigen Sie bitte, ich habe wirklich nicht vor, irgendjemandem zu schaden. Ich bin froh, wenn ich nicht zu Schaden komme."

„Gut, kommen Sie mal aus dem Gebüsch hier auf die Straße."

Stefan begab sich - immer noch ein wenig zittrig - zu den beiden an den Straßenrand.

„Können Sie sich ausweisen?" begann der ältere wieder.

„Ja äh, eigentlich…" fing Stefan wieder an zu stottern.

„Was denn, können Sie oder können Sie nicht?"

„Doch, eigentlich schon aber…"

„Was aber?"

„Na ja, ich weiß nicht, ob Ihnen mein Ausweis reicht, der ist nämlich ziemlich ramponiert."

„Ramponiert? Wieso das denn? Zeigen Sie mal her."

Stefan zog die Folie mit den Papieren aus der Tasche und reichte sie dem älteren Polizisten.

„Mein Ausweis ist mir versehentlich in die Kochwäsche geraten."

Der Polizist öffnete die Folie und zog alles mit einem Mal heraus. Dabei fielen die Geldscheine auf den Boden. Der jüngere Polizist bückte sich und sammelte sie auf.

„Ja wirklich, der Ausweis ist ja kaum noch zu erkennen. Normalerweise macht so eine Kochwäsche dem Ausweis aber nichts aus."

„Das war wohl auch keine normale Kochwäsche. Sehen Sie, ich bin auf einem Schiff von Dublin nach Adelaide gekommen. Unterwegs musste ich bei einer ziemlich schmierigen Reparatur im Maschinenraum helfen, und mein Overall sah danach auch dementsprechend aus. Als ich ihn aus der Wäsche wiederbekam, war er blitzsauber. Ich denke, da sind wohl einige besondere Reinigungsmittel zum Einsatz gekommen. Dummerweise hatte ich den Ausweis noch in meiner Brusttasche. Und jetzt sieht er eben so aus", erklärte Stefan.

„O.k., hier ist ja auch noch Ihre Geburtsurkunde. Sie heißen Patrik O Kelly und sind in Adelaide geboren. Aber der Ausweis ist in unserer Botschaft in Irland ausgestellt worden."

„Ja, mein Vater stammt aus Irland. Er war damals von seiner Firma für einige Jahre hier nach Adelaide geschickt worden. Da hat er dann meine Mutter kennengelernt, sie haben geheiratet und ich bin in Adelaide geboren. Als ich drei Jahre alt war, sind meine Eltern zurück nach Dublin, wo ich aufgewachsen bin."

„O.k., und wie kommen Sie jetzt hier her?"

„Ja, das ist so, meine Mutter ist vor einigen Jahren gestorben, und sie hat immer von einer Cousine hier in Adelaide gesprochen. Das war die einzige Verwandte, die sie noch hatte, und regelmäßigen Kontakt hatten die beiden auch nicht. So habe ich mich auf den Weg gemacht, sie zu suchen."

„Und haben Sie sie gefunden?"

„Nein, leider nicht. Man sagte mir in Adelaide sie wäre schon vor etlichen Jahren nach Perth verzogen."

„Ja verstehe, und da haben Sie sich aufgemacht nach Perth."

„Ja genau."

„Aber wieso liegen Sie denn jetzt hier am Straßenrand?"

Während Stefan die Reise schilderte und die Orte Adelaide und Perth nannte beobachtete er die beiden Polizisten intensiv, um eine etwaige Reaktion in ihren Gesichtern erkenne zu können. Aber es gab keine Reaktion, also schien die Reiseroute wohl einleuchtend zu sein. Er fasste Mut, aber welche war die richtige Straße nach Perth?

„Na ja, das ist auch so eine Geschichte, da ich ja nicht viel Geld habe, habe ich mich um einen Trucker bemüht, der nach Perth fahren wollte. Ich habe auch einen gefunden. Der hat mich bis zu dieser Gabelung mitgenommen. Eine halbe Stunde bevor wir hier ankamen, hat er einen Anruf bekommen, er müsse in eine andere Richtung fahren. Er hat mich dann hier abgesetzt und hat einen Kollegen angerufen, der einige Stunden später hier sein würde und mich weiter mitnehmen würde."

„Haben sie dem Trucker etwas bezahlt?"

„Ja, er wollte hundert Dollar für die Fahrt haben. Das war vorher so ausgemacht."

Die beiden Polizisten sahen sich vielsagend mit einem spöttischen Lächeln an.

„O.k., wann sollte denn der andere Trucker hier sein?"

„Eigentlich schon gestern gegen Abend."

„Na ja, da brauchte wohl einer dringend Geld. Diese beiden Straßen führen nämlich beide nicht nach Perth. Da hätten sie schon viel früher abbiegen müssen. Der hat sie also ganz schön verladen."

„Wie bitte? Na ja, das kommt davon, wenn man sich nicht so richtig auskennt."

„O.k., wie auch immer Sie bleiben hier jetzt erstmal stehen, wir gehen zum Fahrzeug und werden ihre Papiere überprüfen."

Erst jetzt sah Stefan in gut hundert Metern einen Polizeiwagen am Straßenrand stehen.

Die beiden Polizisten gingen mit den Papieren zum Streifenwagen. Stefan wurde wieder mulmig. Was wäre denn, wenn Patrik O Kelly doch ein Krimineller gewesen war, der vielleicht auch mit einem internationalen Haftbefehl gesucht wurde, wie die meisten auf dem Schiff.

Die nächste halbe Stunde war eine der längsten in seinem Leben.

Die beiden Polizisten hatten einen Laptop auf ihrer Motorhaube aufgeklappt und waren jetzt kräftig dabei zu tippen.

Stefan versuchte, so gleichmütig wie möglich dreinzuschauen, und sah in kurzen Abständen immer wieder zu den beiden hin. Er hatte sich an den Straßenrand gesetzt und hoffte, dass nichts Schlimmes passieren würde.

Sein Puls rotierte immer noch im oberen Bereich.

Auch die Polizisten schauten immer wieder zu ihm herüber.

Nach einiger Zeit klappten sie ihr Laptop zusammen und fingen an zu telefonieren.

Stefan wurde langsam unruhig. Seine Gedanken kreisten wieder um alles Mögliche.

„Mister O Kelly", rief der ältere Polizist schließlich.

Stefan reagierte im ersten Moment nicht auf den Ruf, erst als er den Ruf zum zweiten Mal hörte, wurde ihm klar, dass er ja gemeint war. Erschrocken sprang er auf. Er machte wohl einen recht konfusen Eindruck.

„Keine Sorge, es ist alles o.k., kommen Sie," rief ihm der Polizist zu und winkte ihm herzukommen.

Stefan beeilte sich, zu den beiden zu kommen.

„Also", begann der ältere wieder, „wir haben ihre Papiere überprüft. Damit ist soweit alles in Ordnung. Wir haben die Bestätigung aus Adelaide hinsichtlich ihrer Geburtsurkunde, die Bestätigung das ihr Pass in der Botschaft in Irland ausgestellt wurde, und wir haben die Bestätigung, dass gegen Sie nichts vorliegt, auch international nicht. Nur wir können Sie nicht mit diesem beschädigten Pass weiterreisen lassen. Ich denke es wird Ihnen wohl auch recht sein, dass Sie hier nicht länger auf einen Trucker warten müssen, der wahrscheinlich sowieso nicht kommt. Wir werden Sie also mitnehmen zu unserer Station nach Margaret River, werden Ihnen einen Ersatzpass ausstellen und dann können Sie von Margaret River mit dem Bus weiterreisen nach Perth. Das sind dann noch gut zweihundertfünfzig Kilometer. O.k.?"

Stefan fiel ein riesen Stein vom Herzen. Allerdings musste er sich bemühen, das nicht zu zeigen. Er hatte also mit seiner Einschätzung an der Südwestspitze vom australischen Festland gestrandet zu sein, völlig richtiggelegen, und Peet hatte ihm auch offensichtlich über Patrik O Kelly die Wahrheit gesagt.

Jetzt musste er sich nur für die Zeit hier in Australien an den Namen Patrik O Kelly gewöhnen.

„Ja, das ist o.k., vielen Dank."

„Haben Sie eigentlich kein Gepäck?"

„Nein, die paar Sachen, die ich mithatte, sind mir auf dem Schiff völlig zerschlissen, die musste ich alle entsorgen."

„Na ja, ein bisschen Geld haben Sie ja noch. So dann steigen Sie mal hinten ein, wir fahren gleich los."

Stefan setzte sich in den Streifenwagen. Nach langer Zeit mal wieder in einem Auto, die Zivilisation hatte ihn wieder. Er fühlte sich im Augenblick irgendwie geborgen, dass das so gut gehen würde mit Patricks Papieren hatte er zwar gehofft, aber daran geglaubt hatte er nicht wirklich. Und nun saß er in einem Polizeiauto und fuhr mit zwei Polizisten in eine Zukunft, die noch immer nicht so recht greifbar war.

Der jüngere Polizist saß am Steuer und fuhr mit flotter Geschwindigkeit über die Sandpiste. Offenbar kannte er sich sehr gut aus, er schien jede Welle und jedes Schlagloch zu kennen. Geschickt lenkte er das Auto über die Sandpiste und ließ eine beträchtliche Staubwolke hinter sich.

„Was haben Sie denn vor? Werden Sie bei der Verwandten ihrer Mutter bleiben, wenn Sie sie gefunden haben?" eröffnete der ältere Polizist wieder das Gespräch.

„Vielleicht eine Weile. Aber ich denke, ich werde mich dann bald wieder in Richtung Irland auf den Weg machen."

„Sind Sie verheiratet, haben Sie Familie?"

„Ja, verheiratet bin ich noch, aber wir leben in Trennung."

„Aha, Kinder?"

„Ja zwei, ein Mädchen und einen Jungen."

„Na, die werden wohl sicherlich auch Sehnsucht haben nach ihrem Vater."

Stefan zögerte mit der Antwort, er musste an Vanessa und Tom denken. Was sie jetzt wohl von ihm denken? Ob Manuela ihnen schon gesagt hatte, dass er nicht ihr Vater ist?

Der ältere Polizist drehte sich zu Stefan um.

Stefan sah auf seine Hände und musste schlucken.

„Na, gibt es Probleme mit den Kindern?" fragte der Polizist. Er hatte so einen väterlichen Ton drauf, dass Stefan augenblicklich Vertrauen zu ihm fasste.

„Na ja, Probleme mit den Kindern weniger."

„Aha verstehe, eher mit der Frau."

„Manchmal bekommt man eine echt harte Nuss zu knacken."

228

„Ja, das ist so, das Leben ist manchmal ganz schön ungerecht. Deshalb mussten sie wohl auch erstmal weg, den Kopf frei bekommen."

„Ja, ich glaub Sie haben mich durchschaut."

„Na ja, man hat so manche Erfahrung gemacht im Leben. Besonders in unserem Beruf, da sieht man schon manche Schicksale."

„Ich bin froh, dass ich an Sie geraten bin. Vielen Dank nochmal. Wer weiß, wie lange ich dort noch gewartet hätte."

„Glauben Sie mir, da wäre niemand gekommen der Sie aufgelesen hätte. Der Trucker hat Sie ausgenommen und wollte Sie nur loswerden."

Jetzt bekam Stefan ein richtig schlechtes Gewissen. Dieser ältere Polizist war so freundlich zu ihm, und er tischte ihm solch eine dreiste Lüge auf. Am liebsten hätte er jetzt die ganze Geschichte richtiggestellt und alles erzählt wie es wirklich war.

Aber was wäre dann? Mit Sicherheit würde er dann in die Gesetzesmühle geraten und es wäre vorbei mit der Aussicht auf eine baldige Heimkehr.

Es blieb Stefan also nichts weiter übrig, als das begonnene Spielchen vorerst weiter zu spielen.

„Das glaube ich mittlerweile auch."

„Wie haben Sie sich denn ihre Heimreise vorgestellt? Werden Sie wieder per Schiff reisen?"

„Nochmal solch eine Tour? Ich glaub' eher nicht. Ich werde wohl zusehen, dass ich den Flieger nehme."

„Dafür wird Ihr Geld allerdings nicht mehr reichen."

„Nein, wohl nicht. Ich werde mir wohl noch einen Job suchen müssen, bevor ich die Heimreise antrete."

„Na ja, das dürfte auch nicht allzu schwer sein. Jobs gibt's hier eigentlich genügend. Ein ehemaliger Schulfreund von mir ist Hafenmeister in Fremantle, das ist der Stadtteil von

Perth, wo sich der Hafen befindet. Wenn Sie wollen, ruf ich ihn an, der kann Ihnen bestimmt für einige Zeit einen Job anbieten."

„Das wäre toll, wenn Sie das machen könnten, das würde mir sehr helfen."

„Ja, kein Problem, ich ruf' ihn gleich von der Station aus an, ich habe sowieso noch was mit ihm zu besprechen."

„Danke, das ist sehr nett von Ihnen, vielen Dank."

„Keine Ursache, ich helfe gern wo ich kann."

Noch einmal fühlte sich Stefan wegen seiner Lügengeschichten ziemlich mies, aber er musste diese Sache jetzt durchziehen.

Allmählich kamen sie in bewohntes Gebiet. Hier und da erschienen kleine Siedlungen, die Straße änderte ihre Beschaffenheit, es war jetzt eine gut ausgebaute Teerstraße. Vorbei an sanften Hügeln mit üppigen Weinbergen ging es hinein in eine saubere, freundliche Kleinstadt.

‚Hier kann man sich auch wohlfühlen', dachte Stefan beim Betrachten der Umgebung.

Vor einem flachen Backsteingebäude blieb der Streifenwagen stehen.

„Na dann wollen wir mal", sagte der ältere Polizist und wandte sich zu seinem Kollegen. „Machst du gleich den Bericht fertig, dann kümmere ich mich um den Ausweis von Mister O Kelly."

„O.k., mach' ich."

In dem Gebäude herrschte ein reges Treiben. Für Stefan besonders auffallend war, dass hier alle sehr entspannt und freundlich miteinander umgingen. Da war er von Polizeistationen in seiner Heimat Anderes gewohnt, wenn er auch noch nicht so oft damit zu tun hatte, aber diese entspannte Atmosphäre schlug ihm sehr angenehm entgegen.

„Geben Sie mir bitte noch mal ihre Papiere, dann veranlasse ich gleich den Ersatzausweis. Dafür machen wir auch gleich noch ein neues Foto."

„Hier, bitte. Kann ich mich hier irgendwo ein wenig frisch machen?"

„Ja, natürlich, kommen Sie ich zeige Ihnen unseren Umkleideraum. Wenn Sie wollen können Sie auch gern Duschen gehen."

„Danke das ist sehr nett von ihnen, aber Duschen und dann in die alten Klamotten wieder rein, ist wohl nicht sehr effektiv. Ich werde mir erstmal ein paar neue Sachen besorgen und mir dann irgendwo ein Zimmer nehmen."

„Ja, das glaub ich Ihnen. Wenn Sie nachher hier rausgehen, gehen Sie einfach die Straße weiter runter, da ist eine kleine und sehr gute Pension, dort bekommen Sie sicherlich ein gutes Zimmer. Ich werde gleich mal mit dem Hafenmeister in Fremantle telefonieren. Wenn Sie sich frisch gemacht haben, machen wir das Foto und dann nehmen Sie vorn im Eingangsbereich Platz."

„O.k., herzlichen Dank", Stefan war ehrlich berührt von so viel Fürsorge.

Nachdem er sich im Umkleideraum mit reichlich Wasser frisch gemacht hatte, ging er zurück in den Eingangsbereich.

„Mister O Kelly, kommen Sie", rief ihn jetzt der jüngere der beiden, „wir machen jetzt das Foto."

In einem Nebenraum, in dem wahrscheinlich sonst der Erkennungsdienst seine Aufgaben durchführte, wurde ein digitales Foto gemacht.

„Müssen Sie auch meine Fingerabdrücke nehmen?" fragte Stefan.

Der Polizist lachte, „nein, das brauchen wir nicht, Sie sind ja nicht straffällig geworden."

231

Die gesamte Prozedur mit dem Ersatzausweis dauerte eine knappe Stunde, dann kam der freundliche ältere Polizist wieder auf Stefan zu.

„So, jetzt haben Sie wieder ein vernünftiges Dokument in der Hand."

„Ich muss mich noch mal ganz herzlich bei Ihnen bedanken, Sie haben mir damit eine ganze Menge Ärger erspart."

„Ja und uns eine Menge Arbeit."

„Wieso?"

„Na ja, wenn Sie mit dem unleserlichen Ausweis noch öfter in eine Kontrolle gekommen wären, müsste jedes Mal die Überprüfungsprozedur wiederholt werden. Das haben wir jetzt mit dem Ersatzausweis ein für alle Mal erledigt."

„Da haben Sie natürlich recht, so habe ich das noch gar nicht gesehen."

„Also Mister O Kelly, dann wünsche ich Ihnen für Ihre weitere Reise alles Gute. Ich habe mit dem Hafenmeister in Fremantle gesprochen und angekündigt, dass Sie in den nächsten Tagen bei ihm vorstellig werden." Er gab Stefan die Hand und drückte sie fest und freundschaftlich.

„Nochmal herzlichen Dank. Ja, ich werde in den nächsten Tagen zu ihm fahren. Sagen Sie mir bitte noch seinen Namen, ich glaube dann wird es für mich einfacher."

„Na klar, sorry, er heißt Frank Dunkan und sitzt dort im Hauptgebäude am Hafen, können Sie gar nicht verfehlen."

Stefan verabschiedete sich sehr herzlich von dem Polizisten und stand dann auf der Straße vor dem Polizeigebäude in Margaret River, dieser freundlichen Kleinstadt in Westaustralien.

Die Sonne schien von einem wolkenlosen Himmel, die Stimmung in Stefan war schon fast euphorisch. Die Ereignisse der letzten Tage liefen noch einmal vor seinem geistigen Auge ab:

Die Nacht in der er vom Doc zunächst sehr freundlich geweckt wurde, die Fahrt mit dem Schlauchboot, wo die Freundlichkeit plötzlich umschlug in Drohungen, das sich Absetzen vom Schlauchboot mitten in der Nacht, die durchnässte Ankunft am Strand, ohne zu wissen, wo er war, die nochmalige kurze Begegnung mit dem Monster in der Rettungsinsel, das Auftauchen der Küstenwache, die Flucht davor, die Entdeckung der Papiere von Patrik O Kelly am Bach, das Anschleichen an die Straße, die plötzliche Begegnung mit den Polizisten, die ihm endlos vorkommende Überprüfung der Papiere, die anschließende freundliche Behandlung der Polizisten - und nun stand er hier in dieser fremden und irgendwie freundlichen und auch schon fast vertrauten Umgebung, das waren Ereignisse, die er erstmal verdauen musste.

Erst jetzt, ganz allmählich, kam Stefan dazu, über seinen eigenen Zustand nachzudenken. Er sah an sich herunter, seine Jacke, sein Hemd und seine Hose waren mehrfach durchnässt, durch Seewasser und Schweiß.

Er musste doch schon stinken wie ein Berglöwe. Er roch an sich und stellte fest, dass er sich schleunigst irgendwo wieder in einen einigermaßen ansehnlichen Menschen verwandeln musste. Außerdem waren Hunger und Durst in den letzten Stunden seine ständigen Begleiter.

Stefan erinnerte sich daran, dass der Polizist von einer kleinen Pension weiter unten an der Straße gesprochen hatte.

Auf dem Weg dorthin kam er an einigen Geschäften vorbei. Zunächst kaufte er sich an einem Imbissstand zwei Hamburger, die er mit Heißhunger verschlang.

In einem Supermarkt deckte er sich mit den nötigsten Hygieneartikeln ein. Wie lange hatte er schon keine Zähne mehr geputzt, das wurde ihm jetzt so nach und nach alles bewusst. Auch eine neue Hose und zwei Hemden legte er sich zu, sowie eine kleine Reisetasche. Allmählich würde er dann wieder wie ein normaler Reisender aussehen. Ein Portmonee und eine Brieftasche rundeten das Sortiment ab. So waren die ersten hundert Dollar ausgegeben.

‚Ich muss unbedingt darauf achten, nicht zu viel auszugeben. Achthundertdreißig Dollar und ein paar Zerquetschte müssen reichen, bis ich in Perth etwas verdienen kann', dachte Stefan.

Die Pension am Ende der Straße erinnerte ihn an die kleine Pension in der er in Hamburg gewohnt hatte, bevor er die Begegnung mit dem Boss in der kleinen Kneipe hatte. Nur das Zimmer hier war wesentlich heller und freundlicher eingerichtet.

‚Irgendwie ist in diesem Land hier alles heller und freundlicher als bei uns zu Hause', dachte Stefan, ‚oder bilde ich mir das nur ein?'

Am Nachmittag machte sich Stefan auf und schlenderte noch einmal durch die Kleinstadt, an vielen Geschäften vorbei. In einiger Entfernung sah er ein Straßencafé.

„Dort werde ich mir ein Stück Kuchen und eine schöne Tasse Kaffee schmecken lassen, vielleicht auch eins von meinen letzten Zigarillos", sagte er zu sich und steuerte auf das Kaffee zu.

„Mister O Kelly", rief eine Frauenstimme hinter ihm.

Stefan erschrak, war er gemeint, oder hieß hier noch jemand O Kelly?

Noch einmal hörte er: „Mister O Kelly".

Langsam drehte er sich um und wusste nicht so recht, wie er reagieren sollte.

Eine junge Frau kam winkend auf ihn zu.

„Entschuldigen Sie, kennen wir uns?"

„Sorry, ich weiß, Sie werden mich nicht bewusst gesehen haben, ich habe heute Vormittag den Bericht geschrieben, in der Polizeistation, Patrik hat mir erzählt wie Sie heute Morgen gefunden wurden."

„Ach so, sie arbeiten dort. Patrik? Wer ist das?"

„Der jüngere der beiden Polizisten die Sie aufgelesen haben."

„Ah, der heißt auch Patrik."

„Ja, genau wie sie. Ich habe ihren Ersatzausweis gemacht."

„Ach so, tut mir leid ich habe Sie nicht gesehen in der Polizeistation."

„Konnten Sie wahrscheinlich auch nicht, ich habe im Nebenraum gearbeitet, ich konnte Sie kurz durch die offene Tür sehen. Na, jetzt sehen Sie ja schon wieder ganz manierlich aus."

„Ja, ich konnte mich in der Pension endlich mal wieder duschen, und gegessen hab' ich auch schon was, also ich bin wieder in der Zivilisation angekommen. Man fühlt sich gleich wohler."

„Das glaub' ich. Das waren bestimmt anstrengende Tage."

Fast hätte Stefan sich verplappert und von der Fahrt mit dem Schlauchboot erzählt, er konnte sich gerade noch bremsen.

„Ja, so drei Tage mit einem Trucker unterwegs sind auch kein Geschenk."

„Und dann wollen Sie weiter nach Perth reisen."

„Ja, der ältere Ihrer beiden Kollegen hat den Kontakt mit dem Hafenmeister in Perth hergestellt. Vielleicht kann ich mir dort das Geld für die Heimreise nach Dublin verdienen."

„Ja der Jeff, der ist ein ganz lieber."

„Ach er heißt Jeff, na ja die beiden haben mir ihre Namen nicht gesagt."

„Ja er heißt eigentlich Jefferson, aber bei uns ist das Jeff."

„Wissen Sie denn schon wie Sie nach Perth kommen?"

„Nein, darum muss ich mich noch kümmern."

„Wenn Sie wollen, zeige ich Ihnen das, dann brauchen Sie nicht so lange suchen."

„Das wäre nett."

„Ein Stück weiter die Straße rauf ist eine Busstation, dort können Sie die Zeiten sehen und auch gleich ein Ticket kaufen."

„Ich wollte gerade mal dort im Kaffee ein Stück Kuchen und eine Tasse Café genießen. Kommen Sie ich lade Sie ein, dann können wir noch ein wenig plaudern."

„Ja gern, ich habe Zeit, und anschließend gehen wir zur Busstation."

So verbrachten die beiden fast den gesamten Nachmittag dort im Café und unterhielten sich in sehr angenehmer Atmosphäre.

Nachdem sie das Ticket für den übernächsten Tag gekauft hatten, verabschiedeten sie sich.

Stefan begab sich in seine Pension, verbrachte den Abend am Fernseher und legte sich bald ziemlich erschöpft in sein Bett.

Er genoss es, endlich mal wieder in einem ausreichend großen Bett zu schlafen, ohne irgendwelche Motorgeräusche im Hintergrund.

Projekt Heimreise.

Mit den ersten Sonnenstrahlen erwachte Stefan aus einem tiefen, traumlosen Schlaf. So ruhig und fest hatte er lange nicht geschlafen. Obwohl er sich an den Geräuschpegel und das teilweise heftige Schaukeln des Schiffes recht schnell gewöhnt hatte, fühlte er sich nach dieser Nacht in einem normalen Bett doch besser.

Lange lag Stefan noch in den Federn und grübelte über das bisher Erlebte nach. Nach all dem war er jetzt hier in einem fremden Land gelandet, mit einem fremden Pass in der Tasche und wurde mit einem anderen Namen angesprochen.

Eigentlich hatte er es nach all den Wirren der letzten Wochen und Monate doch ganz passabel erwischt.

Der Gedanke an ein völlig neues Leben, eine völlig andere Existenz übte einen besonderen Reiz auf Stefan aus.

Was wäre denn, wenn er sich jetzt dieses Leben, diese neue Existenz zu eigen machen würde? Unter neuem Namen, in einer neuen Umgebung einen völlig neuen Anfang machen?

Stefan dachte an den richtigen Patrik O Kelly: Was wäre, wenn der doch noch leben und irgendwo wieder auftauchen würde.

Vielleicht ist er ja schon wieder zurück in Dublin. Das Gespräch mit dem Monster kam ihm wieder in den Sinn. Der hatte das mit solch einem Ernst und Nachdruck gesagt, dass es eigentlich keinen Zweifel geben könnte: Der echte Patrik O Kelly lebte nicht mehr.

Das Schicksal hatte ihm nun diese Nummer quasi aufgezwungen. Jetzt im Moment war er dieser Patrik O Kelly, ob er wollte oder nicht. Allerdings verursachte das in ihm so ein wenig Bauchgrimmen.

‚Also werde ich das Spiel mitspielen, aber nur so lange wie nötig. Das Ziel heißt Heimreise, Punkt', sagte Stefan zu sich. Er stand nach langen Überlegungen auf, duschte ausgiebig, nahm sich viel Zeit für seine Morgentoilette und ging dann einigermaßen guten Mutes zum Frühstück. Auch hier ließ er sich reichlich Zeit und genoss jeden einzelnen Schluck Kaffee und jeden einzelnen Bissen.

Den gesamten Tag schlenderte Stefan durch die Stadt bei herrlichem Sonnenschein, es mochten so um die fünfundzwanzig Grad sein, schätzte er. Es war jetzt Mitte Dezember und ging auf Weihnachten zu. Hier und da sah er in manchen Geschäften den Weihnachtsschmuck.

Weihnachten im Hochsommer, das war für Stefan auch eine völlig neue Erfahrung, aber eine entsprechende Stimmung wollte in ihm nicht so recht aufkommen. War doch anderes zu tun, als sich um Weihnachten zu kümmern. Sein Vorhaben war, so schnell wie irgend möglich wieder zurück nach Deutschland zu kommen.

So packte Stefan am Abend seine paar Habseligkeiten in die neue Tasche, am nächsten Morgen um halb neun würde ihn zunächst der Bus nach Mandurah City und von dort aus die Bahn nach Perth bringen. Die ganze Fahrt würde ungefähr fünf Stunden dauern.

Beim Packen seiner Sachen musste er wieder an den Abend in Hamburg denken, als er dort in der Pension seine Sachen packte, um am nächsten Tag auf das Schiff zu gehen.

Alle seine Sachen waren jetzt noch auf dem Schiff. Auch seine Papiere und seine Bankkarte lagen noch dort im Tresor, der Schlüssel dafür hing immer noch um seinen Hals. Aber wie sollte er je wieder an seine Sachen kommen? Vielleicht würde Peet seine Sachen wieder an sich nehmen, wie damals die Sachen von Patrik, aber er würde wissen, dass Stefan nicht tot, sondern abgehauen war.

Stefan hoffte nur, dass niemand mit seiner Bankkarte Schindluder treiben würde, aber ohne Geheimzahl würde das ja wohl nicht möglich sein. Trotzdem musste er versuchen sein Konto sperren zu lassen.

So ging Stefan am Morgen früh los in Richtung Bus und kaufte sich für ein paar Dollar ein Prepaid – Handy. Die Nummer seiner Sachbearbeiterin Frau Sender hatte er noch im Kopf. Er hoffte, dass das Guthaben auf dem Handy ausreichen würde, um wenigstens sein Konto sperren zu lassen.

Er wollte schon gleich die Nummer wählen, als ihm einfiel, dass in Deutschland wohl noch Nacht war. Es müssten so ungefähr sechs Stunden Zeitunterschied sein, also würde er sie heute Nachmittag von Perth aus anrufen, dann müsste es in Deutschland früh am Morgen sein.

Stefan war frühzeitig an der Haltestelle, der Bus war schon da. Bevor er einstieg, kaufte er sich am Kiosk noch eine überregionale Tageszeitung.

Auf die Minute pünktlich setzte sich der Bus in Bewegung. Vorbei an Siedlungen mit schönen Einfamilienhäusern ging es allmählich hinaus aus dieser ihm schon nach so kurzer Zeit heimelich anmutenden Kleinstadt. Die Freundlichkeit und Hilfsbereitschaft der Menschen, mit denen er hier in Kontakt gekommen war, hatten es ihm angetan. Vielleicht würde er ja eines Tages hierher zurückkommen.

Die Straße führte an vielen sanften Hügeln mit üppigen Weingärten vorbei. Die Gegend um Margaret River war eins der bedeutendsten Weinanbaugebiete Australiens, soviel hatte Stefan in der kurzen Zeit seines Aufenthaltes hier in Erfahrung gebracht.

Nach einiger Zeit nahm er sich seine Tageszeitung vor, um vielleicht noch einiges über die gesamte Region Westaustralien zu erfahren.

Plötzlich sprang ihm ein Bild in der Zeitung ins Auge. Es war ein Bild des Monsters in einem kurzen Polizeibericht.

Dort stand, man habe am Strand einen Mann in einer Rettungsinsel gefunden. Er sei völlig verwirrt gewesen und nicht in der Lage vernünftig zu reden, er habe weder gewusst, wer er war, noch wo er hergekommen sei.

Die Polizei bat die Bevölkerung um Mithilfe. Wer etwas über den Mann sagen könnte, sollte sich bitte bei der Polizei melden. Eine Telefonnummer war angegeben.

Stefan erschrak und bekam wieder ein schlechtes Gewissen. Er war ja verantwortlich für den Zustand, in dem sich jetzt das Monster befand, auch wenn der es provoziert hatte. Jetzt war er der einzige in diesem Land, der etwas dazu sagen könnte.

Was sollte er jetzt tun? Sollte er die Nummer anrufen? Er brauchte ja eigentlich nur anzugeben, auf welchem Schiff das Monster gewesen war, und kurz schildern, was geschehen war. Und mit seinem Prepaid-Handy wäre auch seine Nummer nicht nachzuvollziehen.

Aber was wäre, wenn die Ermittlungen ergeben würden, dass auf dem Schiff noch einer gewesen war, der abgehauen war. Und wenn dann auch noch der Name Patrik O Kelly fallen würde, dann wäre die Verbindung zu ihm hergestellt und er würde im Nachhinein doch noch in die Fänge der Ermittlungen gelangen, was seine Heimreise sehr in Frage stellen könnte.

Also entschloss sich Stefan, die Füße still zu halten und alles wie es war weiterlaufen zu lassen. Trotzdem war ihm ein wenig mulmig. Aber was sollte schon passieren? Immerhin war er ja im Besitz eines gültigen Ausweises, und die Überprüfung von Patrik O Kelly hatte ja auch nichts Negatives zu Tage gebracht.

Mit diesen Gedanken beruhigte sich Stefan und widmete sich wieder seiner Lektüre.

Um die Mittagszeit erreichte er die Bahnstation in Mandurah City. Ein kleiner Imbiss - und es ging weiter mit der Bahn in Richtung Perth.

Die Stadt Perth selber war nur ein relativ kleiner Stadtteil der riesigen Großstadt mit ca. eineinhalb Millionen Einwohnern.

Stefan musste in den Stadtteil Fremantle, in dem sich der Hafen befand. Nach einigem Suchen, er hatte ja genügend Zeit, gelang es ihm, einen Bus zu erwischen, der in Richtung Hafen fahren würde. So kam er am späten Nachmittag dort an und telefonierte zunächst mit seiner Bankberaterin Frau Sender in Deutschland.

Das Telefon klingelte nur zweimal, da meldete sie sich. Die Verbindung war so gut, als würde sie neben ihm stehen.

„Hallo Frau Sender, hier ist Stefan Hauser."

„Hallo Herr Hauser, lange nichts von Ihnen gehört, wo sind Sie denn?"

„Wieso fragen Sie wo ich bin, hat sich jemand nach mir erkundigt?"

„Ja, Ihre Frau war vor ein paar Tagen hier und hat gefragt, ob Sie sich gemeldet haben."

„Aha, sie wollte nur wissen ob ich mich gemeldet habe?"

„Ja, das war alles was sie wollte, sie deutete dann noch an, dass sie sich wohl getrennt haben."

„Ja, das ist so, ich bin zurzeit im Ausland. Deswegen rufe ich Sie auch an. Man hat mir meine Bankkarte gestohlen. Ist auf meinem Konto irgendeine Bewegung gewesen?"

„Na ja, eigentlich darf ich ja am Telefon keine solche Auskunft geben, aber wir kennen uns gut genug, dass ich mir sicher bin, Sie selbst am Telefon zu haben."

„Ja ich bin es wirklich, Sie können aber auch gern die Sicherheitsabfrage machen die wir mal vereinbart haben."

„Nein, ich glaube das ist nicht nötig. Wie kann ich Ihnen helfen? Sie sagen, man hat Ihnen Ihre Bankkarte gestohlen?"

„Ja leider. Deswegen möchte ich wissen, ob vielleicht schon jemand versucht hat, mit der Karte Geld abzuheben."

„Also, wie ich das hier auf Ihrem Konto sehe, ist die einzige Buchung seit einigen Wochen eine Provisionszahlung Ihrer Firma aus Hamburg. Danach ist keine Kontobewegung mehr gewesen."

„O.k., das wollte ich nur wissen. Bitte sperren Sie die Karte, bis ich wieder da bin. Ich komme dann persönlich zu Ihnen. Sagen Sie, ist es vielleicht möglich, dass Sie mir Geld hierher überweisen?"

„Grundsätzlich ist das schon möglich. Dann müssten wir jetzt doch noch die Sicherheitsabfrage machen, Sie müssten mir sagen, zu welchem Geldinstitut ich die Überweisung vornehmen soll, und dann können Sie nach Vorlage Ihres Ausweises das Geld dort in Empfang nehmen."

„O.k., vielen Dank, Sie haben mir sehr geholfen. Ich würde mich dann demnächst bei Ihnen melden zwecks der Überweisung. Bis dahin vielen Dank noch mal, tschüss."

„Tschüss Herr Hauser, bis dann, alles Gute."

Das wäre ja super gewesen, wenn er sich hierher das nötige Geld hätte überweisen lassen können, dann könnte er wirklich den nächsten Flieger nach Hause nehmen, aber mit dem Ausweis von Patrik O Kelly würde das nicht gehen und sein Ausweis schipperte jetzt wohl gerade Richtung Neuseeland.

Also doch erstmal einen Job annehmen und das nötige Geld verdienen.

Gut, dass er diesen Hafenmeister empfohlen bekommen hatte. Stefan hoffte inständig, dass das auch alles so klappen würde.

Zunächst wollte er sich aber von seiner jetzigen Umgebung ein Bild machen und so durchstreifte er das ganze Areal.

Unterwegs fand er wieder eine kleine Pension, und nahm sich vor, in dieser am Abend ein Zimmer zu mieten.

Plötzlich stand Stefan vor einem Gebäude, das wohl das Hauptgebäude des Hafens war, jedenfalls ließ die Beschriftung am Gebäude darauf schließen.

Am nächsten Tag würde also der Besuch bei dem Hafenmeister Dunkan anstehen.

Stefan ging zu der Pension zurück und mietete sich dort ein. In dieser Pension waren wieder einige Seeleute untergebracht, darunter auch einige Gestalten, die wenig vertrauenerweckend aussahen. Er zog sich daher schnell auf sein Zimmer zurück.

Am nächsten Morgen machte er sich alsbald auf zum Hauptgebäude des Hafens.

Tatsächlich fand er in der obersten Etage das Zimmer mit der Aufschrift ‚Frank Dunkan, Hafenmeister‘.

Einen Augenblick verharrte Stefan vor der Tür und horchte, ob er vielleicht Stimmen von drinnen vernehmen konnte, aber es war nichts zu hören.

Vorsichtig klopfte er an die Tür und wartete auf eine Antwort. Nichts geschah.

Stefan wollte sich schon wieder zum Gehen umwenden, als er an einen Spruch seines Vaters erinnert wurde: ‚Zweimal klingeln ist o.k., dreimal ist aufdringlich‘.

Also fasste er Mut und klopfte ein zweites Mal an die Tür, jetzt etwas kräftiger.

Von drinnen hörte er einen kurzen Ruf, der nicht sehr freundlich, aber doch wie eine Einladung zum Eintreten klang.

Zögernd öffnete Stefan die Tür und trat ein. An einem Schreibtisch saß ein Mann mittleren Alters. Ohne von seiner

Arbeit aufzusehen sprach er Stefan in einem mürrischen Ton an.

„Was wollen Sie?"

„Entschuldigen Sie bitte, mein Name ist", fast hätte er gesagt Stefan Hauser, er konnte es gerade noch so verschlucken, „Patrik O Kelly, ich...".

Mit einer Handbewegung schnitt ihm der Mann das Wort ab.

„Ach Sie sind das. Ich weiß, Jeff hat Sie angekündigt. Hören Sie ich habe keine Zeit, mich groß mit Ihnen zu beschäftigen. Ich habe nur einen Job für Sie. Ob Sie ihn annehmen müssen Sie entscheiden."

„Ich will Sie auch nicht stören. Was wäre das denn für ein Job?"

„Das ist auf einem Schiff. Sie müssten sich dafür bei dem Kapitän melden."

„Auf einem Schiff, o.k., was für ein Schiff ist das denn, und was müsste ich da machen?"

„Wie gesagt, gehen Sie zu dem Kapitän, bestellen Sie einen schönen Gruß von mir, er möge Ihnen den Job erklären, wie wir das neulich besprochen haben."

„Gut, das werde ich machen, welches Schiff ist das denn?"

„Das ist der Kreuzfahrer vorn an der Kaimauer."

„O.k., vielen Dank für Ihre Bemühungen."

„Ja, schon gut", mit einer entsprechenden Handbewegung bedeutete er Stefan, das Büro zu verlassen.

Stefan ging ohne ein weiteres Wort aus dem Büro.

Ein Job auf einem Schiff, ausgerechnet. Na Prost Mahlzeit, das mag ja was werden.

Ein wenig missmutig verließ Stefan das Gebäude. Mit allem hätte er gerechnet, auch einen Job als Hafenarbeiter hätte er akzeptiert, aber wieder auf ein Schiff? Was das wohl wieder für ein Schiff war?

Was hatte der Hafenmeister gesagt? Ein Kreuzfahrer?

Hm, das hörte sich doch vielleicht gar nicht so schlecht an.

‚Also schauen wir mal, was das für ein Pott ist', dachte er sich und ging die Kaimauer entlang.

Ein Kreuzfahrtschiff ist ja was anderes, als so ein alter Stückgutfrachter, da gibt es vielleicht sogar einen ganz annehmbaren Job.

Am Ende der Kaimauer lag tatsächlich ein Kreuzfahrtschiff, ein schönes weißes Schiff, nicht so eins von den riesigen, aber immerhin ein ziemlich großes.

Stefan stand eine Weile unschlüssig an der Gangway und wusste nicht so recht, was er machen sollte.

Schließlich fasste er wieder Mut und ging die Gangway empor. Oben stand ein Matrose und wollte ihn nicht durchlassen.

„Was wollen Sie hier?" sprach der Matrose Stefan an, „Sie gehören doch nicht zu den Passagieren."

„Nein, ich gehöre nicht zu den Passagieren, ich bin vom Hafenmeister hergeschickt worden, ich soll mich beim Kapitän melden."

„Aha, worum geht es?"

„Es geht um einen Job hier an Bord."

„O.k., warten Sie einen Augenblick."

Der Matrose ging zu einem Telefon und wählte eine Nummer.

„Kapitän, hier ist jemand, der vom Hafenmeister geschickt wurde, der soll sich bei Ihnen melden."

Der Kapitän bestätigte das offenbar.

„O.k., kommen Sie, ich bringe Sie zum Kapitän"

Stefan folgte dem Matrosen durch viele Gänge und über einige Decks bis zur Brücke. Alles auf dem Schiff war blitzsauber.

‚Hier zu arbeiten, ist sicherlich was ganz Anderes, als auf dem Stückgutfrachter. Da könnte ich mich sogar dran gewöhnen', dachte Stefan.

Im Vorraum der Brücke angekommen, bedeutete der Matrose ihm, hier zu warten.

Nach kurzer Wartezeit erschien der Kapitän. Ein älterer braungebrannter Herr in seiner weißen Uniform.

„So Sie sind also Mister O Kelly, guten Tag", er streckte Stefan die Hand zur Begrüßung hin. Der war erstaunt, dass der Kapitän ihn sogar mit Namen ansprach.

„Ja, guten Tag, der Hafenmeister meinte Sie hätten einen Job für mich."

„Sie suchen also einen Job, keine Daueranstellung."

„Ich hoffe, das ist kein Problem, ich muss mir nur das Geld für mein Rückflugticket nach Dublin verdienen, ich weiß sonst nicht, wie ich anders nach Hause komme."

„So, Sie kommen aus Dublin."

„Ja, ich bin zwar hier geboren, aber in Dublin aufgewachsen."

Stefan schilderte kurz seine einstudierte Geschichte.

„Kommen Sie, wir gehen in den Salon, dort können wir uns ungestört unterhalten."

Der Kapitän war im Gegensatz zum Hafenmeister ein sehr freundlicher Mann, der von allen Personen, denen sie auf dem Weg begegneten, sehr freundlich begrüßt wurde. Er war anscheinend sehr beliebt.

Im Salon angekommen, bestellte er für beide ein Getränk und forderte Stefan sehr freundlich auf, sich zu setzen.

„Erzählen Sie mal, was haben Sie bisher gemacht, haben Sie schon mal auf einem Schiff gearbeitet?"

„Ja, aber das war ein ganz anderes Schiff als Ihres, das war ein Stückgutfrachter. Mit dem bin ich von Dublin bis nach Adelaide gefahren."

„Ein Stückgutfrachter, o.k., was haben Sie da gemacht?"

„Ich war für die Frachtpapiere zuständig."

„Was haben Sie zu Hause gemacht?"

„Ich habe eine kaufmännische Ausbildung und habe im Außendienst gearbeitet."

„Na, da ist Ihnen der Umgang mit Menschen ja nicht ganz unbekannt."

Das Gespräch verlief in sehr entspannter Atmosphäre, und Stefan bekam immer mehr den Eindruck, dass man mit dem Kapitän auch Spaß haben konnte, jedenfalls vermittelte er im Gespräch diesen Eindruck.

Stefan fühlte sich sichtlich wohl in seiner Gegenwart.

„Ja, Menschen sind was Herrliches."

Der Kapitän lachte.

„Also können Sie auch freundlich sein, wenn man Ihnen mal nicht so zuvorkommend begegnet."

„Na klar, freundlich ist mein zweiter Vorname", erwiderte Stefan lachend.

„Gut, schlagfertig sind Sie und lustig können Sie auch sein."

„Auch das geht, da wo es angebracht ist."

„O.k., genau das brauchen wir hier. Ich erkläre Ihnen jetzt, wofür ich Sie hier brauche."

„Ich bin schon ganz gespannt."

„Also, Sie machen mir einen ganz soliden Eindruck. Wir brauchen Sie zur Verstärkung bei den Stewards. Keine Angst, Sie sollen nicht als Kellner arbeiten. Ihre Aufgabe wird sein, sich unter die Gäste zu mischen, die Augen offen zu haben für die Belange der Passagiere, auch mal zu erkennen, wo es hakt und einfach sich darum zu kümmern, dass es allen Passagieren gut geht. Sie sollen Ansprechpartner sein für alle Sorgen und Belange der Passagiere und wenn etwas nicht ganz zur Zufriedenheit der Gäste ist, das zu bereinigen. Auf diesem Gebiet sind wir leider ein wenig unterbesetzt, wir könnten noch einige von Ihrer Sorte gebrauchen. "

„O.k., das hört sich ja richtig gut an. Auf die Aufgabe freue ich mich. Wann geht es denn los?"

„Wir liegen jetzt hier seit drei Tagen und werden übermorgen wieder ablegen. Dann sind alle Passagiere wieder an Bord. In diesen Tagen hatten die Passagiere die Möglichkeit, die Stadt Perth und die Umgebung zu erkunden."

„Das heißt, Sie sind schon länger unterwegs und haben hier Station gemacht."

„Ja, wir sind in Sydney gestartet, unsere Route führt uns ganz um den australischen Kontinent herum. Den Süden haben wir umrundet, jetzt geht es zunächst nordwärts, bis wir wieder in Sydney ankommen."

„Wow, das ist ja eine ganz schöne Tour."

„Ja unsere nächste Station wird Darwin im Norden sein, dann geht es südlich von Papua New Guinea in Richtung Ostaustralien nach Brisbane und schließlich wieder nach Sydney."

„Eine tolle Reise. Ich freue mich riesig darauf."

„O.k., also sind sie dabei?"

„Na klar, wie könnte ich da nicht dabei sein."

„Gut, dann werde ich Sie jetzt mit dem Quartiermeister bekannt machen, der wird Ihnen alles Weitere erklären, der wird Sie auch nochmal genauer einweisen in Ihre Aufgaben und wird Ihnen Ihr Quartier zuweisen."

„Super, ab wann kann ich denn an Bord kommen?"

„Am besten ab sofort."

Der Kapitän winkte einen Kellner heran.

„Holen Sie bitte Oskar hierher," bat er ihn.

„Oskar ist unser Quartiermeister, Reiseleiter oder Passagierchef, wie auch immer Sie ihn bezeichnen wollen. Er ist ein sehr zugänglicher Mann, Sie werden ganz gut mit ihm zurechtkommen."

„Davon bin ich überzeugt."

Stefan war jetzt richtig guter Dinge, er freute sich auf seine neue Aufgabe.

Oskar kam auf sie zu. Er war ein noch recht junger Mann, schob einen ganz beträchtlichen Bauch vor sich her und begrüßte Stefan mit einem breiten Grinsen.

Der Kapitän erläuterte ihm kurz die Angelegenheit.

„O.k., Pat ich bin Oskar, dann komm mal mit ich zeige dir alles."

Sie begaben sich in die Mannschaftsquartiere, wo er ihm eine Kajüte für drei Männer zuwies, die er aber zurzeit allein bewohnen würde.

„Der Kapitän hat dir ja schon erläutert, dass wir eigentlich unterbesetzt sind. Also musst du hier erstmal allein einziehen. Vielleicht kommt aber noch jemand dazu."

„Das ist kein Problem, zumal ich denke, dass ich mich wohl die meiste Zeit bei den Passagieren aufhalten werde."

„Ja das musst du sehen, wir haben natürlich auch alle mal dienstfrei, wir müssen nicht rund um die Uhr arbeiten."

„O.k., wann kann ich denn einziehen?"

„Ja, am besten sofort."

„Ich habe meine Sachen noch hier im Hafen in einer Pension, kann ich die holen und hier gleich Quartier beziehen?"

„Na klar, geh hin, hol deine Sachen und dann kommst du gleich wieder. Dann kleiden wir dich ein und du bist ab sofort dabei."

„Einkleiden. Bekomme ich auch solch eine schicke Uniform wie ihr alle?"

„Sicher, du musst doch von den Passagieren als Steward erkannt werden. Welche Kleidergröße hast du? Ich denke, M wird passen."

„Ja, M passt mir eigentlich immer."

„Bevor du gehst, bekommst du von mir noch deinen Ausweis als Mitglied der Crew, damit dich der Kollege an der Gangway auch wieder an Bord lässt."

Oskar ging mit Stefan in sein Büro und fertigte ihm seinen Ausweis.

„Du heißt Patrik O Kelly. O Kelly mit y am Ende?"

„Ja genau."

Oskar heftete Stefan den Ausweis an seine Jacke.

„Das Beste ist, du lässt den schon beim Runtergehen dran, dann sieht der Kollege gleich wer du bist, und muss beim Raufkommen nicht nochmal nachfragen."

„Super, dann gehe ich jetzt und bin in ca. einer Stunde wieder zurück."

„Ja, ich lasse dir schon mal deine Sachen in deine Kajüte bringen. Du kannst dich dann, wenn du wieder da bist, gleich umziehen und den Rest des Tages damit verbringen, dich auf dem Schiff umzusehen und dir alles vertraut zu machen."

„O.k., bis nachher."

Stefan begab sich jetzt allein in Richtung Gangway; ob er den direkten Weg gefunden hatte, wusste er nicht so recht, wahrscheinlich waren einige Umwege dabei.

Auf dem Weg zur Pension ließ er das Ganze nochmal Revue passieren. Wieder war er auf Menschen gestoßen, die ihm, bis auf den Hafenmeister, alle sehr wohl gesonnen waren.

Dieses Land schien voll zu sein mit freundlichen Menschen. Vielleicht lag das auch an dem überwiegend sonnigen Wetter. Seit er hier vor ein paar Tagen gestrandet war, schien die Sonne ununterbrochen, jedenfalls tagsüber.

In der Pension packte er wieder seine Sachen, wieder mit dem Gefühl eines Neuanfangs, wieder mit der Frage, was jetzt wohl wieder alles auf ihn zukommen würde.

Zurück an Bord begab sich Stefan gleich in seine Kajüte, er fand den Weg schon fast ohne Umwege, seine neuen Sachen lagen schon bereit.

In seiner neuen Uniform sah er richtig schick aus, die Hose war ein klein wenig zu lang, aber das störte ihn nicht sonderlich.

Den Rest des Tages verbrachte Stefan damit, sich in seinem neuen Zuhause umzusehen, die Mannschaftsräume, den Speisesaal und auch den Passagierbereich kennen zu lernen.

Erschöpft, aber glücklich begab er sich am späten Abend in seiner neuen Koje zur Ruhe. Die Koje hier war etwas breiter und komfortabler als auf dem Frachter. Sein letzter Gedanke an diesem Abend galt seinem ehemaligen schnarchenden Kojen-Nachbarn Peet. Wo der jetzt wohl war?

Schicksal

Nach einer recht ruhigen Nacht wurde Stefan am Morgen durch die Schiffssirene geweckt. Die Sonne schien durch das Bullauge, das um einiges größer war als auf dem vorigen Schiff.

Auch hier ging er zunächst ausgiebig der Morgentoilette nach, zog seine neue schicke Uniform an und suchte dann den Frühstücksraum für die Mannschaften auf.

Dort waren schon einige seiner neuen Kolleginnen und Kollegen versammelt. Es waren ausschließlich junge Leute. Stefan schätzte sie alle so auf Mitte zwanzig. Er schien neben Oskar, der auch schon am Tisch saß, der älteste unter ihnen zu sein.

Stefan grüßte freundlich in die Runde und bekam einen ebenso freundlichen Gruß zurück. Es herrschte eine gelöste Stimmung.

Kurze Zeit später erhob sich Oskar von seinem Platz und wandte sich in einer kurzen Ansprache an seine Leute.

„So, Leute, morgen beginnt wieder der Ernst des Lebens. Genießt noch den heutigen Tag, wir werden uns heute Abend gegen achtzehn Uhr hier zu einer Lagebesprechung zusammenfinden. Dann mache ich die Einteilung, wer wann und wo Dienst macht."

Zu Stefan gewandt sagte er: „Wir beide müssen uns nachher noch gesondert unterhalten. Komm' bitte im Laufe des Vormittags nochmal zu mir."

„O.k., wo finde ich dich?"

„Wir werden uns garantiert noch über den Weg laufen, wenn nicht, bin ich in meinem Büro."

Oskar verließ den Raum, Stefan machte sich mit seinen jungen Kolleginnen und Kollegen bekannt. Es waren überwiegend Studenten, die einzelne Etappen oder auch die gesamte Reise mitmachten, um sich ein wenig Geld für ihr Studium zu verdienen.

Den gesamten Vormittag machte sich Stefan mit dem Schiff vertraut. Er wollte bei der Einteilung gegen Abend schon einigermaßen Bescheid wissen.

Jeder bekam einen eigenen Bereich zugewiesen, in dem er sich um die Gäste an Bord kümmern musste, soviel hatten ihm seine neuen Kolleginnen und Kollegen nach dem Frühstück schon erklärt.

Gegen Mittag machte er sich auf, Oskar zu suchen. Da er ihn an Deck nirgendwo finden konnte, ging er in sein Büro.

„Hallo Pat, schön dass du da bist, schön dass ich mich auf dich verlassen kann", begrüßte der ihn.

„Ja, du hast doch gesagt, du wolltest noch mit mir sprechen."

„Richtig, komm setz' dich, ich habe eine besondere Aufgabe für dich."

„Wieso? Was meinst du mit besondere Aufgabe?"

„Ich brauche Leute, auf die ich mich verlassen kann."

„So wie ich die Mädels und Jungs kennen gelernt habe, sind die doch alle sehr verlässlich."

„Na ja, bei so jungen Leuten ist das nicht immer gegeben."

„Und wie kommst du darauf, dass du dich auf mich verlassen kannst?"

„Zum einen bist du schon ein wenig älter als die anderen und hast schon Einiges mehr an Lebenserfahrung. Außerdem habe ich eine ganz gute Menschenkenntnis. Ich hab' schon, als du mit dem Kapitän gesprochen hast, gesehen, dass du ein ganz verlässlicher und ehrlicher Mensch bist."

Da war es wieder, dieses Bauchgrummeln. Auch Oskar hielt ihn für einen ehrlichen Menschen, obwohl er doch mit einer falschen Identität unterwegs war.

Stefan nahm sich einmal mehr vor, diesen Zustand so schnell wie möglich zu beenden. Also jetzt Augen zu und durch - und dann ab nach Hause.

„Ja ja, gute Menschenkenntnis, hab' ich von mir auch immer gedacht."

„Wieso, bist du mal reingefallen?"

„Ja und das nicht zu knapp."

„So? Erzähl mal."

„Na ja, ich hab' mal einen Kollegen zur Aushilfe bekommen. Und der hat sich im ersten Moment so gut gemacht, dass ich ihn unbedingt in meinem Team haben wollte. Ich hab' mich für ihn stark gemacht und hab' mich sogar mit meinem Chef angelegt, bis er ihn mir tatsächlich zugeteilt hat."

„Aha, und dann ging das in die Hose?"

„Ja, aber sowas von gründlich. Dass ich mich in dem Kerl so dermaßen getäuscht habe, das ärgert mich heute noch, wenn ich nur daran denke."

„Und du denkst, ich würde mich in dir auch täuschen."

„Na ja, vielleicht bin ich ja gar nicht der, für den ich mich ausgebe. Vielleicht bin ich ja ein Betrüger, ein guter Schauspieler."

„Ah", Oskar winkte ab, „und wenn schon. Glaub' mir, wenn ich dafür auch nur den leisesten Verdacht schöpfen müsste, dann wärst du schneller von diesem Schiff runter, als du rauf gekommen bist."

Oskar runzelte die Stirn und grinste gleichzeitig dabei übers ganze Gesicht. Er war sicherlich ein Mensch, mit dem man Pferde stehlen konnte, aber er strahlte eine natürliche Autorität aus, dass Stefan bewusst war, er würde nicht zögern, seine Warnung in die Tat umzusetzen.

„Also Pat, bist du dabei?"

„Natürlich bin ich dabei; sag', was ich machen soll, und ich werde alles zu deiner Zufriedenheit erledigen."

„Na also, wusste ich doch. Also ich möchte, dass du nicht allein für einen Bereich auf dem Schiff zuständig bist, sondern dass du überall ein Auge auf die Gäste an Bord und auch auf die Mannschaft hast."

„Wie, ich soll die jungen Kolleginnen und Kollegen überwachen?"

„Nein, nicht überwachen, du sollst sie unterstützen. Du sollst dich auch um ihre Belange kümmern, und wenn es mal sein muss, sollst du sie auch motivieren."

„Wow, das traust du mir zu?"

„Na klar traue ich dir das zu. Du strahlst schon etwas aus. Ich glaube, dass du ein Mensch bist, zu dem man schnell Vertrauen fasst, weil du keine Berührungsängste hast. Und ich habe festgestellt, dass die Kolleginnen und Kollegen manchmal Schwierigkeiten, die sie mit ihrem Job haben, selbst zu regeln versuchen und damit nicht zurechtkommen. Die kommen nicht zu mir, die versuchen solche Dinge unter sich zu regeln."

„O.k., und erwartest du, dass ich dir solche Dinge dann berichte?"

„Nein, nicht unbedingt. Gravierende Dinge sollte ich dann schon wissen, aber was du selbst regeln kannst, davon musst du mich nicht in Kenntnis setzen."

„Nochmal wow, du hast ja ganz schön Vertrauen zu mir."

„Na klar hab' ich das, sonst würde ich dich damit nicht betrauen. Hör mal, es ist doch keine hoch wissenschaftliche Arbeit, die wir hier tun. Es geht doch nur darum, den Gästen an Bord den Aufenthalt so angenehm wie möglich zu machen und das ist doch mit der nötigen Umsicht und Freundlichkeit überhaupt kein Problem."

„Nein, das sehe ich genauso, danke für dein Vertrauen. Ich werde also mit den Gästen freundlich umgehen und genauso mit den Kollegen."

„Super, Pat, das wollte ich von dir hören. Ich werde also heute Abend bei der Einteilung den Leuten mitteilen, dass du bei eventuellen Problemen ihr nächster Ansprechpartner bist und sie nicht mit allen Dingen zu mir kommen müssen. Das habe ich ihnen nämlich bei Antritt der Reise ans Herz gelegt, nur haben sie sich das wohl nicht getraut. Vielleicht bin ich zu autoritär."

„Ja, bist du das?"

„Na ja, ich war auf der bisherigen Reise teilweise ganz schön streng mit meinen Leuten. Weißt du, unsere Gesellschaft hat im Bereich Kreuzfahrten mit Abstand den besten Ruf hier im Land, und ich will, dass das auch so bleibt."

„O.k., du hast schon so eine gewisse autoritäre Ausstrahlung, aber du bist doch auch immer freundlich dabei."

„Vielleicht schieße ich manchmal ein wenig übers Ziel hinaus. Also ich möchte, dass du so als Mittelsmann zwischen den jungen Leuten und mir fungierst."

„Ich werde mein Bestes geben."

Stefan begab sich wieder auf seine Rundreise über das Schiff, um sich weiter vertraut mit seinem neuen Arbeitsbereich zu machen.

Das Gespräch mit Oskar war in einem sehr freundschaftlichen Ton verlaufen und hatte Stefan eine große Sicherheit verliehen. Er freute sich auf seine neue Aufgabe.

Einige der Passagiere, die hier an Land gegangen waren, kehrten schon im Laufe des Tages auf das Schiff zurück. Für den nächsten Tag war die Rückkehr einiger Busse mit weiteren Passagieren angekündigt, die eine Tour in die Weinanbaugebiete um Magaret River unternommen hatten.

Gegen Abend versammelte Oskar seine Mitarbeiter im Aufenthaltsraum für die Mannschaft und machte die Einteilung.

Stefan teilte Oskar direkt oben an der Gangway ein, um die Passagiere dort in Empfang nehmen zu können.

Am Ende der Versammlung stellte er Stefan als neuen Mittelsmann zwischen ihm und den Mitarbeitern vor. In einigen Gesichtern konnte Stefan Erleichterung erkennen. Offenbar war Oskar tatsächlich ziemlich streng zu ihnen gewesen.

Nach der Einteilung blieb Stefan noch den restlichen Abend mit seinen Kolleginnen und Kollegen im Aufenthaltsraum zusammen. Es fiel ihm nicht schwer, zu allen ein freundschaftliches Verhältnis aufzubauen, so dass sie alle am Ende des Tages mit einem guten Gefühl in ihre Kojen verschwanden.

Am späten Vormittag des nächsten Tages kamen die Busse an. Stefan stand frühzeitig an seinem Platz oben an der Gangway.

Menschen aller Altersklassen entstiegen den Bussen. Ehepaare, Rentnergruppen, jüngere Leute und auch einige Kinder waren darunter. Eine durchweg gemischte Schar machte sich auf, die Gangway zu erstürmen.

Alle waren gut gelaunt, es wurde viel gelacht, auch die Kinder sprangen munter umher.

Stefan stand auf seinem Posten, die gute Laune der Passagiere übertrug sich auf ihn. Einige erkannten in ihm ein neues Gesicht an Bord und begrüßten ihn entsprechend.

Eine Familie erregte schon beim Aussteigen aus dem Bus Stefans Aufmerksamkeit.

Eltern mit ihrer kleinen, etwa sieben Jahre alten Tochter. Der Mann war hochgewachsen, mit sehr kurzen schwarzen Haaren, ein Kreuz wie ein Kleiderschrank, die Frau schlank, mit schulterlangen, dunkelblonden Haaren, das Mädchen, schwarze Haare wie ihr Vater, schulterlang wie ihre Mutter, sprang kess zwischen den Leuten umher.

Diese drei strahlten etwas aus. Stefan musste immer wieder zu ihnen hinsehen.

Die Kleine wuselte herum und sprach lebhaft mit allen, die um sie herum waren. Hin und wieder wurde die Wuselei dem Vater wohl ein wenig zu viel, er sprach dann kurz mit ihr, und sie war dann wieder an seiner Seite.

Stefan war gespannt, ob die Kleine ihn auch ansprechen würde. So lebhaft, wie sie sich dort zeigte, rechnete er damit. Wenn nicht, würde er sie ansprechen, nahm er sich vor.

Schon von weitem hatte sie Stefan als neues Gesicht an Bord erkannt und kam direkt auf ihn zu.

„Bist du neu hier?" sprach sie ihn kess an. Ihre Eltern ließen sie gewähren und blieben mit ihr einen Augenblick bei Stefan stehen.

„Ja bin ich. Aber du bist nicht neu hier, oder?"

„Nein, ich bin schon ein paar Wochen hier auf dem Schiff. Wir haben nur einen Ausflug gemacht. Wie heißt du?"

„Ich heiße Patrick und du?"

„Ich bin Susan und das sind meine Eltern", sie streckte Stefan ihre kleine Hand hin. Stefan begrüßte auch ihre Eltern mit einem freundlichen Handschlag.

„So, einen Ausflug habt ihr gemacht. Was habt ihr denn alles gesehen?"

„Wir haben die Weingärten gesehen und Wein probiert."

„Wein habt ihr probiert, du auch?"

„Nein ich doch nicht, ich bin doch erst sieben."

„Ach so, du bist erst sieben, ich dachte, du hast auch Wein probiert, weil du wie eine kleine Dame aussiehst."

Die Kleine schaute Stefan verschmitzt an und schüttelte den Kopf.

„Du bist also erst sieben, sag mal, musst du denn gar nicht zur Schule?"

„Doch, wir haben doch hier Schule."

„Wo - hier auf dem Schiff?"

„Ja, hier auf dem Schiff, weißt du das gar nicht?"

„Nein, das wusste ich noch nicht."

„Ja, wir sind fünfzehn Kinder und haben jeden Vormittag Unterricht."

„Das ist ja toll, dann macht ihr eine schöne Schiffsreise und könnt nebenbei auch noch was lernen."

„Ja, das haben wir voriges Jahr auch schon gemacht."

„Super, weißt du, weil ich ja ziemlich neu hier auf dem Schiff bin, weiß ich noch nicht alles, vielleicht kannst du mir noch das eine oder andere erklären."

„Na klar, mach ich, aber jetzt muss ich erstmal wieder in unsere Kajüte."

„O.k., wir sehen uns später noch. Ich freu mich drauf."

„Ich auch, bye."

„Tolles Mädchen haben sie", Stefan gab den Eltern die Hand.

„Ja sie ist unser Sonnenschein", antwortete die Mutter.

Stefan sah hinter den Dreien her. Die Kleine erinnerte ihn an Vanessa, die er für seine Tochter gehalten hatte. Wie gern hätte er mit ihr solche Gespräche geführt, aber das war nur äußerst begrenzt möglich.

Die nächsten Tage auf See nahmen Stefan voll und ganz in Anspruch. Obwohl der Umgang mit den Passagieren recht gut funktionierte, waren doch manche Tage dabei, die ein wenig stressig waren.

Da gab es dann doch den einen oder anderen, dem mal der Kaffee zu stark, mal zu schwach war, das Erfrischungsgetränk zu spät kam oder sonstige Kleinigkeiten für Unmut sorgten.

Also alles in allem der ganz normale alltägliche Wahnsinn, der bei solchen Unternehmungen dazu gehörte.

Es gelang Stefan eigentlich immer, mit seiner freundlichen und gewinnenden Art die Gemüter zu beruhigen und die Angelegenheiten schnell zu bereinigen.

Immer wieder hatte er, wenn auch kurze, so doch intensive Begegnungen mit Susan und ihren Eltern.

Stefan erwischte sich dabei, dass er den Kontakt zu ihnen regelrecht suchte. Ihren Namen hatte er auch schnell herausbekommen.

Das waren Jack Webber mit seiner Frau Jennifer und der kleinen Susan. Sie stammten aus Sydney.

Sie waren unheimlich sympathisch und ließen Stefan spüren, dass sie ihn auch mochten.

Auch mit seinen Kolleginnen und Kollegen gab es ab und zu Probleme. Zwei waren dabei, ein junger Mann und eine junge Frau, die öfter mal zu spät zum Dienst erschienen. Dann gab es Einzelgespräche, zwar in freundlicher, aber auch bestimmter Tonlage, so dass diese Schwierigkeiten sich bald erledigt hatten.

Die Tätigkeit machte Stefan sichtlich Freude, der Umgang mit Menschen war für ihn immer angenehm. Es gab zwar auch immer wieder mal Menschen, die ihm nicht sonderlich angenehm waren, so war es auch hier, aber mit der richtigen Einstellung zu seiner Aufgabe war alles gut zu erledigen.

Stefan fühlte sich absolut wohl bei dieser Arbeit hier an Bord.

Das ging so weit, dass er eines Tages, als er sich in seiner Kajüte zur Ruhe begab, mit dem Gedanken spielte, hier in diesem so angenehmen Land zu bleiben.

Wenn er dauerhaft dieser Tätigkeit hier auf dem Schiff nachgehen könnte, wäre ein Leben als Patrik O Kelly hier in Australien sicherlich nicht das Schlechteste.

Je länger Stefan über diesen Gedanken nachdachte, um so angenehmer wurde er ihm. Was sollte passieren? Immerhin hatte er ja einen gültigen Ausweis in der Tasche, und eine entsprechende Geburtsurkunde war ebenfalls in seinem Besitz.

Das einzige, was ihm diesbezüglich immer wieder Schwierigkeiten bereitete, war sein Gewissen. Er fühlte sich immer wieder wie ein Betrüger. Aber sicherlich würde er sich eines Tages daran gewöhnt haben, als Patrik O Kelly sein weiteres Leben zu führen.

Mit diesen Gedanken, die in seinem Kopf umher kreisten, schlief er endlich ein.

So vergingen die nächsten Tage und Wochen in Zufriedenheit und Harmonie.

Weihnachten und den Jahreswechsel erlebte Stefan zwischen vielen fröhlichen Passagieren, ohne aber selbst in weihnachtliche oder festliche Stimmung zu kommen. Es war für ihn halt ungewohnt, Weihnachten und Jahreswechsel im Hochsommer zu erleben. Da mangelte es eben an der gewohnten Umgebung.

Es war ungefähr eine Woche nach dem Jahreswechsel, als eines Nachmittags Susan zu ihm kam. Sie hatte sich schon daran gewöhnt, ihn 'Onkel Pat' zu nennen.

„Hallo, Onkel Pat, soll ich dir mal unsere Schule zeigen?"

„Ja super, das finde ich eine tolle Idee."

Sie nahm Stefan bei der Hand und führte ihn in das untere Deck für Passagiere. Dort am Ende eines langen Ganges im vorderen Teil des Schiffes war ein großer, sehr heller Raum als Klassenzimmer eingerichtet.

Susan öffnete die Tür, die beiden Lehrerinnen waren noch dort und besprachen den nächsten Unterrichtstag.

„Hallo Susan", begrüßten sie die beiden, „hast du was vergessen?"

261

„Nein, ich will Onkel Pat nur zeigen, wo ich zur Schule gehe."

„Aha, ist das dein Onkel? Den kennen wir doch, das ist doch der Chefsteward."

„Nein, das ist nicht mein richtiger Onkel, wir haben uns nur ein bisschen angefreundet."

Stefan kannte die beiden Lehrerinnen vom Sehen und begrüßte sie ebenfalls.

„Hallo, na klar kennen wir uns, ihr habt doch damals mit in dem Raum gesessen, als Oskar die Einteilung gemacht hat. Und Chefsteward bin ich nicht, das ist immer noch Oskar."

„Na ja, aber du bist seine rechte Hand."

„Ja, und ihr beide seid die Lehrerinnen. Susan hat mich erstmal aufgeklärt, dass hier an Bord auch Unterricht stattfindet."

„Wir machen jedes Jahr diese Reise mit. Der Unterricht ist mehr Privatunterricht und wird von den Eltern der Kinder initiiert und bezahlt."

„Tolle Sache, da haben alle was von, die Eltern und die Kinder."

„Ja, so ist das gedacht und funktioniert ganz hervorragend."

Susan zeigte Stefan noch ihren Platz, auf dem sie im Unterricht saß, dann verließen die beiden wieder den Raum.

Stefan hatte die Kleine richtig in sein Herz geschlossen, sie war so ein aufgewecktes Mädchen, sehr kess auf ihre Art, aber keinesfalls altklug.

Die Tage vergingen, das Schiff befand sich jetzt auf dem Weg Richtung Papua Neu Guinea.

An einem sonnigen Nachmittag machte das Schiff mitten im Meer halt und bot den Passagieren ein besonderes Schauspiel. In dieser Gegend gab es viele Haie, und so führte die Besatzung des Schiffes den Passagieren eine Fütterung der Haie vor.

Von einer Luke aus wurden Fleischabfälle aus der Küche ins Meer geworfen, was einen ganzen Pulk von Haien anlockte.

Stefan stand auf dem obersten Deck und beobachtete die Szene von dort aus. Die meisten Passagiere waren ein Deck unter ihm und verfolgten die Angelegenheit mit viel Spektakel.

Den eigentlichen Sinn dieser Veranstaltung verstand Stefan nicht so recht. Wahrscheinlich wollte man den Passagieren an Bord nur eine besondere Attraktion bieten.

Auf dem Deck unter ihm drängten sich die Menschen an die Reling, um nichts von dem Schauspiel zu verpassen.

Plötzlich bemerkte Stefan, wie sich ein Mädchen zwischen die Erwachsenen drängte um auch etwas sehen zu können.

Es war Susan, die sich da zwischen die Leute drängte. Sie versuchte, sich Platz zu verschaffen, aber die Erwachsenen achteten nicht auf die Kleine. Alles Drängeln half nichts, sie konnte immer noch nicht so recht etwas sehen.

Kess, wie sie war, kletterte sie auf die unterste Querstrebe der Reling, um mehr zu sehen. Aber auch das brachte wohl nicht den rechten Erfolg, und sie kletterte noch eine Strebe weiter hoch.

Stefan stockte der Atem. Nur noch eine Strebe war zwischen der, auf der sie jetzt stand, und der obersten. Es war zwar an der Außenseite der Reling eine Plexiglasscheibe, aber die war auch nur so hoch wie die gesamte Reling.

Die Erwachsenen rechts und links von ihr nahmen keine Notiz von dem Mädchen, sie waren so mit dem Schauspiel beschäftigt, dass sie von Susans Klettertour nichts mitbekamen.

Stefans Puls schoss in die Höhe, er rief nach unten, aber keiner hörte auf ihn.

Er schrie: „Susan, geh da runter, das ist zu gefährlich."

Keiner hörte ihn, weder Susan, noch die Menschen neben ihr.

Verzweiflung machte sich in Stefan breit, was sollte er tun? Wenn sie eine Stufe höher kletterte, würde sie noch durch die Unaufmerksamkeit der Erwachsenen neben ihr über Bord geschubst.

Verzweifelt schrie er weiter nach unten, aber niemand reagierte.

Susan kletterte tatsächlich noch eine Stufe höher und hielt sich an den Schultern der Erwachsenen neben ihr fest. Die nahmen immer noch keine Notiz von ihr.

So laut er konnte schrie Stefan immer wieder nach unten. Panik machte sich in ihm breit.

Susan stand jetzt auf der zweiten Strebe der Reling, ihre Knie stützten sich an der obersten Strebe ab, und sie hielt sich weiter an den Schultern neben ihr fest.

Plötzlich beugte sich der Mann neben ihr ruckartig nach vorn und riss Susan unabsichtlich mit. Sie verlor das Gleichgewicht und viel über Bord.

Um Stefan herum versank alles im Nebel, als er sah, wie Susan nach unten fiel. Die Stimmen um ihn herum hörte er wie aus weiter Ferne. Er sah Susan wie durch einen Tunnel in diesem Nebel fallen.

Alles geschah wieder einmal wie in Zeitlupe. Automatisch kletterte auch er über die Reling und sprang hinter Susan her.

Er hatte nur einen Gedanken. ‚Egal was mit mir geschieht, aber diese Kleine muss auf jeden Fall leben. Wenn das jetzt mein Ende ist, ist das in Ordnung, aber sie muss gerettet werden, koste es was es wolle.'

Es waren nur einige Sekunden, die er später als Susan im Wasser landete. Dicht neben sich sah er sie im Wasser strampeln. Mit zwei schnellen Schwimmzügen war er bei ihr und packte sie.

Susan klammerte sich an ihn und strampelte heftig. Stefan versuchte sie zu beruhigen, aber sie war in voller Panik, sie klammerte sich an seinen Hals und drückte ihm fast die Luft weg.

Stefan versuchte so wenig wie möglich die Beine zu bewegen, um nicht die Haie zu stark auf sich zu lenken.

Susan hing an seinem Hals und wimmerte leise, sie zitterte am ganzen Körper.

Stefan schaute nach oben zur Luke, dort hatte man den Vorfall natürlich bemerkt und ließ sofort eine Strickleiter hinunter. Es waren ungefähr acht Meter bis zu dieser Leiter.

Stefan hielt mit einem Arm Susan fest an sich gepresst und schwamm mit nur einem Arm und möglichst ohne Beinbewegung auf die Leiter zu.

Von oben schrie ein Matrose, er solle sich an der Leiter festhalten, sie würden die Leiter mit einer Winde hinaufziehen.

Auf dem eigentlich kurzen Weg zur Leiter, der ihm aber wie eine ewig lange Strecke vorkam, bemerkte er, wie einige Haie bereits um sie herumschwammen. Sie berührten schon leicht seine Beine.

Endlich hatte er die Leiter erreicht. Durch Susans Klammergriff am seinem Hals bekam er kaum noch Luft und er spürte, wie ihn die Kräfte verließen. Verzweifelt versuchte er Susan dazu zu bringen, sich an der Leiter festzuhalten.

Stefan wusste nicht, wie lange er sie noch halten konnte. Sie sollte sich auf jeden Fall an der Leiter festhalten. Doch sie war so voller Panik, dass sie keines seiner Worte verstand und sich weiter mit all ihrer Kraft an ihn klammerte.

Stefan wurde schwindelig, er musste husten und schluckte Wasser, die Sinne wollten ihm schwinden.

Gemeinsam hingen sie jetzt an der Leiter und warteten darauf, hochgezogen zu werden, aber es dauerte wieder eine gefühlte Ewigkeit, bis sich die Leiter ganz allmählich aus dem Wasser hob.

Sie waren schon fast aus dem Wasser, Stefan war kurz davor, Susan nicht mehr halten zu können, da spürte er an seinem linken Bein einen reißenden Schmerz. Er hatte das Gefühl, als wenn ihm das Bein abgerissen würde.

Stefan war der Ohnmacht nahe, er spürte sein linkes Bein nicht mehr. Mit letzter Kraft klammerte er sich an die Leiter, Susan hing wimmernd an seinem Hals und drückte ihm die Luft ab.

Nach unendlich langer Zeit hörte er eine Stimme.

„Ich hab' sie."

Das war für Stefan wie eine Erlösung. Jetzt konnte er loslassen, Susan war in Sicherheit.

Noch einmal hörte er eine Stimme: „Halt den Mann fest."

Stefan spürte wie Hände ihn an den Armen packten, seine Kräfte verließen ihn jetzt endgültig, um ihn herum versank alles in schwarzer Nacht. Ohnmächtig sackte er zusammen.

Ende oder Anfang

Allmählich wich die schwarze Nacht einem milchig-nebeligen, Schleier. Außer diesem grauen Schleier konnte Stefan noch nichts sehen, aber seine Ohren nahmen Geräusche war.

Es hörte sich an, als wäre er unter Wasser, die Geräusche erkannte er langsam als Stimmen. Jemand schien mit ihm zu sprechen. Sein Bewusstsein kam nach und nach wieder. Angestrengt versuchte er die Stimme zu verstehen. Sein Kopf schmerzte fürchterlich, sein Mund war staubtrocken, über ihm lag noch eine alles dämpfende, graue Decke.

Er versuchte zu ergründen, was geschehen war und wo er sich befand, aber irgendwie gehorchten ihm seine Gedanken noch nicht so recht.

Aus weiter Ferne schien er wieder die Stimme zu hören. Es war wie eine Frauenstimme. Stefan versuchte sich zu konzentrieren, aber es half nichts.

Wo war er, was war geschehen?

Plötzlich sah er wieder dieses Bild, wie Susan durch den Tunnel aus Nebel über Bord fiel. Er schreckte hoch.

„Susan, was ist mit Susan?" stieß er undeutlich hervor.

„Ruhig, ganz ruhig, es ist alles gut", hörte er wie aus weiter Ferne die Frauenstimme. Es war eine Krankenschwester, sie hielt seinen Kopf zwischen ihren Händen. Stefan war wie irre, er packte die Schwester an den Armen, die Angst um Susan ließ ihn nicht los. Die Schwester hielt seinen Kopf fest und versuchte ihn zu beruhigen.

„Susan geht es gut, sie hat alles unbeschadet überstanden, beruhige dich Patrik", sprach sie ihn mit fester Stimme an.

Langsam begriff er ihre Worte und sank zurück. Ihm war speiübel, sein trockener Mund schmerzte.

Stefan versuchte zu schlucken, was einen fürchterlichen Hustenreiz verursachte. Er hustete stark, seine Lunge schien zu zerbersten.

Die Krankenschwester sprühte ihm mit einer Sprühflasche Wasser in den Mund. Das war wie eine Erlösung. Seine Gedanken wurden allmählich klarer. Die Erinnerung kam stückweise zurück.

Susan war über Bord gefallen und er war hinterher gesprungen. Stefan erinnerte sich daran, wie er einen der Männer sagen hörte ‚ich hab' sie'. Anscheinend war sie wirklich in Sicherheit. Er beruhigte sich langsam.

Die Krankenschwester hielt wieder seinen Kopf zwischen ihren Händen.

„He Patrik, da bist du ja wieder. Mach dir keine Sorgen, alles wird wieder gut. Susan geht es wirklich gut, sie ist nur nass geworden und hat keine Verletzungen dank deines schnellen Eingreifens. Übrigens, ich bin Elly, ich bin die Krankenschwester hier an Bord, wir haben uns schon hin und wieder mal gesehen."

Stefan sah das Gesicht der Schwester, der Schleier verzog sich langsam. Er nickte gequält, „danke Elly."

Sie trocknete ihm sein Gesicht.

„Mir ist speiübel," brachte er mühsam hervor.

„Das vergeht bald wieder, das kommt noch von der Narkose."

Sie sprühte ihm wieder Wasser in den Mund, das tat unendlich gut.

„Narkose? Wieso Narkose?"

„Na, wir mussten doch dein Bein versorgen."

Stefan erschrak, er erinnerte sich an den reißenden Schmerz, als er noch nicht ganz aus dem Wasser war.

„Mein Bein, was ist mit meinem Bein? Ist es noch dran? Ich kann es nicht spüren."

„Ja, es ist noch dran. Es ist zwar ziemlich lädiert, aber das verheilt wieder."

Erst jetzt wurde Stefan bewusst, dass er in einem Krankenbett lag. Er versuchte sich aufzusetzen, was ihm aber nicht so recht gelang. Er stützte sich auf seine Ellenbogen und schaute an sich herunter.

Er war mit einer leichten Decke zugedeckt und konnte seine beiden Beine unter der Decke erkennen, aber sein linkes Bein konnte er nicht spüren.

„Der Hai hat dir eine ganz schön tiefe Wunde in die linke Wade gerissen, aber es ist zum Glück nur eine Fleischwunde. Das verheilt wieder, allerdings wirst du eine ziemlich große Narbe zurückbehalten."

„Werde ich denn das Bein wieder bewegen können?"

Elly schlug die Decke ein wenig zurück. Zum Vorschein kam sein Bein in einem dicken Verband, sein Fuß war nicht verbunden. Sie fasste seine Zehen an.

„Kannst du das fühlen?"

„Ja, ein ganz klein wenig."

Jetzt bewegte sie seine Zehen.

„Und das auch?"

„Ja, auch ein wenig."

„Siehst du, das wird alles wieder. Versuch' mal die Zehen selbst zu bewegen."

Es gelang Stefan tatsächlich mit viel Mühe und unter Schmerzen, die Zehen ein wenig zu bewegen.

„Na bitte, geht doch. Das muss jetzt alles nur richtig verheilen, dann ist das Bein wieder voll funktionstüchtig."

Stefan sank zurück in die Kissen. In seinem Kopf war ein fürchterliches Tohuwabohu. Es gelang ihm nur schwerlich, seine Gedanken zu ordnen.

Immer wieder sah er Susan durch den Tunnel von Nebel fallen, wenn er die Augen schloss.

Plötzlich spürte er einen stechenden Schmerz in seiner linken Wade. Er stöhnte laut auf.

„Hast du Schmerzen?"

„Ja es war ein stechender Schmerz, aber es geht schon wieder."

„Wenn es zu schlimm wird, sag Bescheid, dann gebe ich dir noch was gegen die Schmerzen."

„Geht schon wieder, danke."

„Pat, wenn du dich einigermaßen fühlst, da draußen sind einige Leute, die gern mit dir reden würden."

Stefan sah Elly erstaunt an.

„So, wer will denn mit mir reden?"

„Kannst du dir das nicht vorstellen? Immerhin wirst du hier an Bord als Held gefeiert."

„Wieso als Held, nur weil ich die Kleine aus dem Wasser gezogen habe?"

„Nur? Du hast sie nicht nur vor dem Ertrinken gerettet, sondern vor allen Dingen vor den Haien."

„Ja schon, aber als Heldentat würde ich das nicht gerade bezeichnen."

„Hm, du bist dir gar nicht im Klaren, was hier an Bord in den letzten Stunden los war."

„Na ja, nicht wirklich. Was war denn?"

„Du wirst dir sicher vorstellen können, dass durch den Vorfall der komplette Bordalltag aus den Fugen geraten ist."

Allmählich wurde Stefan die Tragweite des Vorfalls bewusst, es musste wohl einen ordentlichen Aufruhr gegeben haben, schließlich geschah das alles unter den Augen der meisten Passagiere und des Personals.

„Oha, das hat wohl einen ordentlichen Wirbel gegeben."

„Das kannst du wohl laut sagen. Der Kapitän hat ab sofort solche Aktionen verboten und hat die gesamte Mannschaft verwarnt."

„Aber die Mannschaft konnte doch gar nichts dafür, niemand konnte doch ahnen, dass Susan da hochklettert."

„Der Kollege, der auf dem Deck Dienst hatte, ist schon rausgeflogen. Der geht im nächsten Hafen von Bord."

„Oh je, der arme."

„Na ja, er hatte die Aufsicht."

„Ja gut und schön, aber der kann seine Augen doch auch nicht überall haben."

„Es ist, wie es ist, wir können daran jetzt nichts mehr ändern. Zurück zu den Leuten, die mit dir reden wollen, fühlst du dich in der Lage?"

„Wer will denn alles mit mir reden?"

„Zuerst natürlich der Kapitän und Oskar."

„Und wer noch?"

„Na ja, die Eltern von Susan natürlich und Susan selbst natürlich auch."

„Ehrlich gesagt, habe ich vor dem Gespräch mit dem Kapitän und mit Oskar ein wenig Bammel."

„Du brauchst davor keinen Bammel haben, du hast dich doch vorbildlich verhalten, sogar mehr als das. Du bist ohne auf dein eigenes Leben zu achten hinter Susan hergesprungen."

„Ja trotzdem, gib mir noch ein wenig Zeit, ich muss mich erst noch darauf vorbereiten. Obwohl, Susan würde ich am liebsten jetzt gleich sehen."

„Soll ich sie holen?"

„Nein, warte noch. Kann ich aufstehen? Ich möchte nicht hier im Bett liegen, wenn sie kommt."

„O.k., setz dich mal hin, mal sehen, ob es geht."

Stefan setzte sich auf die Bettkannte.

„Geht's?"

„Mir ist noch ganz schön schwummrig und schwindelig."

„Komm, ich helfe dir hier auf den Stuhl am Tisch und dann warten wir noch eine halbe Stunde, o.k.?"

„Ja, ist o.k., dann wird es wohl gehen."

Elly half Stefan, sich auf den Stuhl zu setzen, er versuchte, mit dem linken Fuß aufzutreten, was aber wieder einen fürchterlichen Schmerz verursachte.

„He, du darfst noch nicht auftreten."

„Nein, hab' ich auch gerade gemerkt."

Stefan ließ sich auf den Stuhl fallen, er atmete keuchend.

„Na mein Held, alles klar?"

Er lächelte gequält.

„Geht so. Hast du was gegen die Kopfschmerzen?"

„Du hast eigentlich genug intus, atme mal tief durch, die Kopfschmerzen werden sicherlich gleich vergehen."

Mit kontrolliertem Atmen vertrieb Stefan allmählich die Kopfschmerzen, auch das schwummrige Gefühl verschwand langsam.

Elly verließ kurze Zeit später den Raum, sie wollte dem Kapitän und den Webbers mitteilen, wie es Stefan ging.

Einige Minuten später kam sie zurück.

„Also ich kann Susan und ihre Familie nicht mehr lange warten lassen, Susan ist kaum noch zu halten."

„O.k., lass' sie rein, das wird schon gehen."

Elly hatte kaum die Tür geöffnet, da wurde sie von außen schon heftig aufgestoßen und Susan flog herein und Stefan direkt in die Arme.

„He, da bist du ja," begrüßte Stefan sie und drückte sie fest an sich.

Susan war nicht in der Lage etwas zu sagen, sie hing wieder fast so fest an seinem Hals wie im Wasser, die Tränen liefen ihr über die Wange.

„Danke, dass du mich gerettet hast", brachte sie nach einiger Zeit mit zitternder Stimme hervor.

Stefan drückte sie fest an sich, er hatte die Kleine so tief ins Herz geschlossen, dass auch ihm die Augen feucht wurden.

Ihre Eltern standen vor Stefan, sie hatten sich fest umschlungen und waren ebenfalls kaum in der Lage zu sprechen.

„Pat", begann ihr Vater nach geraumer Zeit, „wir wissen gar nicht so recht was wir sagen sollen. Natürlich sind wir dir unendlich dankbar, aber nur danke zu sagen, ist uns einfach zu billig. Deshalb möchten wir dafür sorgen, dass du dir in Zukunft um nichts mehr Sorgen machen musst, bitte lass' uns deine Freunde sein."

Dieser Hüne von Mensch stand vor Stefan und rang um Worte, auch ihm standen die Tränen in den Augen. Auch Jenny, seiner Frau, liefen die Tränen die Wange herunter.

Es war Stefan fast ein wenig peinlich, diese gestandenen Menschen so vor sich zu sehen.

„He, das ist doch nicht der Rede wert, ich konnte doch gar nicht anders, wir haben uns doch so gut angefreundet."

„Ja, da war von Anfang an so eine freundschaftliche Atmosphäre, aber das, was du getan hast, das geht weit über Freundschaft hinaus."

„Na ja, das ist schon in Ordnung. Hauptsache es ist nichts Schlimmeres passiert."

„Was ist mit deinem Bein? Das ist doch schlimm genug."

„Ach, das ist nur eine Fleischwunde, das ist bald wieder verheilt. Alles ist gut."

„Nein, nichts ist gut. Du bist dir wahrscheinlich gar nicht im Klaren, was du für unsere Familie getan hast. Ich will gar nicht darüber nachdenken, wie es uns jetzt gehen würde, wenn du nicht gewesen wärst. Durch dein Eingreifen bist du zu einem unauslöschlichen Teil unserer Familie geworden. Deshalb möchten wir, dass du am Ende der Reise mit zu uns nach Sydney kommst und mindestens so lange bleibst, bis dein Bein wieder völlig o.k. ist. Am liebsten hätten wir, dass du für immer bei uns bleibst."

„Danke, das ist sehr lieb von euch, aber ich glaub' das geht nicht."

„Wir können dich natürlich nicht zwingen, aber nochmal, lass uns deine Freunde sein, wir wollen alles dafür tun, dass es dir gut geht."

Da war es wieder, dieses Gefühl, ein Betrüger zu sein. Diese lieben Menschen wollten ihm ihre Dankbarkeit erweisen, und er war doch nicht der für den er sich hier ausgab. Er musste dringend mit ihnen darüber reden.

Susan hing immer noch an Stefans Hals, er kam sich irgendwie gemein vor.

Während dieser kurzen Unterhaltung hatte Elly zwei Stühle herbeigeschafft. Jack und Jenny setzten sich. Eine Weile saßen sie sich schweigend gegenüber.

Jenny war immer noch nicht in der Lage, etwas zu sagen, sie hatte sich dicht vor Stefan gesetzt und ihre Hand auf seine gelegt. Sie drückte seine Hand.

„Pat, du hast uns das Liebste wiedergegeben was wir haben", brachte sie schließlich mit zitternder Stimme hervor.

Stefan wusste nicht, was er darauf antworten sollte, er sah vor sich auf den Boden und machte ein betrübtes Gesicht.

„Ich glaube, wir müssen ihn erstmal zur Ruhe kommen lassen", warf Jack ein „dieser Tag war für uns alle ziemlich anstrengend, wir werden morgen weiterreden."

„Ja, ist vielleicht besser, das war alles ein bisschen viel", sagte Stefan dankbar.

Jack erhob sich und nahm seine Tochter auf den Arm, drückte sie fest an sich und legte Stefan freundschaftlich seine Hand auf die Schulter.

„Ruh' dich aus wir kommen morgen wieder."

„O.k., bis morgen."

Jenny nahm Stefan in den Arm „danke nochmal, bis morgen."

Die drei waren schon fast an der Tür, als die sich öffnete und der Kapitän und Oskar eintraten.

„Hallo, Familie Webber, haben sie schon unseren Helden besucht", sprach der Kapitän sie an.

„Ja, ganz kurz, ich glaube, wir brauchen alle erstmal ein wenig Zeit, um das ganze Geschehen zu verarbeiten."

„Das kann ich mir vorstellen, aber wir müssen auch noch kurz mit unserem Helden sprechen."

Die Webbers verließen den Raum, Stefan saß auf seinem Stuhl und machte ein Gesicht, als hätte er etwas Schlimmes getan. Das Gefühl, ein Betrüger zu sein, wurde durch die Worte des Kapitäns noch verstärkt.

„He, Patrik, was machen Sie für ein Gesicht, Sie sind der Held des Tages, da muss man doch nicht so betrübt dreinschauen."

Der Kapitän drückte Stefan fest die Hand, der wollte aufstehen, aber Oskar drückte ihn sanft auf den Stuhl.

„Bleib sitzen, du Held."

„Ach Leute, hört doch auf mit diesem Helden, das kann ich gar nicht leiden. Ich bin kein Held", erwiderte Stefan fast flehentlich.

„Nicht? Wie soll man denn das sonst bezeichnen, was du getan hast?"

„Na ja, ich konnte doch gar nicht anders, das hätte doch jeder getan."

„So? Wenn das jeder getan hätte, wären ja wohl mehrere hinterher gesprungen. Wenn ich mich recht erinnere, bist du der einzige gewesen."

Stefan zuckte nur mit den Schultern.

Der Kapitän schaltete sich wieder ein.

„Also Patrik, dass Sie so beherzt hinter der Kleinen hergesprungen sind, hat uns gezeigt, aus welchem Holz Sie geschnitzt sind. Wir sind stolz auf Sie und ich bedanke mich im Namen der gesamten Besatzung, der Passagiere und der

Reederei in aller Form bei Ihnen für diesen Einsatz. Sie werden selbstverständlich für den Rest der Reise vom Dienst freigestellt, na ja, mit der Verletzung können Sie ja auch kaum noch arbeiten. Wir werden Ihnen die weitere Reise so angenehm wie möglich machen. Sagen Sie uns frei heraus, was wir für Sie tun können, ich verspreche Ihnen, alles zu tun, was Sie möchten."

Stefan sah zum Kapitän auf.

„Ja, ich hab' da eine Bitte an Sie."

„Nur heraus damit, was ich versprochen habe, halte ich auch."

„O.k., ich hoffe sie verstehen das, was ich von Ihnen möchte."

„Alles, was Sie wollen."

„Bitte tun Sie mir den Gefallen und verhindern dieses Heldengerede hier an Bord. Ich möchte nicht den Rest der Reise als Held angesprochen werden, nicht von der Besatzung und nicht von den Passagieren. Damit kann ich nicht umgehen.

Und noch eine Bitte, jagen Sie den Kollegen der dort Dienst hatte, nicht davon. Der konnte wirklich nichts dafür. Der hat mich doch da oben stehen gesehen und hat sein Augenmerk auf die andere Seite gerichtet. Also den trifft wirklich keine Schuld."

Der Kapitän zog die Stirn kraus.

„Hm, ich denke schon, dass der Kollege nicht so recht aufmerksam war wie es notwendig gewesen wäre, aber vielleicht war es wirklich so, dass er Sie dort gesehen und sich dann mehr auf die andere Seite konzentriert hat. Ich werde nochmal mit ihm sprechen. Und was das „Heldengerede" wie Sie es nennen, betrifft, das werde ich nicht ganz verhindern können. Ich will aber sehen, was sich machen lässt."

„Pat, du wirst natürlich als Held gefeiert, wenn du dich wieder an Bord sehen lässt, das wird nicht ganz zu verhindern sein, aber ich werde mich mit den Passagieren unterhalten und werde sie bitten deinen Wunsch zu respektieren", versprach Oskar

„O.k., vielen Dank."

„So, dann ruhen Sie sich jetzt mal aus, Elly wird sich um Sie kümmern, bei ihr sind Sie in guten Händen. Gute Besserung für ihr Bein. Wir lassen Sie jetzt wieder in Ruhe", der Kapitän gab Stefan noch einmal die Hand und drückte sie kräftig.

Die beiden verließen den Raum, und Stefan war wieder mit Elly allein, die sich während der Besuche im Hintergrund gehalten hatte.

Erst jetzt merkte Stefan, wie ihm das Bein schmerzte. Er sah mit schmerzverzerrtem Gesicht zu Elly.

„Na, Schmerzen?"

„Ja ziemlich."

„Komm, du musst dich wieder hinlegen und das Bein hochlegen."

Elly half Stefan wieder aufs Bett und lagerte sein Bein ein wenig höher.

„Wenn die Schmerzen zu stark sind, gebe ich dir noch was, aber versuch' erstmal ohne."

„Ja, danke, wird schon gehen."

Mittlerweile war es Abend geworden.

„Ich werde dir jetzt dein Abendbrot holen und dann anschließend auch zum Essen gehen, ja?"

„Ja, o.k., ich bekomme auch langsam Hunger."

Elly verließ den Raum und kam nach kurzer Zeit mit einem Tablett zurück.

„Ich wünsche dir guten Appetit, Pat. Du kannst dich dann gleich schlafen legen. Ich schaue später nochmal nach dir. Wenn du was brauchst, kannst du mich jederzeit rufen. Du brauchst nur die eins auf dem Telefon drücken, ich bin dann so schnell wie möglich bei dir, auch die ganze Nacht über."

„O.k., danke Elly. Mal sehen ob ich schlafen kann, in meinem Kopf schwirren so viele Gedanken rum, die muss ich erstmal alle sortieren."

„Na dann sortiere mal schön, wenn alles gut geht, sehen wir uns spätestens zum Frühstück wieder."

„O.k., danke für alles und gute Nacht."

Elly verließ wieder den Raum, und Stefan machte sich über das Abendbrot her.

Seine Gedanken schwirrten umher wie ein Bienenschwarm. Er aß zwar, aber er wusste nicht, was er aß. Dieses Gefühl um seine momentane Identität machte ihm schwer zu schaffen.

Dringend musste er mit Jack und Jenny darüber sprechen und natürlich auch mit Susan. Aber wie würden sie reagieren, wenn sie erfahren würden, dass er nicht der ist, den er vorgibt zu sein? Sicherlich würde ihm dann die Amtsmühle nicht erspart bleiben. Befragungen, Verhöre, vielleicht sogar Untersuchungshaft? Was würde da alles auf ihn zukommen. Er müsste genaue Auskunft darüber geben, wie und unter welchen Umständen er nach Australien gekommen war. Er müsste von dem Schiff sprechen, von Peet und dem Monster, was würde das alles nach sich ziehen?

Was wäre, wenn er einfach als Patrik O Kelly weitermachen würde? Er könnte dann irgendwann nach Deutschland zurückfliegen und seine alte Identität wieder annehmen.

Stefan dachte an sein früheres Leben, an seine Arbeit im Außendienst, an Manuela, an die Kinder, an Lisa. Das alles war noch kein halbes Jahr her, aber es kam ihm vor, wie aus einem früheren Leben. In der Zwischenzeit waren so viele neue Eindrücke in sein Leben getreten, war so viel

Unerwartetes geschehen, dass ihm das frühere Leben schon fast verloren gegangen schien.

Würde er wieder als Stefan Hauser in Deutschland leben können? Und würde er das auch wollen? Sicherlich, seine Arbeit im Außendienst hatte ihn ausgefüllt und ihm Freude bereitet, aber es war auch immer ein gewisser Druck damit verbunden.

Mit diesen Gedanken beschäftigt, wollte sich eine erholsame Nachtruhe nicht einstellen. Die ganze Nacht über wälzte er sich von einer Seite auf die andere, lag längere Zeit wach und schlief immer wieder kurzzeitig erschöpft ein. Er war wie in Trance, bis ihn Ellys Stimme wieder in die Wirklichkeit zurückholte.

„Guten Morgen, mein Held, hast du gut geschlafen?"

Noch ganz benommen öffnete Stefan die Augen.

„Guten Morgen Elly, tu' mir einen Gefallen und lass dieses Heldengeschwafel, ich mag das nicht und nein, ich habe nicht gut geschlafen, ich fühle mich wie gerädert."

„Wow, so brummig? So kennt man dich ja gar nicht."

„Na ja, auch ich habe eine dunkle Seite."

„O.k., ich komme damit klar, ich bring dir gleich dein Frühstück."

„Entschuldige Elly, ich wollte dich nicht anmaulen, aber ich hatte wirklich eine miserable Nacht."

„Mach dir keine Sorgen, Pat, ich kann das verstehen, nach so einem Tag wäre ich wahrscheinlich auch nicht anders."

Elly brachte das Frühstück. Die Gedanken um seine nahe Zukunft ließen Stefan auch beim Essen nicht los. Er musste eine Entscheidung treffen. So schob er alle Gedanken von sich und entschloss sich, mit Jack und Jenny zu reden, ihnen alles zu erzählen. Von ihrer Reaktion würde sein weiteres Schicksal abhängen. Stefan hoffte darauf, dass die neu gewonnene Freundschaft zu ihnen alles erträglich machen würde.

Körperlich hatte er sich schon wieder ganz gut erholt, so dass er sich im Laufe des Vormittags auf Krücken aus seinem Krankenzimmer aufmachte und an Deck ging. Draußen war ein schöner, warmer Sommertag und Stefan wollte einfach ein bisschen Sonne tanken.

Es kam natürlich wie es kommen musste, die Passagiere und auch die Besatzungsmitglieder, die ihm begegneten, begrüßten ihn mit Applaus und Glückwünschen. Stefan versuchte dann, mit den Leuten zu reden, und bat sie um Mäßigung. Es war ihm sichtlich peinlich, dass man ihn so als Held feiern wollte. Die meisten verstanden das auch und beließen es bei einem freundlichen Zunicken.

Er hatte es sich gerade auf dem Sonnendeck auf einem Liegestuhl bequem gemacht, als Susan mit ihren Eltern zu ihm kam.

Susan verabschiedete sich nach einer herzlichen Begrüßung wieder von Stefan, sie musste in die Schule.

„Na Pat, hast du wenigstens einigermaßen geschlafen?", eröffnete Jack das Gespräch.

„Nein, nicht so gut, es war eine ziemlich unruhige Nacht."

„Das kann ich mir vorstellen, das Ganze muss erstmal verarbeitet werden. Wir haben auch kaum geschlafen."

„Pat, ich muss dir was erzählen", schaltete sich Jenny ein, „du musst einfach wissen, weshalb dein Eingreifen bei uns so tiefe Spuren hinterlassen hat."

Jenny sprach mit zittriger Stimme, Jack legte seinen Arm liebevoll um sie und nickte ihr aufmunternd zu.

„Ich habe dir gestern gesagt, dass du uns das Liebste was wir haben erhalten hast. Weißt du, wir haben uns Jahre lang ein Kind gewünscht und es hat und hat nicht geklappt. Sieben Jahre haben wir warten müssen, bis ich endlich schwanger geworden bin, und dann war es eine sehr schwierige Schwangerschaft, ich habe über zwei Drittel liegen müssen und einmal haben wir schon gedacht, ich hätte das Kind verloren. Aber letztendlich haben wir doch ein kerngesundes Mädchen bekommen. Du kannst dir sicherlich vorstellen, dass wir zu unserer Tochter ein ganz besonders inniges Verhältnis haben. Und du hast uns mit deinem selbstlosen Einsatz dieses Glück erhalten. Bitte, du musst verstehen, dass wir dir dafür auch ganz besonders dankbar sind, und es ist einfach unser Wunsch, dass wir alles dafür tun möchten, dass es dir nie wieder an etwas mangeln wird."

„Pat ich muss da noch etwas ergänzen", Jack übernahm das Wort, weil Jenny kaum noch sprechen konnte, „bitte versteh' das jetzt nicht falsch, aber du musst wissen, ich habe ein eigenes Unternehmen in der IT- Branche, wir stellen für die meisten staatlichen Behörden, wie auch für Firmen im In- und Ausland Hard- und Software her. Ich sage dir das nicht, um damit anzugeben, dass wir reiche Leute sind, sondern damit du weißt, dass wir auch in der Lage sind dafür zu sorgen, dass du niemals mehr Mangel hast."

Jack sprach stockend und fast ein wenig unbeholfen, man merkte ihm an, dass seine Rede im Wesentlichen dazu diente, seiner Frau beizustehen.

„Also sag' uns einfach was wir für dich tun können, ich verspreche dir alles zu tun, was in meiner Macht steht. Nochmal, wir möchten gern deine Freunde sein."

„Danke", Stefan wollte schon anfangen seine Geschichte zu erzählen, aber irgendwas hielt ihn noch davon ab, „ich bin euch auch sehr dankbar, und ich fühle mich zu euch in ehrlicher Freundschaft hingezogen, und eure Kleine habe ich ja sowieso ins Herz geschlossen. Ich muss euch auch von mir noch was erzählen, aber bitte gebt mir noch ein wenig Zeit. Vielleicht können wir uns heute Abend bei mir, oder bei euch in der Kabine unterhalten, wo wir ungestört sind."

„Na klar, komm' doch heute Abend zu uns, wir machen eine schöne Flasche Wein auf und können dann in Ruhe über alles reden."

„Ja, das hört sich gut an, vielleicht können wir dann auch erstmal ohne Susan reden, ich muss euch etwas sehr persönliches erzählen."

„Kein Problem, Susan lege ich gegen neun abends hin, dann sind wir unter uns", sagte Jenny.

„O.k., dann bis heute Abend."

Mit einer freundschaftlichen Umarmung verabschiedeten die beiden sich von Stefan. Der blieb den ganzen Tag über auf seinem Liegestuhl in der Sonne liegen und gab sich seinen Gedanken hin, nur zu den Mahlzeiten begab er sich in den Aufenthaltsraum für die Besatzung.

So verging der Tag, der Abend rückte näher und die Nervosität stieg mit jeder Minute weiter an. Stefan fühlte sich, als wenn er als Schüler nach einer Verfehlung zum Direktor gerufen worden wäre.

Es war kurz nach neun Uhr am Abend, als Stefan sich auf den Weg machte. Susan würde wohl zu Bett gegangen sein, und er konnte sich dann erstmal mit Jack und Jenny allein unterhalten.

Die beiden begrüßen ihn wieder mit einer herzlichen Umarmung in ihrer Kabine. Es war eine Kabine mit mehreren Räumen und einem Außenbalkon.

„Schön, dass du da bist, komm setz dich."

„Danke, Susan schläft schon?"

„Ich habe sie vor zehn Minuten hingelegt, schlafen wird sie wohl noch nicht. Willst du sie kurz begrüßen?" fragte Jenny.

„Nein, ich möchte erstmal mit euch allein sprechen", Stefan rieb sich nervös die Hände.

„Was ist denn los, Pat? Du machst ein Gesicht, als müsstest du etwas Schlimmes loswerden", sagte Jack und legte freundschaftlich seinen Arm um ihn, er war einen guten Kopf größer als Stefan.

„Ja, so ist es auch. Ich weiß echt nicht so recht wie ich anfangen soll, aber ihr habt mich so freundschaftlich aufgenommen, dass ich euch alles sagen muss, ich kann gar nicht anders."

„He, was kann denn so schlimm sein, dass du dich nicht traust, uns alles zu sagen."

„Es ist für mich eine riesengroße Hürde, aber ich will jetzt nicht drumherum reden. Ich sag' euch jetzt, wie es ist, ich bin nicht der für den ich mich hier ausgegeben habe. Mein Name ist nicht Patrik O Kelly und ich komme nicht aus Irland, mein richtiger Name ist Stefan Hauser und ich komme aus Deutschland", Stefan traute sich nicht die beiden dabei anzuschauen.

Jenny und Jack waren schon einigermaßen erstaunt über dieses Geständnis, Jack zog die Stirn kraus.

„Ja und, wie kam es dazu, ist die Polizei hinter dir her?"

Jetzt sah Stefan erstaunt zu Jack, an diese Möglichkeit hatte er noch gar nicht gedacht, dass man ihn für einen Verbrecher halten könnte.

„Nein, ich werde nicht von der Polizei gesucht, ich habe mir nichts zu Schulden kommen lassen, die einzige Schuld ist die falsche Identität. Wie ich dazu gekommen bin, das ist eine komplizierte Geschichte."

„Na ja, wenn du dir nichts hast zu Schulden kommen lassen, dann ist doch alles nicht so schlimm, dass man das nicht in Ordnung bringen könnte. Erzähl uns die Geschichte."

„Ja, das will ich gern tun, weiß aber nicht so recht, wo ich anfangen soll."

„Am besten da, wo die falsche Identität ins Spiel kam."

„Nein, ich muss etwas früher anfangen, damit ihr die ganze Geschichte nachvollziehen könnt."

Stockend begann Stefan seine Geschichte zu erzählen. Er begann an dem Tag, als er Lisa kennenlernte. Er erzählte von dem Betrug seiner Frau, von der kurzen Liebe mit Lisa, von seinem Bedürfnis nach Abstand, von der Begegnung mit dem Boss in Hamburg, von seinem Abenteuer mit dem Frachter nach Neuseeland zu fahren, von Peet, von Patrik O Kelly, der vom Monster über Bord geworfen worden war, vom Kampf mit dem Monster, von seiner Ausbootung zusammen mit dem Monster, von seiner Flucht, von seiner Ungewissheit, wo er gelandet war, von dem Augenblick, als er die Papiere von Patrik O Kelly in seiner Jacke wiedergefunden hat, von der Begegnung mit den Polizisten, von seinem Aufenthalt in Margaret River und schließlich von der Reise nach Perth und der Anstellung auf diesem Schiff.

Jenny und Jack hörten ihm aufmerksam zu.

„Meine Güte, da hast du ja ein ganz schönes Abenteuer hinter dir", sagte Jack nachdem Stefan seinen Bericht beendet hatte.

„Na ja, ich wollte hier auf dem Schiff nur das Geld verdienen, um wieder nach Hause fliegen zu können. Und jetzt kommt doch vielleicht alles ganz anders."

Plötzlich wurde die Tür zum Schlafraum aufgestoßen und Susan kam hereingestürmt. Sie warf sich Stefan an den Hals.

„Ist doch egal wie du heißt, du sollst bei uns bleiben", bestürmte sie ihn.

„Susan, ich denke du schläfst, wie lange stehst du denn schon da an der Tür?" fragte Jenny erstaunt, Jack hatte die Stirn gerunzelt und schien in Gedanken versunken.

„Ich hab' alles gehört, ich will, dass Onkel Pat bei uns bleibt."

„Das haben wir nicht zu entscheiden, mein Schatz, das muss Pat selbst entscheiden."

Stefan sah mit ernster Miene zu Jack, der immer noch in Gedanken versunken schien.

„Na ja, es kommt auch darauf an, was dein Dad jetzt mit mir vorhat. Wahrscheinlich werde ich jetzt erstmal durch die Amtsmühle gedreht. Es muss ja schließlich alles seine Richtigkeit haben."

Jenny nahm Susan von Stefans Schoß und mit Blick auf ihrem Mann sagte sie: „Keine Sorge, ich kenne den Gesichtsausdruck, wahrscheinlich hat er schon eine Lösung des Problems."

Jack erwachte aus seiner Versunkenheit, nahm sein Weinglas und prostete Stefan und Jenny zu.

„Ich glaub' das ist alles halb so wild, das kriegen wir schon hin. Erstmal bleibst du hier in unserem Land bei deiner jetzigen Identität, denn wenn du jetzt deinen richtigen Namen annimmst, musst du wirklich durch die Amtsmühle. Also bleibt alles beim Alten, du hast ja schließlich einen gültigen, amtlichen Ausweis."

„Ja, aber der ist ja nicht richtig."

„Na und? Dumm wäre es nur, wenn der richtige Patrik O Kelly wieder auftauchen würde."

„Ja, was ist dann?"

„Also deiner Erzählung nach ist das sehr unwahrscheinlich, aber das kriegen wir raus."

„Wie willst du das anstellen?"

„O.k., Pat, zu deiner Beruhigung, du musst dir keine Sorgen machen wir kriegen das alles hin. Ich werde einfach meine Beziehungen spielen lassen."

„Deine Beziehungen, wie sehen die aus?"

„Na ja, durch meine berufliche Stellung haben wir natürlich Verbindungen in alle staatlichen und geschäftlichen Bereiche. Du wirst sicherlich noch den einen oder anderen kennenlernen. Also zu unseren engen Verbindungen gehört auch der Oberstaatsanwalt in Sydney, und ich

285

werde ihn bitten, dich, also Patrik O Kelly, zu überprüfen. Und zwar nicht nur national, sondern auch international."

„Das ist eine gute Idee, aber die Polizei in Margaret River hat das auch schon gemacht."

„Ja, aber das war sicherlich nur eine Überprüfung im Strafregister. Ich möchte mehr wissen, ich möchte wissen, ob vielleicht der echte Patrik O Kelly irgendwo wieder aufgetaucht ist. Da hat der Oberstaatsanwalt ganz andere Möglichkeiten. Und wenn die Überprüfung ergibt, dass der wirklich nirgendwo aufgetaucht ist, sehe ich keine Probleme darin, dich hier mit dieser Identität in Australien leben zu lassen."

„Ja, aber es bleibt eine falsche Identität."

„Hör mal Pat, und gewöhn dich schon mal an den Namen, wir geben Verbrechern und Betrügern eine neue Identität, wenn sie als Kronzeuge aussagen. Warum sollen wir nicht auch mal einem eine neue Identität geben, der sich nichts zu Schulden kommen lassen hat, sondern ganz im Gegenteil sein Leben selbstlos für andere eingesetzt hat?"

„Meinst du, das funktioniert?"

„Also ich sehe da keine Probleme. Lass' mich das mit Henry O Donnel abklären. Er hat übrigens auch irische Wurzeln, seine Großeltern sind damals hier nach Australien ausgewandert."

„O.k., wenn du meinst, ich möchte nur nicht in Zukunft hier mit einem schlechten Gewissen rumlaufen, immer mit der Angst, entdeckt zu werden."

„Nein, das würde ich auch nicht wollen. Ich hab' dir versprochen, dass ich alles für dich tun werde und das tue ich auch."

„Danke, das beruhigt mich schon mal enorm, ich würde nämlich tatsächlich ganz gern erstmal hierbleiben. Ihr seid alle so unheimlich gut zu mir und überhaupt, dieses Lebensgefühl hier ist ein ganz anderes als bei uns in

Deutschland. Ich glaube, ich könnte mich hier auf Dauer sehr wohl fühlen."

„O.k.," Jack stand auf und nahm Stefan herzlich in den Arm, „also abgemacht, ich kümmere mich um alles. Ich werde gleich morgen früh mit Henry telefonieren."

„Nochmals danke, ich glaube, heute Nacht kann ich mal wieder richtig unbekümmert einschlafen."

„O.k., mein Schatz und du sagst jetzt Onkel Pat gute Nacht und dann gehst du schlafen. Ich glaube, du kannst ganz beruhigt schlafen, alles wird gut", Jenny gab der Kleinen einen Klapps auf den Hintern.

Susan stieg vom Schoß ihrer Mutter und umarmte Stefan.

„Ich freue mich, dass du hierbleibst."

„Na ja, so ganz sicher ist das noch nicht, aber ich bin jetzt auch ganz zuversichtlich, dass wir noch einige Zeit zusammenbleiben."

Susan verschwand in den Schlafraum und die drei Erwachsenen stießen mit einem guten Wein auf die gemeinsame Zukunft an.

Die nächsten Tage verbrachte Stefan fast ausschließlich in der Gesellschaft der Webbers. Die Freundschaft zwischen ihnen verstärkte sich zusehends. Zwischen den Männern wuchs eine besondere Vertrautheit, sie lachten viel und entdeckten ihre gegenseitige Begeisterung für Wildwest - Filme. Das führte zu Situationen, in denen sie sich in Rollenspielen wie Indianer unterhielten. Jack war dann der „Große Büffel" und Stefan der „Flinke Wiesel".

Jenny sagte bei solch einer Gelegenheit zu Susan: „Jetzt hab' ich nicht nur ein kleines Mädchen, sondern auch noch zwei große Jungen."

Es war eine gute Woche nach dem abendlichen Gespräch, wieder ein schöner warmer Sommertag. Jenny, Susan und Stefan waren auf dem Sonnendeck. Jack hatte noch einen Anruf von Henry, dem Oberstaatsanwalt, bekommen und gesellte sich nach dem Telefonat mit einer Flasche Wein zu den Dreien.

„Na, du kommst mit einer Flasche Wein, gibt es was zu feiern?" begrüßte ihn Jenny.

„Ja das gibt es," erwiderte Jack.

„Nun sag schon, was gibt es", bohrte sie weiter.

Jack öffnete in aller Ruhe die Flasche, goss ebenso in aller Ruhe die Gläser voll und lächelte verschmitzt.

„Hey Großer, lass' uns hier nicht schmoren, was gibt es Neues", bohrte auch Stefan mit.

Jack prostete den Dreien zu, nahm eine guten Schluck Wein und kaute ihn genüsslich durch.

„Nicht so schnell, Kleiner, alles braucht seine Zeit."

Jenny schaute zu Stefan. „Das macht er gern, jemand auf die Folter spannen. Aber sein Gesicht verrät doch mehr als er denkt."

Jack tat erschrocken: „Wieso, was liest du denn in meinem Gesicht?"

„Na ja, auf jeden Fall hast du gute Nachrichten."

„Na gut, dann sag ich euch jetzt, was los ist. Also, Henry O Donnel, Oberstaatsanwalt seines Zeichens, hat Folgendes zu verkünden."

Er machte wieder eine Kunstpause und schaute herausfordernd in die Runde. Offensichtlich wartete er auf eine Reaktion, aber niemand sagte etwas.

„Gut, weiter. Also jener besagte Oberstaatsanwalt hat gesagt, es gibt auf dem ganzen australischen Kontinent drei Personen mit dem Namen Patrik O Kelly. Einer lebt irgendwo im Outback in einem kleinen Nest und ist dreiundneunzig Jahre alt. Einer ist Mitte zwanzig und als Trucker unterwegs und ist gemeldet in Melbourne, und der dritte ist vor etlichen Wochen mit einem Schiff aus Irland gekommen, welches Schiff konnte leider nicht ermittelt werden, und ist jetzt auf einem Kreuzfahrtschiff unterwegs.

Und bei allen dreien handelt es sich um seriöse und unbescholtene Bürger dieses Landes. Des Weiteren gibt es auf diesem schönen Globus noch einige mit diesem Namen, aber gegen niemanden von ihnen ist ein Verfahren anhängig. Anscheinend sind das alles die seriösesten Menschen auf dieser Welt."

Jack machte wieder eine Kunstpause und schaute mit wichtiger Miene in die Runde, immer noch keine Reaktion.

„Und weiter?" bohrte Jenny.

„Ja und weiter, auch gegen einen Stefan Hauser aus dem fernen Deutschland liegt nichts vor. Es sieht so aus, als würde es den gar nicht geben, jedenfalls nicht hier."

„Hey ich bin doch hier", meldete sich Stefan mit einer gewissen Erleichterung.

„Nein, Stefan Hauser ist nicht hier. Hier ist Patrik O Kelly, gewöhn' dich endlich dran."

„Hm, sieht so aus, als müsste ich jetzt tatsächlich diesen Namen benutzen. Aber was ist mit der Geburtsurkunde, die ist und bleibt nun mal nicht wirklich meine eigene?"

„Also, ich hab' das jetzt mit Henry so ausgehandelt, dass wir dich im Rahmen der neuen Identitäten, wie zum Beispiel bei Kronzeugen, in dieses Programm aufgenommen haben. Das heißt für dich, der Stefan Hauser aus Deutschland hat hier in Australien, in diesem Programm, die Identität von Patrik O Kelly bekommen und zwar jetzt ganz legal. Ist zwar völkerrechtlich nicht ganz lupenrein, aber durchaus vertretbar."

„O.k., dann bin ich jetzt offiziell in Australien eingebürgert?"

„Genau, wenn wir in Sydney sind, bekommst du komplett neue Papiere."

„Wow, dass du das so hinbekommen hast, erstaunlich."

„Hab' ich jemals was anderes versprochen? Wenn ich was sage, stehe ich auch dazu. Also prost auf unseren neuen Mitbürger."

„Und auf unser neues Familienmitglied", vervollständigte Jenny die Ansprache.

Sie nahmen Stefan, pardon Patrik, in den Arm und feierten in der Abendsonne den gelungenen Coup.

An diesem Abend, als Patrik sich zur Ruhe begab, lag er noch lange wach und dachte über die ganze Reise nach, von dem Tag an, als er Lisa kennengelernt hatte bis heute, wie er es auch Jack und Jenny schon alles berichtet hatte.

Er hatte tatsächlich das Gefühl, in ein neues Leben eingetreten zu sein. Alles was er zuvor erlebt hatte, schien wie aus einem anderen Leben, wie aus einem Film zu stammen.

Nun lag Sydney vor ihm. Ein Leben, zusammen mit seinen neu gewonnenen Freunden. Sie gaben ihm wirklich das Gefühl in die Familie zu gehören.

Mit einem tiefen Gefühl der Dankbarkeit schlief er schließlich ein.

Neues Leben

Es waren noch gut zwei Wochen auf dem Schiff. Patriks Bein war schon ganz gut verheilt, er konnte es bereits wieder ein wenig belasten. Ganz ohne Krücken ging es zwar noch nicht, aber er war schon wieder einigermaßen gut zu Fuß.

Dann endlich kam der Tag, an dem sie Sydney erreichen würden. Der ganze Kontinent übte auf ihn schon seit frühester Jugend einen besonderen Reiz aus, und besonders reizte ihn die Millionenstadt Sydney.

Nun war er kurz davor, dieses Land und diese Stadt zu erleben. Er war aufgeregt wie ein Kind.

Es war am frühen Vormittag, Patrik und die Webbers hatten sich auf das oberste Deck begeben und konnten schon in einiger Entfernung die Skyline der Metropole erkennen.

Dann ging es vorbei an der vorgelagerten Halbinsel, auf der sich der Sydney Harbour National Park befand, hinein in die Bucht.

Vorbei am Sydney Opera House, diesem imposanten, weltbekannten Gebäude, das Patrik schon so oft auf Fotos bewundert hatte.

Zwischen dem Opera House und der Sydney Harbour Bridge, am Circular Quai, machte das Schiff fest.

Angekommen in der neuen Heimat. Patrik musste schlucken. Jenny stand links neben ihm, Jack an seiner rechten Seite, beide hatten ihre Arme um ihn gelegt, Susan stand vor Patrik, seine Hände lagen auf ihren Schultern.

Ein berührender Moment, Patrik war sich sicher, niemals würde er diesen Augenblick vergessen. Er freute sich riesig auf sein neues Leben in diesem Land. Es lag zwar noch alles im Ungewissen, was jetzt so alles auf ihn zu kam, aber mit diesen lieben Menschen an seiner Seite musste es einfach eine schöne Zeit werden.

Langsam begaben sie sich in Richtung Gangway. Patrik dachte darüber nach, wie es jetzt wohl weitergehen würde. Jetzt erst wurde ihm bewusst, dass er sehr wenig über die Webbers wusste. Er wusste zwar, dass Jack eine eigene und wohl auch sehr erfolgreiche Firma hatte, aber ansonsten wusste er über ihr Leben sehr wenig. Wohnten sie direkt in Sydney, oder außerhalb?

Patrik hatte Susan an der Hand, Jack und Jenny gingen vor den beiden. Sie gingen durch das Abfertigungsgebäude auf den Parkplatz, auf einen schwarzen Van zu.

„Siehst du, auf meine Leute ist Verlass", sagte Jack zu Patrik, „ich habe heute Morgen telefonisch darum gebeten, dass sie mir mein Auto hierherbringen."

„Wo wohnt ihr eigentlich, hier in der Stadt oder weiter außerhalb?"

„Wir haben jetzt noch eine gute Stunde Fahrt vor uns. Du wirst unser Zuhause gleich kennenlernen, lass dich überraschen."

Eine gute Stunde Fahrt, na das wird dann sicherlich außerhalb sein. Das Gepäck war schnell verstaut, und dann ging es schon los. Die neuen Eindrücke der Stadt flogen nur so an Patrik vorbei. Jack beobachtete ihn durch den Rückspiegel.

„Na Pat, soll ich etwas langsamer fahren?"

„Na ja, es fliegt alles so schnell an mir vorüber, aber ich denke, ich werde noch Gelegenheit finden, mir die Stadt näher anzusehen."

„Ja, das denke ich auch. Ich hoffe du wirst uns nicht so schnell wieder verlassen. Es gibt so viel Neues zu entdecken."

„Ja, das sehe ich. Danke, dass ihr mir das alles ermöglicht."
Jack sah zu seiner Frau, die neben ihm saß.

„Er glaubt immer noch, dass er uns dankbar sein muss.“

„Ja, er hat immer noch nicht begriffen, was er für uns getan hat.“

„Hey, ich kann euch hören.“

„Ja Pat, das kannst du ruhig hören, du weißt, wie wir darüber denken.“

„Ja und ihr wisst, wie ich darüber denke.“

Jenny drehte sich zu Patrik um, nahm seine Hand und drückte sie fest, sagen konnte sie nichts. Jack sah wieder zu ihr, die beiden nickten sich zu, sie verstanden sich blind.

Susan hatte ihren Kopf auf Patriks Schoß gelegt, sie schien eingeschlafen zu sein.

So verlief die Fahrt durch die Großstadt, über viele Brücken, an Parks und Geschäftsstraßen vorbei, bis in die Vorstädte. Nach einer dreiviertel Stunde etwa hatten sie die Stadt hinter sich und fuhren durch niedrig bewachsenes Grünland, bis Jack die feste Straße verließ und auf eine schmalere Sandpiste einbog. Nach einer weiteren halben Stunde Fahrt, erreichten sie einen großen Torbogen, in den Jack einbog.

‚Webbers Farm‘ stand in großen Buchstaben oben auf diesem Torbogen. Die Sandpiste wurde noch einmal enger, sie führte in ein kleines Wäldchen, in dem nach kurzer Fahrt auf einer Lichtung einige Häuser auftauchten. Die Häuser standen im Halbrund. Direkt vor ihnen lag das größte von drei Häusern, welches wohl das Haupthaus, also das Wohnhaus der Webbers war. Rechts daneben stand ein etwas niedrigeres Haus und noch ein Stück weiter ein ebenso niedriges, aber längeres Haus.

Jack hielt den Wagen direkt vor dem Haupthaus. Er stoppte den Motor und drehte sich zu Patrik um.

„Herzlich willkommen in deinem neuen Zuhause.“

„Danke, das ist sehr lieb von euch“, antwortete Patrik bewegt.

Aus der Tür des Hauses trat eine junge Frau und winkte freudig.

„Das ist Debbi unsere Haushälterin", erklärte Jenny.

Sie stiegen aus, Susen lief auf die junge Frau zu und sprang ihr in die Arme. Debbi fing sie geschickt auf und drehte sich ein paarmal mit ihr.

„Hallo Debbi, komm her, ich will dir unser neues Familienmitglied vorstellen", rief Jack ihr zu.

Patrik stand ein wenig verlegen da, Debbi kam auf ihn zu und umarmte ihn herzlich.

„Herzlich willkommen, Patrik, ich hab' schon von deiner Heldentat gehört, wir sind alle sehr froh, dass du hierher mitgekommen bist. Ich hab' schon alles für dich hergerichtet."

Patrik war verlegen: „Danke, das ist sehr lieb, aber lasst uns doch bitte das mit der Heldentat vergessen, ich kann damit gar nicht richtig umgehen."

„Sorry, aber wir sind alle sehr glücklich, dass du zur rechten Zeit am rechten Ort gewesen bist."

„O.k., lassen wir das erstmal und gehen ins Haus", beendete Jack die kleine Unterredung.

Sie begaben sich ins Haus. Eine große Eingangshalle mit einer Galerie empfing die kleine Gesellschaft. Alles war sehr hell und sehr geschmackvoll eingerichtet. Jack führte sie in den Salon, der mit einer großen Glaswand den Blick hinter das Gebäude in den Garten freigab. Der Garten war mit vielen Büschen und Blumen bewachsen und in der Mitte gab es einen großen Pool mit hellblauem Wasser.

Für Patrik war die Ausstattung und Größe des Hauses schon ein wenig ungewöhnlich, aber durch die vielen freundlichen Menschen war auch schon ein gewisses Wohlgefühl in ihm.

Durch die Eingangshalle kam ein junger braungebrannter Mann zu ihnen.

„Hallo Andrew", begrüße Jack ihn, „Andrew ist der Mann von Debbi, er ist hier so was wie unser Verwalter, er kümmert sich sozusagen um Haus und Hof", stellte Jack ihn Patrik vor.

Andrew begrüßte Patrik ebenfalls sehr freundlich mit einem kräftigen Händedruck.

„Schön, dass du da bist. Wir fühlen uns hier alle sehr wohl, und ich denke das wirst du auch."

„Davon bin ich überzeugt, nach dieser freundlichen Begrüßung kann man sich ja nur wohl fühlen."

„So Kinder", rief Jack in die Runde, „wir sind wieder glücklich gelandet, und ich denke, wir haben auch alle einen ordentlichen Hunger."

„Ich hab' auch schon alles vorbereitet, das Essen ist fertig", verkündete Debbi mit einer einladenden Geste in Richtung Esszimmer.

„Super, wo sind denn die anderen?"

„Die sind noch draußen auf der Weide bei den Pferden, die haben da auch noch zu tun. Die kommen dann später dazu", erklärte Andrew.

„O.k., dann essen wir schon mal."

Jack wandte sich zu Patrik.

„Da sind noch zwei Ehepaare, Ben und Ellen sowie John und Babsi, die kümmern sich hauptsächlich um die Pferde. Wir haben hier so eine kleine Pferdestation. Nichts Dolles, so eine Art Gnadenhof für Pferde. Das ist Jennys Hobby. Die vier und Debbi und Andrew wohnen in dem letzten Haus, das du da gesehen hast. Zwischen unserem und ihrem Haus steht das Gästehaus, in dem du vorläufig wohnen wirst, wenn es dir recht ist."

„Natürlich ist mir das recht, aber wieso vorläufig, hast du noch andere Pläne mit mir?"

„Nein, hab' ich nicht. Du musst dich jetzt erstmal einrichten und richtig ankommen. Dann sehen wir weiter, Möglichkeiten gibt es hier genug."

Debbi trug das Essen auf, alle setzten sich und ließen es sich schmecken.

Nach dem Essen nahm Susan Patrik an die Hand.

„Komm, ich zeig dir mein Zuhause."

Sie führte Patrik hinaus in den Garten, vorbei am Pool in das kleine Wäldchen hinter dem Haus. Ein Weg führte durch das Wäldchen. Nach ca. hundert Metern standen sie plötzlich in einer kleinen Bucht mit einem wunderschönen Sandstrand direkt am Meer. Patrik war überrascht, er hatte nicht mitbekommen, dass sie so dicht am Meer waren.

„Hey, das ist ja toll hier, ist das nur euer Strand?"

„Ja, das gehört zu unserem Grundstück, hier baden nur wir."

Die Bucht war nicht besonders groß, Patrik schätzte die Länge auf insgesamt drei- bis vierhundert Meter Sandstrand. An den Enden der kleinen Bucht türmte sich jeweils eine beträchtliche Steilküste auf.

Susan setzte sich in den Sand und lehnte sich an einen großen Stein.

„Das ist mein Lieblingsplatz. Komm setzt dich zu mir."

Patrik setzte sich neben sie und legte seinen Arm um sie. Sie kuschelte sich an ihn. So saßen sie eine ganze Weile schweigend neben einander. Patrik hatte die Augen geschlossen und ließ alle bisherigen Eindrücke noch einmal vor seinem geistigen Auge vorbeiziehen. Er war ein wenig überwältigt von der Schönheit dieses Ortes und von den vielen freundlichen Menschen. Wieder war eine riesengroße Freude in ihm, dazu mischte sich eine tiefe Dankbarkeit.

„Na, ist das schön hier?" Patrik schrak auf, das war Jacks Stimme, die da plötzlich hinter ihm ertönte. Er drehte sich um. Jack und Jenny standen Arm in Arm hinter den beiden.

„Ja, ich bin überwältigt, ich kann gar nicht sagen was ich alles fühle im Moment. Ich bin euch..."

„Komm nicht auf den Gedanken, dich wieder bei uns zu bedanken. Du weißt, wie wir darüber denken", schnitt ihm Jack das Wort ab, „pass auf Pat, ich schlage dir jetzt einen Deal vor."

„Einen Deal, o.k., wie sieht der Deal aus?"

„Der Deal ist folgender: Du sagst zu uns nicht mehr "danke" und wir bezeichnen dich nicht mehr als Helden, o.k.?"

„O.k., das ist ein fairer Deal, angenommen."

Die beiden Männer gaben sich die Hand und Jenny schlug durch.

„Gut, Jack, aber gilt der Deal nur zwischen uns beiden oder zwischen allen hier?"

„Natürlich zwischen allen hier, nicht dass du noch auf die Idee kommst, dich bei Jenny oder den anderen zu bedanken. Und noch eins, Pat, du sollst hier leben wie du es am liebsten hast. Das heißt, du musst dich nicht ständig nach uns richten. Du bist hier völlig frei und kannst tun und lassen, was du willst. Richte dich erstmal im Gästehaus ein, dann sehen wir weiter."

Susan sprang auf: „Komm, ich zeige dir dein neues Zuhause." Sie zog Patrik hoch, nahm ihn wieder an die Hand und führte ihn zum Gästehaus.

Das Gästehaus lag ca. fünfzehn Meter neben dem großen Wohnhaus.

Auch hier gab es eine Terrasse mit einem großen Glasfenster. Die Terrassentür stand offen, als sie dort ankamen.

Susan zog Patrik hinein und zeigte ihm alle Räume. Das Gästehaus war ähnlich eingerichtet wie das Haupthaus, sehr hell und freundlich.

„Gefällt es dir?"

„Ja es ist super, ich bin sicher, ich werde mich hier sehr wohl fühlen."

Jack und Jenny waren ihnen langsam gefolgt und standen jetzt in der Terrassentür.

„So, Susan, jetzt komm', wir lassen Pat erstmal ein wenig allein, damit er sich einrichten kann. Du hast sicherlich auch noch was für die Schule zu tun. Du weißt, morgen geht es wieder los."

„Ja leider, dann bis nachher."

„O.k., bis nachher."

Jack nahm Susan an die Hand und ging mit ihr ins Haupthaus.

Jenny stand noch einen Augenblick bei Patrik.

„Andrew hat dir dein Gepäck vorn in den Flur gestellt. Mach' dich erstmal mit deiner neuen Umgebung vertraut. Ich glaub' du kannst erstmal ein wenig Zeit für dich gebrauchen."

„Ja Jenny, ich werde erstmal auspacken."

Er stand ein wenig verlegen vor ihr.

„Ich würde mich ja am liebsten nochmal bedanken, aber ich darf nicht."

„Dann tue es auch nicht", sie nahm Patrik in den Arm und verließ dann sein neues Zuhause über die Terrasse.

Patrik ging durch das ganze Haus von Raum zu Raum. Sogar eine kleine Küche war vorhanden, mit allem, was nötig war, auch der Kühlschrank war mit Lebensmitteln gefüllt. Er holte dann sein Gepäck und verstaute es in seinem Schlafzimmer.

Den Nachmittag verbrachte Patrik auf seiner kleinen aber feinen Terrasse auf einem Liegestuhl. Auch von seiner Terrasse führte ein gefliester Weg bis zum Pool.

Viele Gedanken durchzogen ihn. Hier würde er ein völlig neues Leben führen, ein Leben, das mit seinem bisherigen Leben so gar nichts mehr gemein hatte.

Seine Gedanken wanderten in die vergangene Zeit. Er dachte an Manuela, Vanessa und Tom. Es war so viel geschehen im letzten halben Jahr. Er musste daran denken, dass Manuela sich bei Frau Sender nach ihm erkundigt hatte. Er versuchte, eine innere Verbindung zu Manuela aufzubauen, aber der Abstand zu ihr war einfach zu groß geworden. Wenn er an Manuela dachte, hatte er das Gefühl, an eine fremde Frau zu denken. Auch die Verbindung zu Vanessa und Tom war unterbrochen. Obwohl er eigentlich zu Vanessa immer noch eine engere Verbindung hatte als zu Tom, aber alles war in weite Ferne gerückt. Patrik wunderte sich über sich selbst, weil er immer sehr bemüht gewesen war, eine gewisse Familienidylle aufzubauen, und jetzt doch solch einen Abstand gefunden hatte.

Allmählich wanderten seine Gedanken in die Gegenwart. Von seinem Liegestuhl aus betrachtete er seine neue Umgebung. Es war ein herrliches Fleckchen Erde, auf dem er sich hier befand, in einer Gesellschaft von völlig fremden und doch so vertrauten Menschen.

Patrik dachte über die nächsten Tage nach und konnte doch mit der Zukunft nicht so recht was anfangen. Was würde er in den nächsten Tagen alles tun? Womit würde er sich die Zeit vertreiben? Sicherlich könnte er hier bei den Webbers ein Leben ohne Verpflichtungen als, wie nennt man diese Leute, Privatier führen. Aber das war ja nun gar nichts für ihn.

‚Ich brauche dringend eine Aufgabe, ich muss unbedingt bei nächster Gelegenheit mit Jack darüber sprechen', nahm er sich vor.

Am Abend kamen alle Bewohner von Webbers Farm auf der Terrasse des Haupthauses zusammen. Patrik lernte die anderen kennen. Ben und Ellen waren schon ein wenig älter, sie waren die Senioren hier. Ben war früher Pferdewirt und kümmerte sich in seinem Ruhestand mit seiner Frau Ellen um die Pferde, die Jenny im Laufe der Zeit vor dem Pferdeschlachter gerettet hatte.

John und Babsi waren ein junges Paar von Anfang zwanzig. John war ein Neffe von Jenny, der einzige Sohn ihres Bruders, der vor einigen Jahren mit seiner Frau bei einer Bergtour ums Leben gekommen war. Jenny hatte die beiden bei sich in der Familie aufgenommen. Die beiden waren durch den Schicksalsschlag sehr in sich gekehrt, sie hingen sehr aneinander und kümmerten sich ebenfalls mit viel Hingabe um die Pferde.

Jack hatte den Grill in Gang gesetzt, Debbi hatte köstlichen Salat zubereitet, und so wurde in freudiger Runde geschlemmt.

Nach dem Essen begann John, auf der Gitarre zu spielen, er konnte wunderschön singen.

Patrik bekam ebenfalls Lust zu spielen. Sicherlich konnte er das nicht so gut wie John, aber sein Spiel hatte auch zu manchem schönen Abend beigetragen, und singen konnte er auch ganz passabel. Er versuchte, sich daran zu erinnern, wann er wohl das letzte Mal gespielt hatte. Es war bei der Beerdigung von Lisa, dort hatte er noch eine ganze Weile allein an ihrem Grab gesessen.

Lisa, auch das ist schon so lange her. Und doch war jetzt im Moment so eine kleine Verbindung zu ihr da. Ein wenig Wehmut durchzog ihn. Wie schön wäre es, wenn Lisa jetzt hier sein könnte.

John hatte die Gitarre zur Seite gelegt.

„John, darf ich mal?" fragte Patrik ihn.

„Ja klar, kannst du auch spielen?"

„Nicht so gut wie du, aber so ein wenig geht schon."

Patrik schlug ein paar Akkorde an, um seine Finger in Bewegung zu bringen. Nach einigen Aufwärmübungen begann er das Lied „Ounly Time" von Enya zu singen. Augenblicklich verstummten alle Gespräche, alle hörten aufmerksam zu. Patrik sang leise, mehr so für sich, und doch war sein Gesang für alle deutlich hörbar.

Während seines Gesangs hatte sich Jack hinter ihn gestellt. Als Patrik geendet hatte, zog Jack ihn zu sich hinauf und nahm ihn in den Arm.

„Ja mein Freund, nur die Zeit kann sagen, was alles geschieht. Zur rechten Zeit hast du am rechten Fleck gestanden. Die Zeit hat dich zu uns geführt."

Es war ein berührender Augenblick, alle fingen an zu applaudieren. Susan kam angelaufen und sprang Patrik in den Arm. Patrik setzte sich mit ihr und drückte sie fest an sich.

Der Rest des Abends verlief abwechselnd mit Spiel und Gesang von John und Patrik.

Allmählich kehrte Müdigkeit ein. Als erstes verabschiedeten sich Ben und Ellen. Debbi und Jenny begannen aufzuräumen.

„Jack, ich muss noch mit dir reden", sprach Patrik ihn an.

„Na klar, jederzeit."

Sie gingen ein wenig abseits und setzten sich auf eine Bank am anderen Ende des Pools.

„Na, dann fang mal an", forderte Jack ihn auf.

„Ja, also ich hab' mir heute Nachmittag, als ich da so in der Sonne lag, Gedanken über meine Zukunft gemacht."

„Das hab' ich mir gedacht."

„So, hast du. Wieso?"

„Na hör mal, wenn ich an deiner Stelle gewesen wäre, hätte ich das auch getan. Und zu welchem Schluss bist du gekommen?"

„Also, es ist hier sehr schön und ich fühle mich hier bei euch sehr wohl, aber…"

„Aber?"

„Na ja, ich kann hier nicht bei euch wohnen und nichts tun. Ich will auch nicht weg hier, dafür ist es hier viel zu schön, dafür fühle ich mich hier viel zu wohl bei euch, aber ich brauche eine Aufgabe. Verstehst du, ich kann nicht nur den ganzen Tag rumsitzen. Dabei würde ich auch nicht glücklich werden."

„Ganz ehrlich, Pat?" Jack sah ihn mit einem verschmitzten Blick an, „dass du damit ankommst, habe ich schon erwartet, aber nicht so schnell. Komm' doch erstmal an, leb dich erstmal ein."

„Ja, das mach ich ja auch, ich will auch nicht gleich morgen früh einen Job haben, aber lange halte ich das ohne Aufgabe nicht aus."

„Das ist mir klar, Pat und ich habe da auch was für dich", er machte eine Pause, „soll ich dir was erzählen?"

„Na klar!"

„Also, wenn das mit Susan nicht passiert wäre, ich hätte dich wahrscheinlich sowieso angesprochen", wieder eine Pause.

„Ja, warum?"

„Ich hoffe, du verstehst das jetzt nicht falsch, aber Jenny und ich, wir haben dich auf dem Schiff viel beobachtet."

„Ihr habt mich beobachtet, warum?"

„Na ja, denk mal dran, als wir uns das erste Mal begegnet sind, Susan hat dich gleich angesprochen und du hast gleich so sympathisch reagiert, wir waren da alle gleich so auf einer Wellenlänge."

„Und deswegen habt ihr mich beobachtet?"

„Ja, ich hatte natürlich einen Hintergedanken dabei, den sag' ich dir auch gleich, aber du bist mit allen dort an Bord sehr freundlich umgegangen, du hast dich um die Leute gekümmert, auch wenn es manchmal Situationen waren, wo ich wahrscheinlich anders reagiert hätte, da bist du immer freundlich geblieben und hast alles geregelt."

„Na ja, das war mein Job auf dem Schiff."

„Das ist aber nicht nur dein Job gewesen, das ist deine Art, mit Menschen umzugehen. Übrigens habe ich das mitbekommen, als du mit den beiden, die immer zu spät zum Dienst gekommen sind, geredet hast, also rein zufällig. Diese bestimmte, aber auch freundliche Art, immer einen Weg offen zu halten und deinem Gegenüber trotzdem das Gefühl zu geben, dass du ihn achtest, das hat mir imponiert."

„So so, das hast du mitbekommen."

„Ja, wirklich rein zufällig, ihr hieltet euch dort in dem Aufenthaltsraum auf und ich bin an der offenen Tür vorbeigekommen und habe euch reden gehört. Zugegeben, ich bin dann stehen geblieben und hab' gelauscht."

„Sieh an, sieh an, sowas machst du auch."

„Ich hab' deine Stimme erkannt, darum bin ich stehen geblieben. Wie gesagt, das hat mir imponiert, und ich wusste, dass ich so jemanden brauche."

„Wie, du brauchst so jemanden?"

„Ja, ich brauche so jemanden für meine Geschäfte. Ich habe damals mit Jenny darüber gesprochen, und sie hat dann den Vorschlag gemacht, dich anzusprechen."

„Für deine Geschäfte, aber von deinen Geschäften hab' ich überhaupt keine Ahnung."

„Du sollst auch nicht unsere Produkte anpreisen, es geht lediglich darum, zu sondieren und den ersten Kontakt herzustellen. Alles, was du dafür brauchst, das wirst du schnell lernen. Das sind ein paar Grundlagen. Sondieren, was der Kunde braucht, alles andere erledigen unsere Spezialisten. Wichtig ist, mit deiner freundlichen und gewinnenden Art den Fuß in die Tür zu bekommen."

„O.k., ich denke, das kann ich hinkriegen. Wann kann ich denn anfangen?"

„Gemach, gemach, jetzt richte dich erstmal bei uns ein. In den nächsten Tagen bekommst du deine neuen Papiere, ich hab' alles mit dem Oberstaatsanwalt besprochen."

„Ach ja, ich brauche ja auch neue Papiere, daran hab' ich gar nicht mehr gedacht."

„Ja, nichts überstürzen, außerdem muss dein Bein erstmal komplett ausgeheilt sein. Dann sehen wir weiter."

„Ach, das Bein ist schon wieder fast in Ordnung. Aber das sind doch schon mal gute Aussichten."

„Ich hab' dir doch gesagt, Möglichkeiten gibt es hier genug. Sobald du deine Papiere hast, musst du zu einigen Ämtern und zur Bank, ich hab' schon eine Kontoeröffnung vorbereitet, da sind dann einige Unterschriften zu leisten. Aber das dauert noch ein paar Tage."

„O.k., das krieg ich hin. Gehe ich da allein hin oder begleitest du mich?"

„Nein, das bekommst du allein hin, Fahrzeuge haben wir hier genug, dann kannst du die Stadt ein wenig kennenlernen. Auch da gibt es keine Eile."

„Ich freu' mich drauf Jack, ich hab' noch eine Bitte."

„Ja, nur raus damit, ich hab' dir versprochen alles für dich zu tun."

„Ich würde jetzt gern "danke" sagen, darf ich das trotz unseres Deals?"

„Komm her, du Schlawiner, du denkst wohl, du kannst mich austricksen, aber da bist du schief gewickelt."

Jack packte Patrick um die Hüfte und wollte ihn hochheben und in den Pool werfen, aber obwohl er einen Kopf größer war und Patrik mit seinem Bein noch gehandikapt war, gelang ihm das nicht sogleich. Das Ende vom Lied war, sie landeten nach einigem Gerangel beide in voller Montur im Pool.

Als sie prustend auftauchten, ertönte vom anderen Ende des Pools lautes Gelächter und Applaus. Jenny, Debbi und Andrew standen dort und ließen ihrer Freude freien Lauf. Triefend stiegen sie aus dem Wasser.

„Ich hoffe Großer Bär hat begriffen, dass es nicht so einfach ist mich zu besiegen", stichelte Patrik.

„Flinker Wiesel glaubt doch nicht etwa, dass er mir, dem Großen Bären gewachsen ist? Großer Bär hat nur Rücksicht genommen, weil Flinker Wiesel nur ein einbeiniger Wiesel ist."

„Pah, Großer Bär will nur von seiner Niederlage ablenken."

„Kommt her, meine beiden großen Jungen, hier habt ihr was zum Abtrocknen und dann ab in die Falle", schaltete sich Jenny ein und reichte beiden große Handtücher.

„Zugegeben, du hast verdammt schnell reagiert, da hab' ich nicht mit gerechnet. Aber eines Tages schmeiß' ich dich so schnell in den Pool, dass du es erst merkst, wenn du drin liegst."

„Ha, da hast du dir ja was vorgenommen. Ich werde das zu verhindern wissen."

Nass, wie sie waren, lagen sie sich noch einmal kurz in den Armen und wünschten sich eine gute Nacht.

An diesem Abend, dem ersten in seiner neuen Heimat, begab sich Patrik ziemlich groggy, aber genau so zufrieden und glücklich zur Ruhe.

Die nächsten Tage verbrachte Patrik mit viel In- der- Sonne - Liegen, und dem Genuss des guten Essens von Debbi, und wenn Susan von der Schule kam hielten sie sich viel an ihrem kleinen Privatstrand auf.

Jack war viel in seiner Firma, und Jenny zog oft in der Gegend umher und hielt Ausschau, wo sie noch das eine oder andere Pferd vor dem Schlachthof retten konnte.

Eines Abends, Patrik hatte es sich wieder auf seiner Terrasse bequem gemacht und genoss die letzten abendlichen Sonnenstrahlen, kam Jack zu ihm.

„Na, du Faulpelz, genießt du den Abend?" begrüßte er ihn.

„Was heißt hier Faulpelz, du hast mich doch selber vorläufig zum Nichtstun verdonnert."

„Ja, und damit du mal wieder unter die Leute kommst, habe ich hier was für dich."

Jack hielt in seiner Hand einen großen Umschlag.

„Hier sind deine neuen Papiere."

„Das ging ja doch ganz schön schnell."

In dem Umschlag befanden sich ein Personalausweis, eine Sozialversicherungskarte, ein Führerschein und ein Reisepass.

„Wow, und das geht einfach so ohne Weiteres?"

„Ja, du musst nur noch deine Unterschrift drunter setzen und nochmal in den nächsten Tagen zum Amt und dort auch noch einige Unterschriften leisten. Dann ist alles unter Dach und Fach."

Patrik betrachtete den Reisepass.

„Wofür brauche ich denn den?"

„Für deinen neuen Job. Du wirst auch im Ausland tätig sein, also wenn schon, denn schon."

„Aber der sieht irgendwie anders aus."

„Der ist auch anders als die normalen Reisepässe. Also, ich erklär dir das, ich arbeite sehr viel für unsere Regierung und auch für Regierungen in anderen Ländern. Dein Ausweis hat so einen halbdiplomatischen Status. Mit dem Ausweis kommst du fast in jedem Land bis an die höchsten Stellen. Und genau da will ich mit meinen Produkten hin.

Wenn du für mich als Türöffner fungieren sollst, dann musst du solch ein Dokument haben."

„Wow, du schmeißt mich ja ganz schön ins kalte Wasser."

„Nur keine Sorge, ich schicke dich ja nun nicht gleich morgen nach Timbuktu. Das dauert noch eine Weile. Aber da wir gerade dabei sind, deine neuen Papiere auszustellen, da hab' ich das gleich mit veranlasst."

„Ich merke schon, du bist ein Mann der Tat."

„Na klar, nur so hat man Erfolg."

„Ich weiß gar nicht, was ich dazu sagen soll."

„Im Moment gar nichts, du musst in den nächsten Tagen zur Bank, die Kontoeröffnung bestätigen. Wunder' dich nicht, da ist schon eine Summe drauf."

„Ja, o.k., dann werde ich morgen gleich hinfahren."

„Mach das, nimm dir einen Wagen und fahr da hin. Angemeldet bist du schon."

Jack gab Patrik eine Visitenkarte.

„Die Bank ist ziemlich weit in der Innenstadt. Nimm dir Zeit, und lerne Sydney kennen."

„Ja, das mach ich. Hast du einen bestimmten Termin gemacht?"

„Nein, du kannst zwischen zehn und siebzehn Uhr jederzeit dort aufschlagen."

„Prima, danke, oh entschuldige, das ist mir so rausgerutscht. Du musst nicht gleich wieder versuchen mich in den Pool zu schmeißen."

„Ah, das war knapp, also dann morgen viel Spaß in der großen Stadt und verlauf dich nicht!"

„Ich hoffe, ich finde auch wieder zurück, aber eure Autos sind ja alle mit Navi ausgestattet."

„Genau, keine Sorge, wenn alle Stricke reißen, geb' ich eine Fahndungsmeldung raus."

Jack verabschiedete sich und Patrik sortierte seine neuen Papiere in seine Brieftasche.

Am nächsten Morgen machte sich Patrik gleich nach dem Frühstück auf in Richtung Sydney. Das Navi zeigte ihm den direkten Weg, aber er fuhr absichtlich eine ganze Weile kreuz und quer durch die Stadt.

Es machte ihm Freude die Stadt auf diese Weise kennen zu lernen. Anfangs war es nicht ganz einfach mit dem Linksverkehr, aber er gewöhnte sich schnell daran.

Irgendwann kam er auf seiner Erkundungsfahrt in der Nähe der Bank vorbei und steuerte diese auch an.

Mister Bellow, bei dem Patrik sich melden sollte, hatte zu der Zeit gerade einen Kunden, so dass er einige Zeit warten musste. Er suchte sich einen Platz in der Eingangshalle, von dem aus er den ganzen Betrieb beobachten konnte.

„Hallo Patrik, schön dass sie so schnell gekommen sind", wurde er einige Zeit später angesprochen. Es war Mister Bellow, offensichtlich einer der Bosse hier.

„Ja, kein Problem, ich hab' mir gleich mal eure schöne Stadt angesehen."

„Prima, kommen Sie wir gehen in mein Büro."

Das Büro von Mister Bellow war eher ein Saal, eine gediegene Einrichtung mit sehr viel Holz und einigen modernen Malereien an den Wänden.

„Bitte, Patrik nehmen sie Platz."

Mister Bellow öffnete einen Ordner und nahm einige Dokumente heraus, die er Patrik vorlegte.

„Es ist eigentlich nur eine Formalität, die hier noch zu erledigen ist. Jack hat schon alles soweit vorbereiten lassen."

Patrik schaute sich die Dokumente an, es war die Eröffnung eines Kontos.

„Ja, o.k., Mister Bellow, aber hier scheint ja irgendwas schief gelaufen zu sein."

„So, was ist denn schiefgelaufen?"

„Sehen Sie doch mal die Summe, die hier drauf steht, da haben Sie sich aber wohl total vertan."

Patrik schob das Dokument über den Schreibtisch und deutete auf die Summe.

„Das kann ja wohl nicht stimmen."

Mister Bellow schaute auf die Summe und sah dann über seine Brille zu Patrik.

„Wieso, was stimmt daran nicht."

„Na, sehen Sie doch, da stehen über sechsundvierzig Millionen Dollar drauf."

„Ja und?"

„Ich bitte Sie, das kann doch nun wirklich nur ein Versehen sein."

„Nein Patrik, das ist das, was Jack angewiesen hat."

„O.k., dann hat Jack sich aber gründlich vertan."

„Das glaub' ich nicht. Jack hat mir ein Datum genannt und von dem Kontostand dieses Datums hat er angewiesen, genau die Hälfte auf Ihr Konto zu überweisen."

„Das glaub' ich nicht."

„Aber genau so hat er das gesagt. Ich weiß nicht, was an diesem Tag geschehen ist, aber es muss wohl was ganz Gravierendes mit seiner Tochter gewesen sein. Er hat dazu nur gesagt, dass er teilen will."

Patrik saß da, wie vom Donner gerührt. Das Datum war natürlich der Tag, an dem er Susan aus dem Wasser gerettet hatte. Er war im Moment zu keiner Reaktion fähig.

„Patrik, alles klar?"

„Ja, nein, ich weiß nicht", stotterte der.

„Sie werden ja wohl wissen, was an diesem besagten Tag geschehen ist."

„Ja äh, ich…, sorry, ja natürlich weiß ich, was da geschehen ist, nur ich kann das doch nicht annehmen."

„Tja, das müssen Sie mit Jack klären, aber so wie ich Jack kenne, wird er sich da nicht von abbringen lassen. Wie gesagt, er wollte genau teilen."

„Ja, o.k., da muss ich mit ihm drüber reden."

„Tun Sie das, unterschreiben Sie hier, und damit sind die Formalitäten erledigt."

Wie in Trance unterschrieb Patrik die Papiere und verließ nach einer kurzen Verabschiedung das Büro. Als er im Wagen saß, musste er erstmal tief durchatmen. Er konnte immer noch nicht so recht glauben, was da in der Bank soeben geschehen war. Immer wieder sah er auf das Dokument mit der Summe. 46.529.378,24 Dollar standen dort.

Patrik fühlte sich elend. Er versuchte, das Ganze zu verstehen. Jack wollte teilen, hatte Mister Bellow gesagt. Teilen weil er Susan aus dem Wasser gerettet hatte? Na ja, das würde irgendwie zu Jack passen. Aber trotzdem konnte er das auf keinen Fall annehmen.

Endlich hatte er sich soweit beruhigt, dass er losfahren konnte. Die Gedanken kreisten in ihm so sehr, dass er an einigen Kreuzungen fast auf die falsche Straßenseite eingebogen wäre. Patrik zwang sich zur Konzentration auf den Verkehr.

Auf Webbers Farm angekommen, parkte er gleich vor dem Haupthaus und ging hinein. Jenny und Debbi waren in der Küche und plauderten bei einer Tasse Kaffee.

„Hallo Pat", begrüßte Jenny ihn, „hast du alles erledigt? Wenn du Hunger hast, wir haben noch etwas für dich."

„Nein danke, ich hab' in der Stadt gegessen, ich muss dringend mit Jack reden. Ist er in seinem Büro?"

„Nein, Jack ist direkt nach dem Essen zum Strand runtergegangen, ich glaube, der wartet schon auf dich."

„O.k., dann gehe ich gleich mal dahin." Er drehte sich um und ging in die Eingangshalle zurück. Kurz bevor er die

Tür erreichte, kam Susan aus ihrem Zimmer die Treppe herunter.

„Hallo Onkel Pat, kommst du mit Schwimmen? Ich hab' gerade meine Hausaufgaben erledigt und muss mich ein bisschen abkühlen."

„Nein, mein Schatz, ich hab' leider grad keine Zeit, ich muss dringend mit deinem Dad reden. Aber hinterher komm ich dazu o.k.?"

„In einer Stunde fahre ich mit Babsi in die Stadt, sie bringt mich zu meiner Freundin, die hat heute Geburtstag."

„O.k., dann sehen wir uns später."

„Ja gut, bis dann", rief sie fröhlich und sprang die Treppe wieder nach oben.

Patrik sah ihr hinterher, wie sie so fröhlich die Treppe hinaufsprang. Was wäre wohl, wenn…, Patrik schob die Gedanken, die ihm dabei kamen, mit Gewalt zur Seite. Er war noch nicht lange hier, aber in diesem Haus wurde hauptsächlich nach vorn geschaut, auch wenn man das Vergangene nicht ganz aus dem Gedächtnis bekam.

Er ging hinaus in Richtung Strand. Als er durch das Wäldchen kam, sah er, dass Jack an dem Platz saß, den Susan als ihren Lieblingsplatz bezeichnet hatte.

„Hallo Jack, ich muss mit dir reden", begann er sogleich, seine Stimme klang ein wenig hektisch.

„Ich weiß", entgegnete Jack in aller Ruhe und ohne aufzuschauen. Er saß da und ließ versonnen Sand durch seine Hände rieseln.

„Du weißt, dann weißt du sicherlich auch worüber."

„Ja, das kann ich mir lebhaft vorstellen."

„Sag mal, was hast du dir eigentlich dabei gedacht?"

„Du meinst die Summe?"

„Ja genau, ich meine die Summe. Ich bitte dich, das ist doch in keiner Weise gerechtfertigt. Ich kann das auf keinen Fall annehmen."

Jack sah zu Patrik auf mit einem Blick, als wollte er sagen: du begreifst einfach gar nichts.

„Schau mich nicht so an, als würde ich das alles nicht verstehen."

„Tut mir leid, Pat, das tust du auch einfach nicht."

Jenny war dazu gekommen, sie stand jetzt neben ihrem Mann an den Stein gelehnt.

„Doch Jack, ich verstehe das ihr unendlich froh darüber seid, dass ich Susan aus dem Wasser gerettet habe. Aber wie gesagt, das rechtfertigt diese Summe in keiner Weise, und ich werde sie jedenfalls nicht annehmen."

„Tja, da wird dir wohl nichts weiter übrigbleiben, eine Rücküberweisung ist ausgeschlossen. Du kannst es ja versuchen." In Jacks Stimme war so etwas wie Triumpf zu spüren.

„Jack, bitte, sei doch vernünftig, so eine riesige Summe, wie soll ich denn damit umgehen?"

Jack schaute wieder zu Patrik auf mit einem Gesichtsausdruck als wollte er sagen: wie sag ich's meinem Kinde? Er erhob sich und stand immer noch mit einem prüfenden Blick vor Patrik.

„Also, wie du damit umgehen sollst, das ist jetzt dein Problem. Aber wenn du willst, helfen wir dir dabei. Was mir ein wenig Sorge macht, ist die Tatsache, dass du immer noch nicht begriffen hast, worum es uns geht. Du reitest immer auf dieser Summe herum. Vergiss doch mal das blöde Geld. Es geht hier überhaupt nicht ums Geld oder um irgendeine Summe."

„Nein? Worum geht es denn sonst?"

„Patrik", es war das erste Mal, dass Jack Patrik zu ihm sagte, „wir haben dir schon mehrfach beteuert, dass wir das Leben unseres Kindes nicht mit Geld bezahlen können. Dafür gibt es auf der ganzen Welt einfach nicht genug davon. Bitte versuch' mal meinen Gedanken zu folgen, es geht hier nicht ums Geld, es geht hier ums Teilen. Du hast mit uns dein Leben geteilt, du hast für uns dein Leben in die Waagschale geworfen, ohne dabei an dich zu denken. Verstehst du? Du hast geteilt, und da ist es nur recht und billig, dass wir ebenfalls mit dir teilen. Wenn ich Tausend Dollar auf dem Konto gehabt hätte, dann hättest du fünfhundert bekommen, wenn ich zehntausend Dollar hätte, hättest du fünftausend bekommen. Die Summe ist völlig nebensächlich, es geht hier nur ums Teilen."

Patrik sah abwechselnd zu Jack und Jenny. Dieser Begriff des Teilens kam ihm plötzlich wie eine Lebensphilosophie vor. Vor seinem geistigen Auge liefen die letzten Tage hier auf Webbers Farm ab. Tatsächlich war in allen Situationen, die er zwischen diesen Menschen, die hier lebten, beobachtet hatte, zu erkennen, dass alle alles miteinander teilten. Ihm wurde augenblicklich klar, dass das Teilen die Grundlage war für dieses harmonische Zusammenleben hier auf Webbers Farm.

„Ihr meint, dass dieses allesmiteinander- Teilen, der Grund dafür ist, dass ihr hier in solch einer harmonischen Gemeinschaft zusammenlebt?"

Jack umfasste seine Frau und zog sie zu sich heran: „Jetzt hat er es begriffen", nickte er ihr zu.

„Ja Pat, genau das ist es", führte Jenny die Rede von Jack weiter, „wir teilen alles. Das materielle wie auch alles andere. Wir haben auch manche Sorgen und Probleme, aber wir alle bemühen uns, so zu leben, dass auch der andere einen Nutzen davon hat. Das klappt mal mehr und mal weniger gut. Wir sind keine Übermenschen, aber allein das Bemühen darum bringt die Harmonie."

„Hm, ich glaube Jack, du hast Recht gehabt, ich habe bisher gar nichts begriffen."

„Und doch hast du unbewusst immer so gehandelt."

„Na ja, meine Eltern haben mich halt so erzogen, dass ich nicht nur auf mein eigenes Glück schauen soll, sondern auch das Wohl des Nächsten im Auge haben soll."

„Siehst du, und das haben wir auf dem Schiff beobachtet. Wir wussten, dass du zu uns passt."

Patrik war innerlich berührt, er schaute immer noch zwischen den beiden hin und her.

„So - und jetzt komm nicht wieder auf die Idee Danke zu sagen", Jack knuffte ihn in die Seite, „wir werden sicherlich auch irgendwann wieder Mal auf deine Hilfe angewiesen sein. Und jetzt hoffe ich, dass sich die Diskussion über dein Konto erledigt hat."

„Ach Mensch Jack, es ist eine riesige Herausforderung für mich, mit so viel Geld umzugehen."

„Da kannst du mal sehen, mit was ich mich den ganzen Tag herumschlagen muss. Zum Glück hat sich das jetzt halbiert."

„Du machst auch noch Witze darüber, für mich ist das echt ein Problem."

„Hey ich hab' dir gesagt, dass ich dir helfen werde. Ich teile das Problem mit dir. Ich mach' dir gleich mal einen Vorschlag. Komm mal mit."

Die drei gingen zurück durch das kleine Wäldchen. Jetzt standen sie am Pool, gegenüber der Häuser.

„Sieh mal, Pat, was fällt dir da auf?"

„Was soll mir da auffallen? Drei Häuser in unterschiedlichen Bauweisen und Größen, die fast einen Halbkreis um den Garten bilden."

„Genau, aber nur fast. Stell' dir mal vor, von hier aus gesehen rechts neben unserem großen Haus würde noch ein Haus stehen. Dann wäre doch der Halbkreis perfekt."

„Du meinst…"

„Ja genau, bau dir ein Haus, Platz ist genug da. Kauf dir ein Auto, kauf dir ein Flugzeug, reis' durch die Welt, aber vergiss bitte niemals, dass hier dein Platz ist."

„Pat, setz dich nicht unter Druck, denk über alles in Ruhe nach", warf Jenny ein, nahm Jack bei der Hand und die beiden gingen ins Haus.

Patrik setzte sich auf die Bank, auf der sie vor einigen Abenden gesessen hatten.

Er hatte plötzlich das Gefühl, nach einer langen Reise endlich zu Hause angekommen zu sein. Jacks Worte erweckten in ihm eine unheimliche Kraft und Freude.

Wieder einmal in seinem jungen Leben ging eine Phase mit den verschiedensten Ereignissen zu Ende und führte in den Anfang einer wohl ungewissen, aber sicherlich angenehmen und spannenden Zukunft.

Ja, er würde die Herausforderung annehmen und sich hier bei diesen lieben Menschen fest einrichten.

Ende